「レアちゃん!」
「……ブラン?」
黄金の経験値II
the golden experience point
特定災害生物
「魔王」進撃マルチプレイ

もう負ける要素はない。
完全に目を開き、
騎士たちを視界に捉える。
『魔眼』に意識を集中する。
それをキーとして、魔法が発動する。

（『ダークインプロージョン』！）

〈わたしがやろうか？〉
〈レアちゃんの姿を見せるなら、ここにいる四人は始末しなければならなくなるけど〉
〈はじめからそのつもりでしょう？〉
〈まぁ仕方ないか。出てきてもいいよ〉

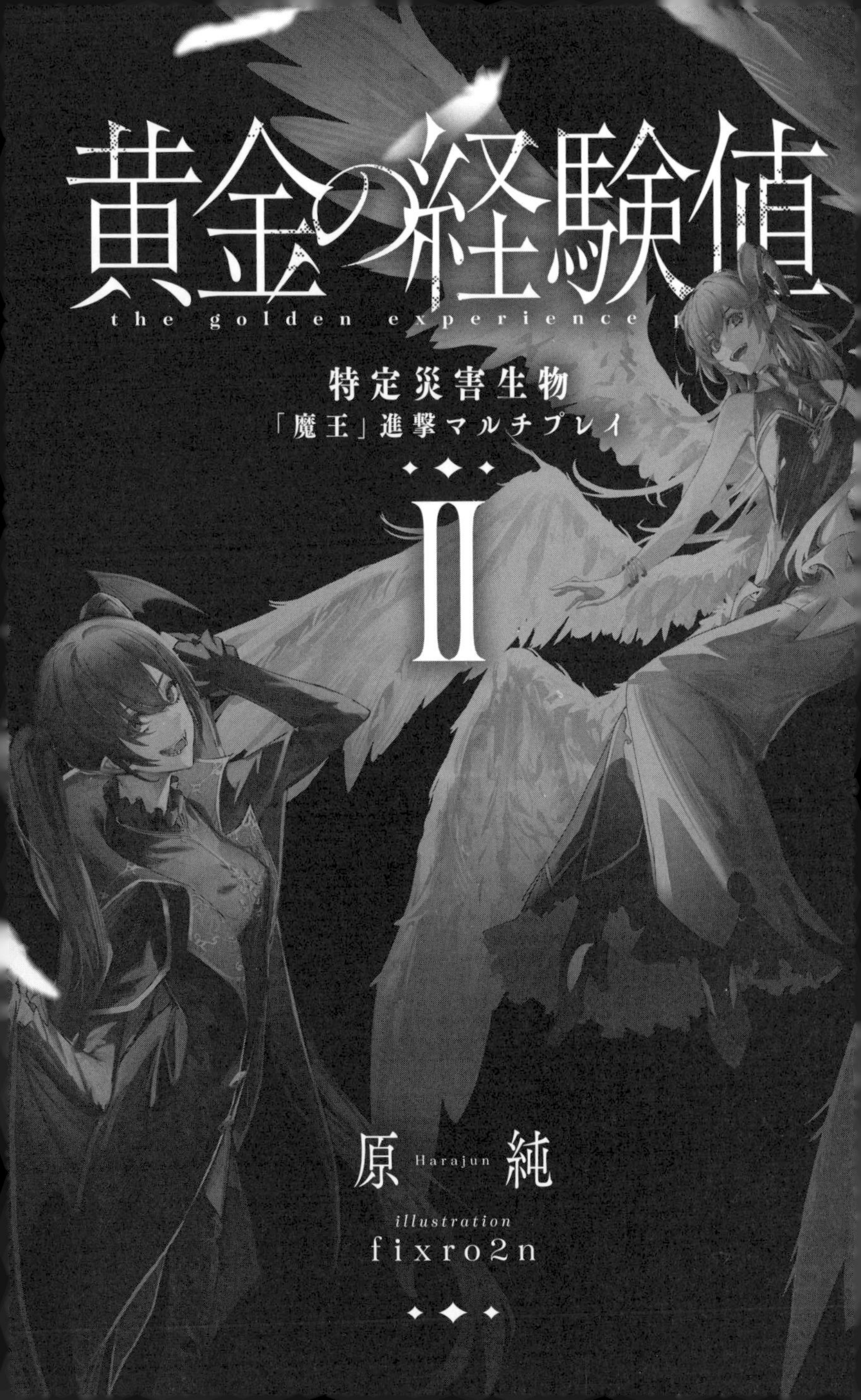
黄金の経験値
the golden experience
特定災害生物
「魔王」進撃マルチプレイ
II
原純
Harajun
illustration
fixro2n

口絵・本文イラスト
fixro2n

装丁
coil

contents

the golden
experience point

ヒルス王国地図

Kingdom of Hillus

MAP

the golden experience point

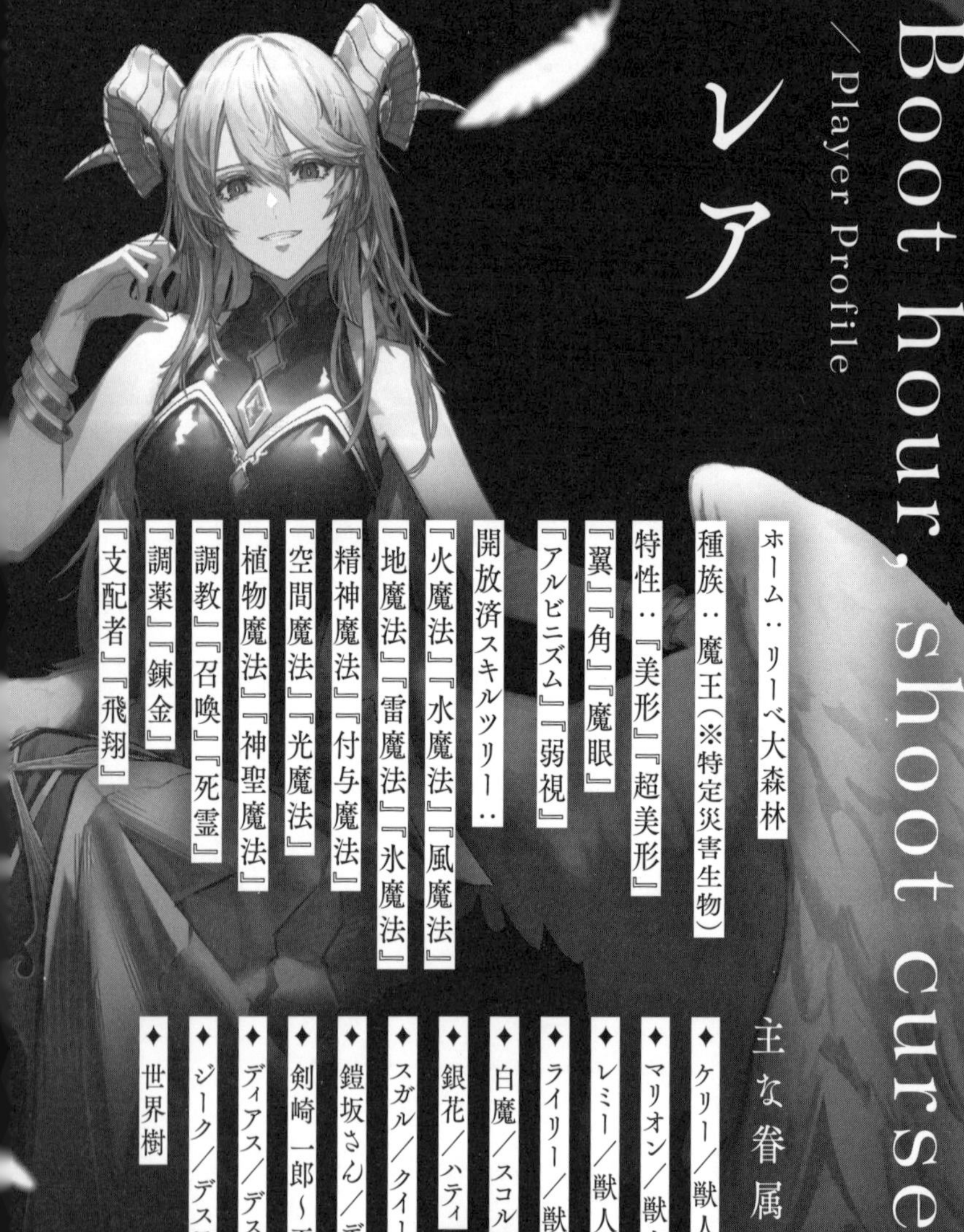

Boot hour, shoot curse
／Player Profile

レア

ホーム：リーベ大森林
種族：魔王（※特定災害生物）
特性：『美形』『超美形』
『翼』『角』『魔眼』
『アルビニズム』『弱視』
開放済スキルツリー：
『火魔法』『水魔法』『風魔法』
『地魔法』『雷魔法』『氷魔法』
『精神魔法』『付与魔法』
『空間魔法』『光魔法』
『植物魔法』『神聖魔法』
『調教』『召喚』『死霊』
『調薬』『錬金』
『支配者』『飛翔』

主な眷属：
◆ケリー／獣人（山猫盗賊団）
◆マリオン／獣人（山猫盗賊団）
◆レミー／獣人（山猫盗賊団）
◆ライリー／獣人（山猫盗賊団）
◆白魔／スコル
◆銀花／ハティ
◆スガル／クイーンベスパイド
◆鎧坂さん／ディバインフォートレス
◆剣崎一郎〜五郎／ディバインアーム
◆ディアス／デスロード
◆ジーク／デスロード
◆世界樹

※情報は現在判明中のものです。

プロローグ

ヒルス王国にて結成された、災厄討伐隊が王都を出立して八日。

ようやくラコリーヌの街が見えてきた。

この日は日の出とともに野営地を出立したため、まだかなり早い時間だ。


九日ほど前。

急遽《きゅうきょ》、遠征軍を編制すると通達があり、本来であれば徴兵年齢に達していない少年兵や、兵役を全うし退役した予備役なども召集された。どこに遠征する軍かはわからないが、つまり、上層部は現役の兵士のみでは戦力として心もとないと判断しているということだ。

わけがわからないまま準備を急か《せ》され、ついに王都を出発するという段になってようやく、王族直属の近衛騎士から指揮官、それも百卒長《センチユリオン》以上の高官にだけ、この編制が実は遠征軍ではなく討伐軍であること、そしてその討伐対象が知らされた。

人類の敵。

その災厄についてわかっていることは非常に少ない。

エアファーレンの街のそば、リーベ大森林にいるらしいということ。

そして邪《よこしま》なるものに連なるらしいということ。

これらの情報はヒルス聖教会の総主教らから伝えられたもので、確度は非常に高いという。

それを知らされた時、司令を始め指揮官一同は頭を抱えた。

災厄など、人が相対してよい存在ではない。あれは自然災害のようなもので、歴史の中でときおり現れる天空城の天使たち、その一体でさえ、兵士が一〇人集まって勝てるかどうかだ。

その災厄を討つ。

いかに兵士を集めて軍を作ろうが、そのような事が出来るわけがない。そのくらいは王国上層部でもわかりきっているはずだ。ではなぜこんなことになったのか。

司令たちに打ち明けた近衛《このえ》騎士が言うにはこうだ。

災厄とはいえまだ生まれたばかりであり、他の大陸の災厄ほどには成長していないはずである。ゆえに今ならばまだ、災厄を討つ事が可能かもしれない。

「かもしれない……など。そのようなあやふやな……」

「言いたいことはわかる。が、しかし放置するわけにもいかん。将来的に常に災厄に悩まされ続けるような事態になるやもしれぬことを思えば、ここでその可能性に賭《か》け、討伐を狙うしかない」

「近衛騎士殿、それはわかります。わかりますが……」

「司令、もはや討伐軍の編制は完了し、これから出立となる。今更止めることなどできない」

確かにそうだ。今更どうしようもない。どうしようもないならば、覚悟を決めて進むしかない。

何より司令や指揮官級が気弱な様を兵に晒《さら》すわけにはいかない。

道中では何の問題もなく、想定を超える早さで行程が消化されていった。

最短距離を進んでいるため、途中魔物の領域に隣接する、いわゆる辺境の街を経由することもあった。

通常なら、魔物の領域近くをこれほどの数の人類が動けば、様子見程度のちょっかいがあるものだ。

しかし今回の行軍ではそれがない。魔物たち全員が、それどころではないとでも言うように。あたりは不気味なほどに静まりかえり、何か良くないことの前兆であるかのような、不吉な予感を司令に抱かせた。

「……いや、予定が順調なのはよいことだ。今はただ、一刻も早く予定地に辿《たど》り着き、任務を遂行することのみを考えねば」

ふいに、隊列の前方が慌ただしく騒ぎ始めた。

位置的に、そろそろ隊列の先頭がラコリーヌの街に着いたところだろうか。

ここを越えれば次は辺境、ルルドの街だ。その先に目的地、エアファーレンが、そしてリーベ大森林がある。

ラコリーヌの街は魔物の領域から離れていることもあり、また交通の要所でもあることから、流通や街の拡大を阻害しないよう城壁等は建設されていない。やや小高い立地に、栄えるままに街が広がっている。その街の広さは王都に劣らない。そしてその活気は王都をしのぐほどである。

初めてラコリーヌを見る兵士たちが、多少騒いだとしてもわからないでもない。

前方の隊を指揮しているはずの百卒長のひとりが司令のもとへ駆けてくる。街に着くという報告など伝令で十分なはずだ。わざわざ指揮官がする仕事ではない。

「何事だ」

「はっ！　ラコリーヌの街に間もなく到着いたします！　ですが、上空に……」

馬上から、眼下の隊列に主に意識を向けていた司令はそこで初めて視線を上げた。

ラコリーヌの街のさらに向こうに、暗雲が迫っているように見える。

いや、雲にしてはシルエットが粗いというか、粒が大きいような。

「なんだ、あれは……」

「わかりません。わかりませんが、急ぎ、街へ入った方がよろしいかと」

もしあれが仮に災厄と何か関わりのある魔物などであれば、ことはラコリーヌの街だけの問題では済まなくなる。討伐軍が対処すべき事態だろう。

もっともその場合は、災厄がすでに大森林から外に解き放たれたということを意味しており、この討伐の成功率は限りなくゼロに近くなるのだが。

「お前の言う通りだな。全隊を急がせ、街へ入れるのだ」


ラコリーヌの街の中は普段の賑《にぎ》わいは鳴りを潜め、静まりかえっていた。

街に入ってしまえば、あの妙な雲の正体も見えてきた。

それはアリを抱えたハチの群れだった。

まだ距離があるであろうにもかかわらず、姿かたちがわかるほどに巨大なハチだ。司令の知るハチのサイズとあまりにかけ離れている。

どうやら一定の距離を保って空中に静止しているようだ。何かを待っているようにも感じられる。

「まずは、領主に遠征隊到着の報告を。それと宰相閣下に鳩《はと》を飛ばせ。この街に到着した際に伝書鳩を飛ばすことは予定に入っている。その報告に、巨大なアリを抱えた巨大なハチの群れと接敵したと付け加えろ。宰相閣下の指示を仰ぐのだ」

ハチたちが飛んでいるのは街の東側の上空——つまり、ルルドの方角である。真下を通過することをハチが許してくれるかは不明だ。

報告は出したが、宰相の指示を待たずに状況を開始する可能性は非常に高い。

兵士たちには不安が見えるが、もともとこちらは災厄を打倒するために編制された軍隊だ。ヒルス王国が戦う災厄といえば天使どもばかりだったため、複数の兵士で自分たちの頭上にいる敵と戦う訓練は教練課程に入っている。徴兵されたばかりの少年兵たちは教練を受けていないが、退役したベテランの予備役がうまくフォローすれば、サポート班としてなら機能してくれるだろう。

「ほとんどの天使たちは無策に白兵戦を挑んでくる。それに対する連携訓練を積んだ兵たちだ。あそこにいるのはハチとアリだが……。どのみち白兵戦になるのは天使相手と変わるまい。これだけの兵数があれば、撃退するのも可能なはずだ」

司令は街なかにサポート班を残し、現役兵のみで構成された攻撃部隊を街の東側に展開させるよう指示を出した。とはいえ、相手を刺激しないよう、街から離れすぎないよう注意させる。

百卒長たちはすぐに動き始め、それと同時に領主館へ走らせていた伝令が戻った。領主が会いたいそうだ。

司令は後のことを副官にまかせ、領主館に向かう。

(大丈夫だ。何も問題はない。そのはずだ……)


「すまぬ。よくぞ来てくれた。まずは座ってくれ」

領主の館では、名を告げるなり応接間に通された。さすがに兜《かぶと》は脱いだが、鎧《よろい》はそのままでソファーを勧められた。剣すら預けていない。非常に異例なことだ。

「お前たち、下がれ。何かあればベルで呼ぶ。それまでは応接間に誰も近寄らせるな」

領主は自身の護衛の騎士を扉の外に待たせ、人払いをした。これも異例だ。一軍の司令官とはいえ、貴人が一介の軍人と一対一で対談するなど聞いたことがない。

「司令殿も見ただろう。東の空に浮かぶ虫どもを。あれは災厄がらみだと思うかね？　いや、遠慮は結構。私は王都より災厄発生については聞き及んでおる」

司令はほっと息をついた。あれらの魔物の対処について、災厄について触れずに話しあう事は難しい。

「……私の口からは今はまだなんとも。現在、宰相閣下にラコリーヌの状況について報告し、指示を待っているところです」

「そうか……。いや、感謝する。司令殿の立場では、ここを通過して一刻も早くエアファーレンに向かいたいところだろうに」

「いえ、このような状況です。なるべく、できるだけの事は……」

「すまぬ……。できれば長旅で疲れておろう貴官らをねぎらいたいところだが、この状況だ。それすらも叶《かな》わぬラコリーヌを許してくれ」

「いいえ、顔をお上げください。そのようにおっしゃっていただけるだけで……」

そこへ、扉を叩《たた》く硬質な音が響いた。まるでドアノッカーで叩いたかのようなこの音は、おそらく外にいる護衛の騎士が手甲をつけた手で叩いているのだろう。

誰も通すな、と言いつけられている騎士がわざわざノックをするくらいだ。何かあったに違いない。

一瞬、領主と視線を交わす。

「どうした。何事かあったのか――」

その瞬間、遠くに雷が落ちたような、鈍い音が振動とともに響いてきた。断続的に鳴り響いてくるそれは、得体の知れない不安をあおってくる。

「なんだこれは！　何が起きた！」

「失礼します！　司令！　ハチどもが動き出しました！」

もはや猶予なしとみてか、扉を開け伝令が叫ぶ。

ではこの音と振動は、あのハチどもが引き起こしているというのか。一体何をすれば、こんな音がするというのか。

「領主様、申し訳ありません。とにかく、私は街へ行きます！」

「すまぬが頼む！　街にいる護衛騎士には、貴官らと連携するよう指示してある！　好きに使ってくれ！」

「感謝いたします！　では！」

館から出ると、音はいっそう大きく響いていた。東の空には煙が立ち上っているのが見える。急いでそちらへ向かいたいが、逃げ惑う住民たちがそれを許さない。

なんとか人波をかき分け、街を走るうちに、逃げ惑う人々に住民以外のものが交じり始めた。

彼らは討伐軍だった。その少年兵たちだ。サポート役として、街なかの東側に配置されていた者たちである。

守るべき住民を置いて逃げ惑うなど、と激昂《げきこう》しかけたが、彼らは正規の訓練を受けてはいない。ついこのあいだまでは逃げる側の立場だった者たちだ。混乱して逃げ惑うのも仕方がない。

「おい！　何があったのだ！」

手近な少年兵を捕まえて詰め寄る。

「ア、アリです！　アリが岩を飛ばしてきて……」

「アリだと⁉　街の外にいたハチの抱えていたアレか！」

「そのハチの抱えていたアリです！　そのアリが飛ばした黒い岩が……とつぜん破裂して……！」

確かにハチはアリを抱えていた。

どこかのアリの巣を襲った帰りで、あのアリはその成果だとか、そんなことなのだろうと軽く考えていた。アリとハチの関係性など、深く考えていなかった。

違ったというのか。あれは、アリを抱えたハチの群れではなく。

ハチに運ばせたアリの群れだったというのか。上空から攻撃するために。

「馬鹿な……」

そのようなこと、アリとハチの両方を支配するような何者かに統率でもされていなければありえないような事態だ。

そんな存在が。

「まさか……災厄……だというのか……。これが」

地響きのような轟音《ごうおん》は今も続いている。いや、司令はすでに足を止めているというのに、近づいてきている。

司令は伝令兵を連れ東へ急いだ。


「司令殿！　こちらに鐘楼が！　この上ならば、街の様子もある程度見えましょう！」

なかなか進めず、気ばかり焦る司令に、伝令が声をかけた。

確かに、本隊と合流する前に、一度落ち着いて状況の正確な把握に努めるべきかもしれない。

鐘楼に登った司令は、まずは本隊の位置を確認するつもりであった。そうしたのち、状況にどう対応すべきかが最善か判断して、本隊のところへ向かう。そう考えていた。

しかしその必要はなくなった。

街の外、東側の大地は、耕されていた。

遠近感が狂わんばかりに広大な土地が、種蒔《たねま》き前の畑のような姿に変わっていた。本隊の姿はどこにも見えない。

いや、あれは街の外ではない。街の一部だ。街の外から続いて街の中、東側のおよそ四分の一ほどまでが耕されている。

そしてそれは今も広げられている。横一直線にアリを抱えたハチたちが並んでいる。アリの腹の先から一斉に黒っぽい何かが発射される。遠目に見てもかなりの速度だ。それが街に、家に接触するやいなや、轟音とともに破裂し、炎と破片をまき散らしている。

ハチの列が通り過ぎた後には何もない。何がそこまで駆り立てるのかというほど、隙間なく岩を降らせている。

あの中にあっては住民の生存は絶望的だが、討伐軍はそうではない。家さえ一撃で破壊しうる面攻撃といえど、鍛え上げられた一部の兵士ならば耐えきることも出来る。

今も瓦礫《がれき》を押しのけ、耕された街から起き上がる兵士がいる。

しかし彼は立ち上がった途端、頭から血を吹き出して倒れ伏した。ここからでは何が起こったのかわからないが、もう生きていないだろうことだけはわかる。

たとえ岩の雨による攻撃を凌《しの》げたとしても、どうやら結果は同じらしい。立ち上がったところで、謎の攻撃で止《とど》めを刺される。

司令にはもうわかっていた。

この攻撃から住民を守るのは不可能だ。

この街は滅び去る。

災厄討伐も失敗だ。

災厄どころか、その尖兵《せんぺい》であろう魔物たちにさえ手も足も出なかった。

交通の要、そして商業の要でもあるラコリーヌを失った王国は、この先どうなるのだろうか。

予備役、そして未来ある若者たちまで駆りだした、王国軍の主力も失うことになってしまった。

もはや災厄に組織的に対抗することもできない。

「いや、そんな未来の話など……。もし、この勢いでハチどもの群れが王都まで飛んでいけば……。

貴族たちは生き残れるとしても、王都民はもはや――」

第一章　ピクニックの成果

第二回公式大規模イベント「大規模攻防戦」。

プレイヤーは魔物側と人類側、そのどちらかに協力し、両勢力による大規模な攻防戦に参加するというイベントである。

今回レアが協力するのは当然魔物側だ。協力というか、むしろ中核となって人類を攻め立てている。配下の魔物たちによって、すでに二つの街が地図から姿を消していた。

レアの本拠地、リーベ大森林から最も近いエアファーレンの街をアリの軍勢が襲い。

配下である世界樹に掌握させたトレの森からは無数のトレントが溢《あふ》れ出し、ルルドの街を飲み込んだ。

この勢いに乗り進軍し、街道の先にあるラコリーヌという交易都市も瓦礫《がれき》に変え、最終的にはこのヒルス王国の王都を制圧し、配下の魔物たちがひしめくダンジョンにしてしまうのがこのイベントでのレアの目的だった。

かなり冒涜《ぼうとく》的なプレイとも思えるが、問題はない。なぜならレアが魔物側勢力として人類を蹂躙《じゅうりん》するのは、ゲームサービス運営からも依頼されていることだからだ。

ラコリーヌまで移動したレアは、丘全体が適度に耕された光景を満足気に睥睨《へいげい》した。

その成果をしっかりと確認すると、街を更地に変えた航空兵と砲兵たちは一旦《いったん》下がらせた。

次に掃除役の狙撃兵と航空兵のペアに命じ、生き残りをヘッドショットで始末させる。

驚いたことに幾人かはヘッドショットをも弾《はじ》く兵士がいた。きちんとした鎧を身に付けた、騎士と思われる者たちに至っては全員がそうだ。兜などの防具の効果もあるのだろう。

「なんかやたらと兵隊さんが多かったみたいに見えたけど、王都からの援軍かな？　王都の兵士ともなると、絨毯《じゅうたん》爆撃から生き延びて、さらにヘッドショットも効かない奴《やつ》がいるのか。でも援軍って言っても、わたしがエアファーレンを落としたのは昨日の話だし、来るの早すぎないかな。なんでこんなとこまで軍隊で来てたんだろう」

生き残った兵士や騎士たちはあたりの惨状を見て、おおいに嘆き悲しんでいるようだ。しかしすぐに上空を見上げ、憎しみのこもった眼《め》で睨《にら》みつけてくる。

「あれで死なないとなると、これ以上はアリたちでは無理か」

今この街まで来ているのはレアと航空部隊だけである。そうでなければエアファーレンからラコリーヌまで一日では来られない。

ここはレアが直々に片付けてもいいが、まだ実戦で使ってみたい戦力がある。

『錬金』ツリーのスキル『大いなる業』でレアが生み出した金属製のスケルトン軍団、通称アダマンシリーズだ。

この後はもう小さな街は無視して王都に向かうつもりだが、王都は廃墟《はいきょ》型の領域にするつもりであるため、絨毯爆撃を行うわけにはいかない。となれば、航空兵たちはもう休ませていいだろう。

「お疲れ様。森へお帰り」

全てのアリたちの生みの親であるスガルにフレンドチャットで連絡して全員を『召喚』させ、森へ帰す。

その後改めて地上を見やり、おおよその戦力を分析した。

「さてと。じゃあ……そうだな、三小隊でいいかな」

上空でアダマン小隊を三つ、順番に『召喚』する。

レアは『光魔法』の『迷彩』で姿を消しているため、虚空から突然現れたかのように見えるはずだ。この演出に特に意味はないが、ビジュアル的にはさぞかし映えるだろう。せっかくのイベントであるし、派手にいかねば。

『召喚』されたアダマン小隊は、重力に従ってそのまま落下し、地響きと土煙を立てて耕されたばかりの大地に埋まる。落下の衝撃から立ち直ると、次々と地面から這《は》い出し、兵士たちに襲いかかった。

まずレアが驚いたのは、兵士がアダマンナイトの斬撃を躱《かわ》したことだった。大森林に遊びに来ていたプレイヤーなら今の一撃で死んでいる。その後振り抜かれた兵士の一閃《いっせん》はアダマンナイトも躱そうとしたようだが、躱しきれずにその鎧《よろい》で受けてしまった。兵士の剣よりアダマンナイトの方が硬かったため無傷に終わったようだが、相手の装備が上等だったらアダマンナイトはおそらく勝てなかっただろう。

実力というよりは能力値の差で押し切られ、兵士たちは次第に数を減らしていく。あそこまで鍛え上げたのに装備が低品質なせいで死んでしまうとは、レアには実にもったいなく思えた。

一方、騎士のような上等な装備を着た者たちはアダマンシリーズ相手にも一歩も引かない。アダマンリーダーでなんとか互角といったところだ。これまで見てきた人間と比べれば驚異的な実力と言える。アダマンリーダーと互角という事はつまり、第一回イベント参加時の鎧坂《よろいざか》さんと同程度の実力という事だ。

三小隊ではアダマンリーダーは三体しかいないため、騎士のうちの三人はリーダーが受け持ち、残りはアダマンナイトとスカウトが連携し、アダマンメイジが援護をして戦況を押さえている。

しかしこれほど強く、しかも数が少ない騎士である。もしかしたらシステム的な意味でも正式な騎士なのかもしれない。だとすると、どこかにいる主君を殺さなければ真の意味では殺せない。

システム的な騎士というのは、つまり貴族階級の主君に『使役』されているという意味だ。主君によって『使役』されたキャラクター――「眷属《けんぞく》」は、死亡したとしても一定時間で蘇《よみがえ》る。しかもプレイヤーのリスポーンと違い、経験値喪失などのペナルティがない。その代わり自力で経験値を獲得できないデメリットがあるが、代わりに眷属の行動によって得られる経験は一括して主君が受け取ることになる。勢力全体のトータルで言えばマイナスはない便利なシステムだ。もっともその分厳しい前提条件や初期投資が必要になるし、主君が死亡すればその配下の全ての眷属も死亡してしまう大きなリスクもあるが。

レアが魔物を従えているのもこの『使役』によるものである。

騎士たちが主君を探したりせずにアダマンたちとの戦闘に没頭しているということは、主君が死なないことを確信しているということだろう。不自然に仲間をかばったりする様子も見受けられないことから、騎士に偽装して紛れているというわけでもない。

であればこの街にはいないのかもしれない。

レアがそう考え事をしながら生き残りを探して街の上空をうろうろしている間に、兵士たちの数を減らした事で均衡を崩した戦場は片がついたようだ。元の場所に戻ると兵士や騎士たちの死体が横たわっていた。

「アダマンたちは運べないから……。このままここに残しておくしかないな。だったらわたしだけ飛んでいって、王都でまた召喚すればいいか。『飛翔《ひしょう》』って便利だな」

インベントリから地図を取り出す。運営との交渉によって手に入れた希少なアイテムだ。

ここから王都へはだいたい西の方へ行けばいいようだ。適当に進み、ある程度近づいたら上空から街道を探し、あとはそれを追えばいいだろう。

この距離を歩いて行ったら何日かかるかわからないが、飛んでいけばすぐだ。

風が気持ちいい。

と言いたいところだが鎧坂さんの中なのでそういったことは一切ない。視覚的には視界のすべてが上空からの景色のため、非常に素晴らしいのだが。

そうして景色を眺めながら飛んでいると、視界に入ったある一羽の鳥が気にかかった。高度はレアよりもだいぶ下だが、前方の、かなり遠くから飛んできているのが見えていた。その鳥はレアとすれ違ってもそのまま飛び続けている。

小さな鳥だ。おそらく鳩《はと》だろう。

ふと思った。あの鳩は誰かに飼いならされた伝書鳩、ではないか。

それほど深い理由はない。ただ鳩から伝書鳩を連想したというだけのことだ。

もしそうだとすればどこへ行くのだろうか。この先には壊滅した瓦礫の山しかない。しかし、鳩を飛ばした人物がすでにそれを知っているとは思えない。

ならばそれは、瓦礫の山となる前の街に、鳩を使って連絡を取ろうとした何者かがいることを意味している。

レアは好奇心からその鳩を捕らえることにした。

Uターンして鳩を追い、鎧坂さんの手を伸ばし優しく包み込む。しかし案の定、力加減を誤って潰《つぶ》してしまった。適当な配下を呼んで代わりに捕まえてもらった方が良かったかもしれない。ライリーに捕まえてもらいテイムしたフォレストオウルのオミナス君とか。

血まみれの鳩をひっくり返してみれば足になにかくくり付けてある。やはり伝書鳩だ。手紙をじっくり読んでみたいが、時間をロスするのは避けたい。

ここでレアはひとつ妙案を思いついた。オミナス君を『召喚』し、王都に向かって飛び立たせておいた。


とりあえずいったん地表に降り、木陰で鎧坂さんから外に出ると、血で汚さないように鳩の足から慎重に筒を抜き取った。筒には布片のようなものが押し込まれていた。取りだして広げてみると意外と大きい。

そこに書かれていた内容はレアを少し驚かせた。しかし納得させるに十分なものでもあった。

いわく、あの街にいた異常な数の兵隊は、どうやらレアを討伐するために用意されたものだったらしい。手紙には「災厄の討伐」とあり、その目的地がリーベ大森林らしいことが書いてある。心当たりから考えれば、この災厄とはレアのことを言っているとみて間違いない。

その心当たりとは、レアが魔王に転生した際に発信された、例のシステムメッセージだ。メッセージでは魔王は「特定災害生物」だとされていた。あれを聞くことのできたNPCが王国上層部にでもいたのだろう。この手紙の送り主はヒルス王国宰相となっている。宰相となれば適当な人物がおいそれと会える存在ではない。国家の中心に顔が利くような人物がシステムメッセージを聞いたのでなければ、レアのことは宰相まで伝わるまい。

手紙の受取人の「司令」というのはおそらくあの軍隊を指揮していた人物だろう。

なぜあの街に大軍がいたのかはこれでわかった。

手紙によれば、ラコリーヌの壊滅を見過ごしてでも災厄の討伐を優先しろ、とある。ラコリーヌの壊滅と災厄の討伐が宰相の望みらしい。

レアの討伐は叶《かな》わなかったが、ラコリーヌは希望通り壊滅させてやったので、あの討伐隊の目標達成度はちょうど半分だと言えよう。きっとこの宰相とやらもギリギリ満足してくれるはずだ。

(しかし、わたしを討伐しようと軍を差し向けるとは……)

なぜリーベ大森林というレアの自宅の場所までわかったのかは不明だが、王国にとってレアの存在はよほど目ざわりと見える。

ここは一発、殴り返してやるべきだろう。

実際にはレアはまだ殴られてはいないが、相手が拳《こぶし》を振り上げたのは確かだ。それを最後まで振り抜くかどうかは相手の都合であり、拳を振り上げた時点でもう反撃されても文句は言えないとレアは思っている。

ここでロスした時間は大したものでもないが、せっかくの機会であるし、スキルのテストを行うと同時にロスを帳消しにしておきたい。

レアは再び鎧坂さんに潜り込むと、スキルを発動させた。

「『キャスリング：オミナス君』」

一瞬の浮遊感のあと、レアの体は上空にあった。

先ほど飛ばしたオミナス君とレアの居場所を入れ替えたのだ。

あわてて『飛翔』し、落下を免れる。

「なるほど、こうなるのか。『キャスリング』する相手がどこにいるのかあらかじめ『視覚召喚』とかで確認しておいた方がいいな。でもそれだったら別に『術者召喚』でいい気がするな。本来は自分の緊急避難のためのスキルなんだろうけど、そんな機会もないし」

オミナス君には適当に帰っておくよう指示する。難しいようならこちらの用事が済んだら『召喚』するのでそこらで遊んでおくように言っておく。

王都に近づいたら街道を探すつもりだったが、わざわざ探さなくともすぐに見つかった。国の中心だけあり、かなりいろいろな方面に街道が延びているようだ。

今レアの真下にあるのがラコリーヌ方面から延びている街道かどうかはわからない。なにしろ街道はかなり曲がりくねっている。森や丘、川幅の広い場所などを迂回《うかい》するため、仕方ないのだろうが。

とにかく、街道を辿《たど》れば王都に着くはずだ。そろそろ、『迷彩』を発動させておくべきだろう。

王都を制圧し、死の街へと変えるのだ。

第二章　ウェイン、王都に立つ

《一時間以内なら蘇生《そせい》を受け付けられますが、ただちにリスポーンしますか？》
《イベント期間中につき、経験値の減少はありません》
《あなたのリスポーン地点が見つかりません。リスポーン出来ませんでした。他にあなたの既存のリスポーン地点がありません。初期スポーン地点にランダムにリスポーンします》

「……はあ」

エアファーレンでアリの大軍に街ごと轢《ひ》き潰されて以降、ウェインは何度かリスポーンをするはめになっていた。イベント中だからだろうが、ランダムリスポーンで訪れる街が全て魔物に襲われていたからだ。そしてウェインは防衛に参加し、毎回死亡しリスポーンしていた。

何度目かのリスポーンをしたウェインは、人里を求めて歩き続けていた。

そうして見えてきた街には、見たこともないような立派な城と城壁があった。

あれはおそらく王都だろう。今最も安全な、つまりイベントからは遠い場所だ。

しかし、行くしかない。

確かイベント期間中は、距離に関係なく隣接した街への転移サービスとやらがあったはずだ。それを利用し、王都近郊から徐々に辺境へ向かうしかないだろう。

王都に辿り着いたウェインを出迎えたのは、いやに機嫌のいい門番だった。

まるで門番であることを神に感謝でもするように熱心に、それでいて人当たりよく仕事をこなしている。

その案内に従い、とりあえず傭兵《ようへい》組合を目指した。プレイヤーがいれば話を聞いてみたい。

しかし、さすがは王都だ。街並みも美しい。ただ歩いているだけで楽しいなんて、なかなかない。

到着した傭兵組合も、エアファーレンのどこかけだるい雰囲気とは大違いだ。どうやら食事処《どころ》が併設されているようで、いい匂いがたちこめている。

「……なにか、軽くつまもう」

ウェインが食事処の方へ足を向けると、組合へどかどかと、豪華な鎧《よろい》を身に付けた騎士が入ってきた。通常、あんな立派な騎士が傭兵組合に来ることなどない。何事だろうか。

どうやら騎士は傭兵を集めたいらしく、組合のカウンターで受付にそんなような事を伝えている。

「保管庫持ち」がいればなおいい、とも。

「旦那《だんな》、申し訳ねえんですが、保管庫持ちの奴《やつ》ら、どいつも昨日からまったく姿をあらわさねえんでさ。いつもは時間に関係なく押しかけてくるってのに、どうしたことなんだか」

騎士はプレイヤーに用があるようだ。プレイヤーたちが昨日から姿を現さないのは、イベントに参加するため、もっと辺境に近い街へ向かったためだろう。ウェインもプレイヤーに会えないかと考えて組合まで来たのだが、無駄足になってしまったようだ。

ウェインは食事処でホットスナックを注文すると、インベントリからお金を取り出した。

「あれ。お前さん保管庫持ちなんかい」

「ああ、そうだよ。俺も他の保管庫持ちに会いに来たんだけど、どうやら今日はいないみたいだね」

するとその声を聞きつけてか、騎士がこちらへやってきた。

「すまない！　貴殿は保管庫持ちの傭兵なのか？」

「え、ああ、そうですけど」

「保管庫持ちは、どれほど距離が離れていても保管庫持ち同士で連絡が取れるというのは本当か？」

フレンドチャットのことだろうか。あれはフレンド登録した者同士でなければ使用できない。

あるいは専用ＳＮＳなどを使えば不特定多数のプレイヤーとの会話も可能とも言える。

「まあ、そうですね。できないことはないけど……」

「そうか！　申し訳ないのだが、城までご同行願えないだろうか。火急の事態なのだ！」


ウェインは自分の実力はよく理解していた。それは前回のイベントからも明らかだ。上には上がいて、その上にもさらに上がいる。

そんな自分が王城という場所に入るなどという経験ができるとは思っていなかった。ウェインは終始圧倒されていた。

騎士の後をついて歩いていくが、次第に上へ、奥へと入り込んでいく。廊下は広いが入り組んでおり、もはや一人で帰れと言われても帰れる気が全くしない。

途中から、すれ違う人たちの視線が厳しくなっている。やはり本来であれば傭兵などが入ってきてよいエリアではないのだろう。

「失礼します！　保管庫持ちの方を一名お連れしました！」

やがて到着した重厚な扉の前で、騎士がノックをし、入室の許可が出たため入っていった。ウェインもそれに続いた。

「失礼しまーす……」

「おお、よくぞいらっしゃった！」

応接間らしいデザインの、やわらかそうなソファーを勧められた。ウェインは言われるままにソファーに腰かける。

「まずは来ていただいて感謝する。私は陛下よりこのヒルス王国の宰相を仰せつかっておる、ダグラス・オコーネルと申す。よろしくお願いする」

宰相だと。

大物である。一介の傭兵が面会していい立場の相手ではない。

なぜウェイン――いや、プレイヤーを呼んだのだろうか。

「……あ、ええと、ウェインといいます。姓とかはありません。傭兵をしています。よろしくお願いします」

「うむ。ウェイン殿は、なぜ自分がここへ呼ばれたのか不思議に思っておろう」

「……はい」

「実は今、王国各地で魔物による襲撃が起きておってな。我が国はその対応に追われ、私も昨日から寝ていない」

まさかの寝てないアピールだった。ウェインもよくVRリーマンの友人にこれをやるが、ゲーム内世界でもこんな文化があったとは。謎の親近感が芽生える。

「だが実のところ、事の起こりは今からおよそ一〇日前までさかのぼる」

宰相は一体なんの話をしているのだろう。

イベントが始まったのは昨日からのはずだ。しかし運営の仕込み自体は一〇日前からあったということだろうか。

「一〇日前、我が国の国教であるヒルス聖教の総主教聖下が、神託を賜ったと発表された」

「神託……ですか」

胡散臭《うさんくさ》い、と一瞬だけ思ったが、よく考えればここは剣と魔法の世界。神託というシステムが本当にあったとしても不思議はない。

「左様。神託とは、総主教聖下や主教座下が、神より賜る不思議な御言葉で、世界全体の趨勢《すうせい》にかかわるような内容であることが多い」

要はシステムメッセージのようなもの、ということだろうか。ウェインには何も覚えがないため、もしかしたらイベントの告知をNPC用に行うための仕掛けなのかもしれない。

「それによれば、新たな『人類の敵』が誕生したとのことであった」

人類の敵。

ウェインはピンと来なかったが、その様子を察した宰相が説明をしてくれた。

それによれば、人類の敵とは世界の色々なところに全部で六体いる特殊な魔物のことで、その存在一体でたやすく大陸を滅ぼすほどの力を持っているらしい。人の力では抗《あらが》うことさえ不可能なため、「災厄」と呼ばれている。

災厄には大悪魔や真祖吸血鬼などがいるらしいが、これまでこの国が戦ったことがあるのはそのうちの大天使のみだそうだ。と言っても大天使自体は表に出てくることはなく、配下の天使をけしかけて気まぐれに王都や大きな街を襲うくらいらしいが。

そんな災厄に、七番目が誕生したと言う。

「おそらくそれが、魔物どものこの大侵攻の引き金であろう」

なるほど、と思った。やはり一〇日前の神託とやらはイベントの仕込みだ。

その七番目の災厄とやらがこのイベントの黒幕で、神託とかいうのはイベントフラグの発生アナウンスだろう。

「本格的な侵攻が始まったのは昨日からだ」

ウェインは頷《うなず》いた。

自身も帰るべき宿が破壊されたため、各地をさまよって、王都に辿り着いた。

そう伝えると、宰相は悲痛な表情を浮かべた。

「そうであったか。ウェイン殿はあのエアファーレンに……。そうか……。

であれば話は早い。実はその七番目の災厄が生まれたのは、エアファーレンのそば、リーベ大森林なのだ」

衝撃をうけた。しかし同時に納得もできるような気がする。

リーベ大森林から溢《あふ》れ出し、街へ押し寄せてきたアリの衝撃はとんでもなかった。

初心者の多い、ＳＮＳでは大森林先生などと呼ばれるようなフィールド型ダンジョンから現われていい魔物では無かった。

あの森には普段は弱いアリやゴブリンなどしか現れず、それも一定以上殺すと強制的に死に戻りするというよくわからない仕様のダンジョンだ。ゆえに最近では、引き際を見極める目を養うチュートリアルダンジョンとして初心者プレイヤーに人気のある場所だった。

前回イベント優勝者のレアもあの森で稼いでいるという、ウェインが流した噂《うわさ》もあるため、ときおりトップ層のプレイヤーが現れたり、ストーカーじみた追っかけもいたりはする。

そういった一部の例外を除き、基本的にはまったり傾向の辺境に突然現れた殺意の塊のようなアリの大軍だ。

瞬く間に街は破壊され、おそらくすべてのプレイヤーとNPCは殺された。そこにいたプレイヤーたちはウェイン同様に王国各地にリスポーンしたはずだ。

「言うまでもないだろうが、エアファーレンの街はわずかな間に滅んだ。そして時を同じくして、少し離れた場所にあるルルドの街というところも植物型の魔物に街ごと飲み込まれ、消え去ったのだ。ほとんど同時に壊滅したこと、襲った魔物の種類が全く違うことから、直接の関係はないと思われるが、全く関係がなかったとも思えない」

宰相の言うことはもっともだ。イベントなのであらゆる辺境からモンスターが出てきたのだろうが、関係というか、キーとなっているのはボスであるその災厄だろう。

「そしてそのおよそ一日後、つまり今日だな。ラコリーヌの街という、辺境からはかなり離れた場所にある我が国の交通の要所が、巨大なハチの大軍に襲われた。ハチは各々がアリを抱えていたらしく、そのアリの放った上空からの謎の攻撃によってラコリーヌの街は滅び去った」

あのアリだ。

あの砲弾を放つアリを、ハチが抱えて強襲したのだ。

人が空を飛ぶことなど考えもしないこの世界で、航空爆撃など全く想像の埒外《らちがい》に違いない。

「……エアファーレンに現れたアリと同種だと思います」

「やはりそうか……。エアファーレンを襲ったアリ型の魔物が災厄の手の者だとすれば、その手はラコリーヌまですでに伸びているという証明になるな……」

「その、ラコリーヌという街は、ここから近いんですか？　今日陥落したということは、まだそれほど経《た》っていませんよね？」

「いや、徒歩で八日ほど、行軍ならば九日ほどかかる場所だ。早馬でも二日はかかるだろう」

「では伝書鳩《ばと》などでその情報を……？」

「いや。鳩は送ったが、送ったその時点では壊滅の事実は知らなんだし、返事も帰ってきていない。かの街の状況を知ったのは別のルートだ。

……実は、九日ほど前に災厄討伐軍を編制し、リーベ大森林へ向け出撃させたのだが」

九日前というと、つまり神託を聞いてすぐに軍隊を編制したことになる。よほど追い詰められていなければ一国の首脳部がそんな決断はできないだろう。

この世界のNPCにとって、災厄とはそれほど恐ろしいものなのか。

「その討伐軍が、つい先程全滅した。ラコリーヌでな」

「なっ――」

「保管庫持ちの方ならば知っておるやもしれぬが、我らのような貴族階級は、眷属《けんぞく》というものを持つことが出来る」

「はい、存じてます」

「では詳しい説明は省こう。眷属は死しても、一時間後に最後に眠りから覚めた場所に蘇生《そせい》することができる。これはよいかな」

「はい」

たしか、公式のFAQで見た事がある。

「私は討伐軍に、自分の眷属の騎士を三名同行させておいた。三名がお互いを常に監視するよう特殊な訓練を課し、それを修了したものだけを選んだ。三名の騎士には特殊なポーションをひと月分持たせておる。

そのポーションは、眠りを妨げる強力な効果のあるものだ。私が送り込んだ三名の騎士は、たとえ行軍が何日に及ぼうとも、決して眠ることはない。そして行軍中に死したときには、最後に目を覚ましたこの王都で復活するのだ」

ウェインは絶句した。

そこまでするというのか。

いやするのだろう。ここは彼らの世界だ。彼らの生きる国なのだ。

「その我が騎士が先程蘇生し、報告してくれた。ラコリーヌ壊滅の報、そして災厄襲来の可能性ありとな」

これ以上ないほど確実な情報だ。これがプレイヤーであればフレンドチャットやSNSなどで情報の共有を行うのだろうが、それが出来ないNPCが、まさかこのような手段でもって間接的に長距離通信を行うとは。

だが、すでに騎士の死に戻りによって情報を得ているのなら、何のためにプレイヤーを探していたのだろうか。なぜウェインを呼んだのだろうか。

「ウェイン殿にお願いしたいのは、だ。なるべく多くのお仲間に、この王都に集まってもらえるよう呼びかけていただく事だ。おそらく高確率で、次はこの王都に災厄が襲来する。それも、災厄本体が」

「なっ！　なぜ……！　その根拠はなんなのですか！」

「うむ……」

宰相が目配《めくば》せをすると、先程の騎士が大きな地図を持ってくる。羊皮紙かなにかで出来ているらしいそれをローテーブルに広げ、宰相がその一点を指差した。

「ここ。ここがリーベ大森林だ。そしてここがエアファーレンの街。そしてここがラコリーヌの街になる。エアファーレンとラコリーヌに現れた魔物が同種のものである以上、同じ勢力、つまり災厄による襲撃であることは間違いないだろう。これを見ると、奴はほとんど一直線に西に向かって進軍しているということだ」

地図など見るのは初めてだが、確かにそのようだ。さらに言えばその先には王都がある。宰相の言いたいのはそういうことだろう。

「そして次に、災厄本体が進軍に同道している可能性についてだが。

我が騎士が死亡したのは正確にはラコリーヌ壊滅時ではない。その後だ。ラコリーヌ壊滅はたしかにハチとアリの魔物による攻撃によって行われたのだが、その攻撃で滅ぼされたのはあくまで街並みと、痛ましいことだが主に街の住民と錬度の低い兵たちだ。討伐軍の上位の兵士や騎士たちはその攻撃では死ぬことはなかった。

生き残った兵士や騎士たちを倒すにはハチどもでは力不足とみてか、その後ハチどもの軍は急に姿を消した。

問題はその後だ。騎士たちの上空に突如、アンデッドの群れが現れ、地上に落下してきた。落下してきたアンデッドは異常な強さで、街を壊滅させる攻撃すら耐え抜いた騎士たちでも太刀打ちできなかったそうだ」

ウェインも噂だけなら聞いたことがある。リーベ大森林に異常に強いアンデッド騎士が現れたことがあると。

アリが、災厄がリーベ大森林から生まれたのなら、そのアンデッドも間違いなく同じ勢力だ。

ウェインがそう伝えると、宰相も頷いた。

「なるほど。やはり災厄の配下で間違いなさそうだな」

「しかしそれだけでは災厄本体がそこにいたということにはならないのでは？」

「うむ。だが考えてもみてくれ。突如上空にアンデッドが現れるなど、普通に考えて有り得ぬ事態だ。現れたのが地上であればまだわからぬでもないが、上空だぞ。いったいどういう理由があればそんな現象が起こるというのだ」

宰相の言うことはもっともだ。不自然極まりない。

「それを素直に受け取るくらいなら、何らかの手段で不可視となった何者かが、何らかの手段で空中に浮かび、そこで魔物を喚《よ》び出したと考えるほうが遥《はる》かに納得できる。事実、自らの姿を見えぬようにする魔物は存在する。大量のアンデッドを喚び出す魔物も確認されている。

災厄であれば、単体でそれら全ての能力を行使できるとしても不思議はない」

宰相の話も十分荒唐無稽《こうとうむけい》に聞こえるが、ひとつひとつ分解してみれば確かにその方が有り得そうに聞こえる。そして災厄がその全てを行える可能性があるというのも納得できる理屈だ。

「ハチどもを下がらせたことから、この王都もハチに攻撃させるつもりがあるのかどうかはわからない。その気になれば、災厄は我が騎士たちでも勝てぬアンデッドを召喚することも可能だからだ。だが少なくとも、現時点で災厄本体がリーベ大森林を出て一直線に西に向かって来ている可能性は非常に高いと言えるだろう」

「……それで、プレ、保管庫持ちの情報網を利用して、王都に防衛戦力を集めて欲しいということなのですね」

「そのとおりだ」

ウェインは考えた。どうやったら実力のあるプレイヤーをこの王都に集めることが出来るかを。断ることは考えていない。ここに来るまでに見てきた、いくつもの壊滅した街のことを思う。ウェインにもっと力があれば、あるいは滅びずに済んだのかもしれなかった。

力がないのは今も同じだが、力を集めることは出来るかもしれない。

「わかりました。どれだけ出来るかわかりませんが、やってみましょう」

◆◆◆

【イベントボス】ヒルス王国王都集合！【確定】

001：ウェイン
ヒルス王国の王都にイベントボスが襲来する可能性が高い　ソースはＮＰＣの王国宰相
来られる人は出来るだけヒルスの王都に集まってくれ

002：モンキー・ダイヴ・サスケ
馬鹿か。まだ二日目だぞ。

003：丈夫ではがれにくい
複数回現れるなら、二日目に来てもおかしくないっちゃおかしくないが……

004：アマテイン
>>001はどうやって王国宰相なんて大物とコネクション作ったんだ？

005：ウェイン
>>004　傭兵《ようへい》組合に行ったら騎士がプレイヤー探してて、たまたま俺だけがいたから城につれてかれた
そこで詳細聞いて、多分かなり高確率で「災厄」とかいうボスモンスターが王都に来る

006：モンキー・ダイヴ・サスケ
設定がガバガバすぎる。解散

007：名無しのエルフさん
「災厄」ってその宰相閣下から聞いたの？

008：ウェイン
>>007　そう　なんか六大災厄とかいうのが世界中にいるらしくて、今回のイベントボスが七番目の災厄らしい。それが王国の東のリーベ大森林ってダンジョンに生まれたのが一〇日前　でイベント開始の昨日から進撃始めて、まっすぐ西に向かってる　初日はエアファーレン、今朝はラコリーヌで、次は王都　多分今日

009：明太リスト
別のスレッドで立ってるね。エアファーレンて街が速攻陥落したのは事実。ラコリーヌって街が一瞬で消え去ったのも事実。その先が王都なのかは地図が公開されてないからわからないけど、まぁ説得力はあるかな

010：名無しのエルフさん
補足しとくと、その「災厄」の話もマジよ。ウチがいるのポートリーって国なんだけど、そこの教

会の偉いおっさんがポートリー王都で演説してた。ヒルス王国東端部って言ってたから、場所も合ってる

011：丈夫ではがれにくい
マジなのか、それともSNS巡回しまくってる暇人のフカシなのか

012：ウェイン
フカシじゃない　マジで時間がない　頼む誰か来てくれ

013：おりんきー
>>009　そのスレ見てたけど、エアファーレンの街相当ひどい状況みたい。エアファーレンの街って、ヒルスにいるビギナーの間で話題の初心者ダンジョンあるんだけど、そこからいきなりアリが湧き出してきて、数時間ともたずに壊滅したって。
最初は「はじまるぞー」みたいな書き込みばっかりだったのに、すぐに「やばい」とかばっかりになって、しばらく誰も書き込まなくなって、数時間ぶりの書き込みが「どこここ」だった

014：モンキー・ダイヴ・サスケ
おい待て。何だダンジョンって。このゲームそんなシステムあったたか？

015：明太リスト
初心者ダンジョンってリーベ大森林のこと？　運営から明確にアナウンスはされてないけど、検証班の間じゃサイレント実装された初心者救済コンテンツなんじゃないかって結論になってる。
調整も神がかり的なバランスだし、専用のＡＩがいくつも用意してあるんじゃないかな。ルートもパッと見だとわかんないくらい微妙にだけど、歩きやすく整備されてるしね

016：アマテイン
雑談はよそでやってやれ
>>012　マジだったらやばいのはわかるんだが、他国の王都とか今から行くの無理じゃないか？

017：カントリーポップ
>>001がマジだったとしても、あくまで可能性の話でそ？　なんとか行けたとしても、辺境から遠い王都でその後どうしろと

018：ウェイン
たのむ　マジで頼む　災厄なんて来たらヒルスが無くなる

019：ウェイン

だれか

020：ギノレガメッシュ
おィー？
なんで！　俺に！　声かけねえんだ⁉　みずくせえなあ！

021：アマテイン
>>020　ギノレガメッシュじゃないか。なんでこんなとこいるんだ

022：おりんきー
>>021　誰？

023：明太リスト
>>022　現行の最硬タンクの人
一日目にして防衛成功したとか言ってなかった？　別スレで

024：ギノレガメッシュ
>>021　ウェインは俺のフレンドだから
>>023　言ってたぞ

防衛隊が凌《しの》いでる間に攻撃隊が敵の本隊叩《たた》いて終わらせた

025：カントリーポップ
まじかよあと一週間もあるけど何するの？w

026：ギノレガメッシュ
>>025　だからこれからヒルス王国を救いに行くんだろ？

027：丈夫ではがれにくい
やだなにこの人かっこいい

028：ウェイン
ギル、ごめん忘れてた　助けてくれるのか

029：ギノレガメッシュ
>>028　フレンドだろ？　水くせえなまかせろや

030：ヨーイチ
面白そうだな。俺も一枚噛《か》ませてもらおうか

031：アマテイン
ナースのヨーイチか

032：丈夫ではがれにくい
セリフだけはいつもかっこいいｗ

033：名無しのエルフさん
でも格好はキモいｗ

034：明太リスト
実力もキモい（褒め言葉

035：カントリーポップ
てかなにげに、このスレトップ層ばっかじゃない？　みんな決勝出てたよね
>>001は聞いたことない名前だけど

036：ウェイン
俺は大したことないプレイヤーなんだ

初日に防衛失敗して宿屋もなくなってランダムリスポーンして、その先でも街が滅んでランダムリスポーンして、最後に王都に辿《たど》り着《つ》いたらプレイヤーが俺以外居なかったんだ
ひとりじゃなにもできない　みんな助けてくれ

037：丈夫ではがれにくい
初日に滅んだとこなんてあんのか、と思ったらさっき出てた街か

038：ギノレガメッシュ
助けるのは決まってるんだが、実際どうやってヒルスの王都まで行ったもんか。
俺はまだ今日の分の転移サービス使ってないが、そもそも国外だしな。一回じゃ王都まで届かねえ

039：ギノレガメッシュ
嘘《うそ》、行けるわ王都。今見たら隣接街リストん中にヒルス王都が入ってた
昨日まで無かったんだけどなんでだ？

040：名無しのエルフさん
昨日までリストになくて、今日はあるってことは、逆に昨日まではリストにあったけど今日はないって街もあるんじゃないの？
その街が滅んだから隣の街がなくなって、王都が繰り上がりでリストに出たってことじゃない？

041：ギノレガメッシュ
じゃあ俺のいる国からヒルス王国までは、もう王都しかねえってことになるけど

042：ウェイン
宰相から聞いた
ヒルスは現時点で少なくとも5つの街が滅んでる

043：モンキー・ダイヴ・サスケ
世紀末かよ

044：ヨーイチ
ギノレガメッシュはそれでよいとして、他のメンバーはどうする？

045：明太リスト
>>044　昨日検証スレで見たんだけど、転移サービスのときプレイヤーが持ってるものはなんであれ、プレイヤーの一部として扱われるみたいなんだ。おんぶしたまま転移して、今度は逆におんぶして帰ってこれたって報告あった。だからＳＴＲとかＶＩＴ高い人が何人も担いで移動して、次の街で別の人に入れ替えて……って繰り返してけば何人かはヒルスまで辿り着けるんじゃないかな

046：丈夫ではがれにくい
それ何人必要になるんだよw　あとそれだと最終的に王都に着いたときタンク何人残ってんだよ

047：ギノレガメッシュ
タンクだったら俺がいるだろ

048：カントリーポップ
あんたほんとイケメンだなw

049：名無しのエルフさん
いろんなスレで人集めてくる

050：明太リスト
気づいてないひといるかもしれないから言っとくと、これ最終的に自分がどこまで移動したとしても、死ねば元いた街に戻れるよ。今はデスペナルティ無いしね。
だから仮にイベントボスが現れなかったとしても、無駄になるのは今日の分の転移サービスだけ。
これ付け加えれば協力してくれる人も増えるんじゃない？

051：名無しのエルフさん
>>050　気づいてなかったw　ありがと

052：ウェイン
みんなありがとう　ほんとありがとう

053：アマテイン
礼ならまず君のフレンドに言うんだな。彼の登場で空気が変わった

◆◆◆

「……なんとか、人を集められそうです」

宰相の応接間のソファーを借りてＳＮＳに書き込みをしていたウェインは、使用人に頼んで隣の執務室から宰相を呼んでもらった。

「おお、ありがたい……。それで、どのくらいの方が来られそうなのかな」

「ええと……二〇、いや三〇人くらいは来れそう、です。みんな、俺の何倍も強い人たちです」

「なんと……」

宰相はそう言うと黙り込み、眉間《みけん》に皺《しわ》を寄せた。

「……申し訳ないが、少し、ここで待っていてくれぬか」

「え、はい。それは、かまいませんが……。あの、王都に到着したプレ、知人たちはどうしましょう」

「む、そうだな。ローソン、お前が対応しておいてくれ。お集まりいただいた方々には……申し訳ないが内庭にお通ししてそこでお待ちいただこう。

　ウェイン殿、申し訳ないが、やはり内庭のほうに移動していただけないか。ローソンに案内させよう。私も陛下にお話ししたらすぐに向かう」


　再びあの複雑な回廊を突破し、内庭という場所へ案内された。

「ええと、ローソンさん？　宰相……閣下は、陛下に何のお話をしに行ったんでしょう」

　騎士ローソンはふと立ち止まり、前を向いたまま答えた。

「ウェイン殿が……ご自分の出来うる限りのことをされていると目の当たりにして、宰相閣下も感じ入ることがあったのだろう。本来王国には何の義理もないあなた方が全力を尽くしてくれると言っているのに、我々が何もせぬわけにはいかない。おそらくそういうことではないか」

「そうでしたか……。ありがとうございます」

　ローソンは明らかに何か知っている様子であった。しかし話せないこともあるのだろう。

「ウェイン殿のお知り合いは、いつごろ来られるのだろうか」

「ええと、一人はもう街に入ってます。ほかのメンバーもぼちぼち集まってくると思います。とりあえず、王城前に来るように連絡しておきましょうか？」

「そうだな。そうしてくれると助かる。私が王城前で待機して、こちらに誘導するようにしよう」

「わかりました。よろしくお願いします」

ＳＮＳの先ほどのスレッドに集合場所の追記をし、ギルにフレンドチャットを飛ばす。

〈――王城前に来てくれってさ。豪華な鎧《よろい》の、ローソンって騎士が迎えに行くから〉

〈王城前だな、わかった〉

〈……ギル、その、ありがとう〉

〈やめろって。ボスに勝ってからにしようぜ〉

〈……ああ、そうだな〉


「マジで王城内入れるんだな……。すまん正直半信半疑だったわ」

「今からでもこれ拡散したら人増えるんじゃない？」

「でもタイムリミットっていうか、襲来が具体的にいつごろになるかわかんねえからな。今から向かったとしても、間に合うか微妙じゃないか？」

「一応そのことだけは警告するとして、言うだけ言っておこう」

アマテイン、おりんきー、カントリーポップ、丈夫ではがれにくい……。

ウェインでも知っているトップクラスのプレイヤーたちだ。本当に来てくれるとは。

スレッドにはいなかったが、有名プレイヤーである「その手が暖《あった》か」もいる。彼女は数少ないヒーラーの一人で、回復魔法系スキルの発見者でもある。

その後にも続々とプレイヤーたちが入城してくる。もう三〇人は超えただろうか。

「みなさん、ありがとうございます……」

「さすがに国が一つなくなるとかマジだったら洒落《しゃれ》にならんからな。これで釣りだったら許さんところだが、とりあえず嘘じゃないみたいだな」

全身黒タイツのニンジャだ。彼も決勝で見た顔だ。

「俺は最初から信用している。ギノレガメッシュのフレンドだという話だし」

そこへナース服の紳士が現れた。ナースのヨーイチだ。彼は今、この黒タイツのプレイヤー、モンキー・ダイヴ・サスケと二人で行動しているらしい。決勝でともに同じ相手に敗れたことで、何か通じるところがあったようだ。

「それよりも、ウェインと言えばどこかで聞いた名だと思ったが、確か前回優勝者のレア氏がリーベ大森林にいるという話を流したのが君だったな」

「そうだ、レア氏とは連絡はとれないのか？　ここに彼女がいれば勝率は上がると思うんだが」

ヨーイチとアマテインの言葉に、ウェインは目を伏せた。

「レアは……わからない。フレンドというわけじゃないんだ。彼女はＰＫで……。たぶん、ソロでやってると思う」

そもそもウェインに近づいてきたのも、ウェインをＰＫするためだ。そんな情けないことはとても言えないが。

「そうか……。そういうことなら仕方ないな」

「――おお、これほど集まっていただけるとは……。ウェイン殿には感謝の言葉もない」

そこへオコーネル宰相が現れた。その後ろからは、騎士たちがなにやら大きな物を数人がかりで運んで持ってきている。布をかぶっているため何なのかは不明だが、丸いシルエットのものだ。

「これはすでにウェイン殿に語ったことなのだが……」

宰相は内庭のプレイヤー全てに、先程ウェインが聞いた話を語った。

「なるほど、確かに、そういうことなら、王都に現れる可能性は高そうですね」

話を聞いたアマテインがプレイヤーを代表してかそう答えた。

「うむ。そこで、だが……」

そうしてオコーネル宰相は語り始めた。災厄に対抗するため、人類種国家に遺《のこ》された切り札について。

第三章　身を知る雨の味

《一時間以内なら蘇生《そせい》を受け付けられますが、ただちにリスポーンしますか？》
《イベント期間中につき、経験値の減少はありません》
レアは薄暗い洞窟《どうくつ》の玉座で目を開けた。辺りには、自分以外には誰も居ない。

主君であるレアが死んだからだ。


まさか死ぬことになるとは思ってもいなかった。

正式サービスが開始されてから、死んだのは初めてだ。いい経験になった。してみたかったができなかった検証もできた。

「…………」

どうやらレアが死亡すると、その瞬間眷属《けんぞく》たちも全員死亡状態になるらしい。そしてすべての眷属が一時間後にリスポーンする。

つまりこれから一時間はこの広い洞窟内で一人きりだ。レアが死んだことでスガルも死亡したため、アリたちもいない。

いや違う。一時間後にリスポーンするのはスガルであってアリではない。

もしスガルのリスポーン後にアリのリスポーンのカウントが始まるのだとしたら、アリたちが蘇生するのは二時間後ということになる。すこし長い。同じことがジーク配下のアンデッドたちにも言える。

「……」

それにケリーたちがどこまで進んでいたのかも確認の必要がある。今回のイベントでは隠しておくつもりだった彼女たちには、火山型の領域を探索に行かせていた。彼女たちがリスポーンするのはどこになるのか。ここでないのは確かだが。

「……いや、ある意味よかったよこれで。うん。確かにわたしは調子に乗っていた。イベント中でよかった。何しろ経験値のロストがない。今経験値を一割もロストするようなことになれば、大量の経験値を消費して転生したわたしや世界樹がどうなるかわかったもんじゃない。ラッキーだ。そう、これはラッキーなんだ」

自分の声が震えているのが分かる。

「これを教訓に、常に一割ぶんは経験値を余らせておくべきだね。うんうん。リスクヘッジは投資の基本だ。まぁわたしは別に投資が専門じゃないからしょうがない。これから気をつければっ……！」

声が詰まる。

「ふぐっ……！　うう……ひぐっ……」

悔しい。あまりに悔しすぎて腹の中がぐるぐるする。感情が昂《たか》ぶって、涙が止まらない。喉《のど》がひきつり、満足に声も出せない。

眷属が復活する一時間後までにはマシな顔に戻し、顔も洗っておきたいができるだろうか。リアルであれば翌日まで腫《は》れが残るほどのひどい顔のはずだ。鏡がないためわからないが。

いや、無くて良かったかもしれない。いま鏡などを見れば、情けない泣き顔が目に焼き付いて二度と忘れられなくなるだろうから。

◆◆◆

オミナス君と位置を入れ替えて一人進軍をしていたレアは、ついに王都に辿《たど》り着いた。

王都を上空から眺めてみれば、その城壁の立派さもさることながら、街並みの美しさにも目を奪われる。ここを廃墟《はいきょ》にしてしまうなど、造形美への冒涜《ぼうとく》と言っていいだろう。ワクワクしてくる。

さてどこにアダマンを降下させようか、と考えていたら、突然鎧坂《よろいざか》さんが勝手に腰の剣崎《けんざき》を抜き放ち、金属音を響かせた。

どこかから飛来した矢がレアを狙っていたようだ。

レアは『迷彩』で姿を消して王都の上空にいる。この状態のレアを視認することはほぼ不可能なはずだ。どうやって狙いを定め、矢を射たのか。

眼下を見下ろせば、城壁の外に多くの人間が集まっている。その誰もが例外なくレアのほうに顔を向けている。目が合っている者もいるが、微妙に合っていない者がほとんどだ。

どうやら、あの中に確実にこちらを認識している者がいるらしい。それ以外はその人物に倣って ただ見上げているだけだろう。

この程度の人数ならば、かつてのイベントで蹴散《けち》らしたことがある。

彼らがプレイヤーだとすれば、またまとめて経験値に変えてやればいい。

しかし目的を忘れてはいけない。目的はあくまで王都を手に入れることだ。


レアは人間たちを無視して王都の城壁を越え、アダマンたちを王都上空に大量に『召喚』して街中に降下させた。

『召喚』のスキルツリーを開放していくことによって獲得した、一度に大量に眷属を呼ぶやり方だ。これを行うとしばらくはクールタイムのため『召喚』系のスキルが使えなくなるが、どうせもう今日は必要ないため構わない。

アダマンたちにはなるべく建物を壊さないよう指示を出しておく。ラコリーヌにいたような強力な騎士がいることも考え、常に一人の騎士に対して班単位で当たるよう厳命する。

準備が完了したので、次は城壁の外の者たちだ。

恰好《かっこう》がばらばらなので傭兵《ようへい》の集団だろう。やはりプレイヤーのように見えるが、だとしたらせっかくのイベント中になぜこのような平和な王都にいたのかわからない。

理由は不明ながらこちらを認識しているようだし、ＭＰの無駄なので『迷彩』は解除し、プレイヤーたちの前に降りた。しかしあれから矢が飛んできていないのはなぜだろうか。これでは誰が射たのかわからないままだ。

目の前のプレイヤーと思《おぼ》しき集団は、かつてイベントで蹴散らしたあの状況のまるで焼き直しのように見える。

以前と比べて重装備の、いわゆるタンク職と思われるプレイヤーが極端に少ないのも気になるが、まあ誤差だろう。

「──お前が『災厄』だな。まさかイベント二日目でヒルスの王都まで侵攻してくるとは……。運営はこの国を滅ぼす気だったのか？」

「本当に来るなんて……。でも賭《か》けてよかったかも！　災厄なんて倒したら、私たち間違いなくＭＶＰ獲《と》れるよね！」

「まあＮＰＣが嘘《うそ》つく意味もないし、イベント中だっての考えれば、割と分のいい賭けだったと思うぜ。だからこそこんなに、しかもトップ層ばっかり集まったんだしよ」

「さっきも上からアンデッド大量に投下してたし、今回のアンデッド侵攻イベのボスがこいつなのはもう間違いないだろ」

「……街は大丈夫かな」

「街なかはローソンさんたちが対応してくれるはずだ。信じるしかない」

「つか、でけえな！　これ種族的には何になるんだ？」

「アンデッドでしょ。デュラハンとか？」

プレイヤーたちは口々にそう話しながらも、その場に一〇人ほど残して後衛らしき者たちが下がっていく。

些細《ささい》なことだ。レアは気にしない。どうせ矢だろうと魔法だろうと、鎧坂さんを着ている限り効果はない。目の前に残った前衛の一〇人を始末してからゆっくり殺せばいい。

「前回優勝者のレア氏に連絡がとれなかったのは痛いが、まあ仕方ない。今の俺たちなら、レア氏が束でかかってきても勝てるくらいには稼いできたし、イベントボスが相手でもやれるはずだ」

ぴくり、とレアの眉《まゆ》が動いた。

レアが束になってかかっていっても勝てる、だと。

本気で言っているのだろうか。ならばわからせてやる必要がある。

レアの意思を汲《く》み取った鎧坂さんは、先頭にいた男に音もなく『縮地』で近寄り、抜きざまに『スラッシュ』を放った。

これまでこの攻撃を凌《しの》いだのはジークだけだ。それに鎧坂さんも二度の転生を経て、あのころとは比べ物にならないほど各パラメータも向上している。

仮に防いだとしても盾ごと真っ二つに出来る。

「――うおおあぶねっ！　見たことなかったら死んでたぞ！」

しかし躱《かわ》されてしまった。

（バカな！）

仮にレア自身であっても、今のを初見で躱せる自信はない。確かにまっすぐ行って切るだけのため、知っていれば躱すことも不可能ではないだろうが。

今、この男は見たことがあると言った。どこで見たのか。

「前回優勝者が使ってきた技だ！　プレイヤーが使えるスキルはこいつも全部使えると考えて動いたほうがいい！」

前回のイベントのようだ。

確かに、あのバトルロイヤルではこれを何度も使っていた。利便性が非常に高いため多用させていたが、そのせいでこのコンボは鎧坂さんの癖になってしまっていた。そのため、どうやら彼らは一連の動きを一つのスキルだと思っているらしい。であれば『縮地』を発動した後、別のスキルや通常攻撃に繋《つな》げてやれば躱されることもないだろう。

フレンドチャットでそう鎧坂さんに伝えた。すると鎧坂さんは指示したとおりに『縮地』で別の剣士に肉薄し、スキルを使わずに横薙《よこな》ぎに払った。

さすがにこれを躱すのは不可能だったようで、ギリギリで盾を捩《ね》じ込んできたが、もろともに斬り飛ばした。

盾はまるでバターのように斬り裂かれ、という光景を思い浮かべながら見ていたのだが、斬れたことは斬れたもののかなりの抵抗があり、切り口も歪《いびつ》だった。

どうやらただの鉄ではないらしい。

「ギル！」

「大丈夫だ！　死んでねえ！　くそ、大枚はたいた魔鉄製の盾が一撃でオシャカかよ！」

盾がうまく斬れなかったせいで、剣士を真っ二つには出来なかった。斬り飛ばせたのは左腕だけだ。

先程から何か、うまくいかない。

アダマンたちと模擬戦をおこなった時は、もう少し軽快に動けていたはずだ。以前のイベント時よりはよく動けているのは確かだが、二段階の転生をしたというのにこの程度なのだろうか。

「任せて！　『中回復《ミドル・ヒール》』！　『再　生《リジェネレーション》』」

後衛の魔法職から何か魔法が飛んできた。

どうやら目の前の、たった今左腕を斬り飛ばしてやった剣士が対象だったようで、その剣士の傷口が光に包まれる。

その光の粒が左腕の形を構成していき、光が消えると腕が元に戻っていた。

斬り飛ばしたガントレットは戻らないようだが、ダメージは全て回復しているとみていいだろう。

（回復魔法！　発見されていたのか！）

この手のスキルは他者と連携する前提のスキルのため、情報を秘匿するメリットは少ない。SNSなどをチェックしていればレアも取得できていたかもしれない。

これは慢心だ。一番多く経験値を稼いでいる自分が、一番多くスキルを知っているはずだという。

だがそんなはずはなかったのだ。近接系の攻撃スキルなど、レアもあえて取得していないスキルはたくさんある。そういった、レアが取得を見送ったスキルの組み合わせを試したプレイヤーはいくらでもいるはずだ。レアだけがゲームを楽しんでいるわけではないのだ。

（このイベントが終わったら、久しぶりにスキルの開発をしてみよう。その前にSNSを巡回し、すでに出回っている情報は全てチェックし、一通り試してみてから……）

「『かみなり』！」

ずん、と一瞬視界が揺れた。相手は雑魚の群れとは言え、今は戦闘中だ。考え事をしている場合ではなかった。

どうやら魔法攻撃を受けたらしい。鎧坂さんがダメージを受けている。だが問題ない。この程度のダメージならばそのうち自然に治癒するはずだ。

いや、問題なのはダメージ量ではない。ダメージを受けたことそのものだ。

検証では、鎧坂さんにダメージを通せたのは世界樹の杖《つえ》を装備したアダマンメイジだけだった。

アダマンナイトの強さを思えば、アダマンメイジもかなりのレベルの魔法使いだと考えていいはずだ。そのアダマンメイジが世界樹の杖という最高級の武器を装備してようやく叩《たた》き出したダメージを、プレイヤーが再現したことになる。

ダメージを与えてくる可能性がある敵がいる。ならば優先して対処する必要がある。

鎧坂さんは今魔法を放ったプレイヤーに顔を向け、『縮地』で距離を詰めようとした。

しかし、その直前に、突然視界が闇に覆われた。

(何だこれ！　見えない！)

「おし！　成功だ！　視界は奪った！　今だ！」

何が今なのかは不明だが、強烈に嫌な予感がする。とっさにレアは魔法を放った。

「『ヘルフレイム』！」

もはや声を出したくないなどと言っている場合ではない。

「なんだ今の声！　誰だ！」

基本的に範囲型の魔法は対象範囲を視認して初めて発動することが出来る。ただし例外がある。

それは自分自身を範囲の中心にする場合だ。全ての範囲型魔法は、この場合のみ実際に見ていなくても発動できるようになっている。

「ぐわ！　炎が！」

「くそ！　誰が撃った！　作戦にないぞ！」

「違う！　こいつよ！　災厄が自分中心に魔法撃ったんだわ！」

「むちゃくちゃだ！　そんなんありかよ！」

これで周りの有象無象は燃え尽きたはずだ。

だが視界は晴れない。

これが魔法なのか、何らかのスキルなのか、アイテムなのかもわからないため対処もできない。

「み、みんな、大丈夫⁉　『範囲小回復《エリア・リトルヒール》』！」

さきほどのヒーラーの声が聞こえ、周りから口々に感謝を伝える言葉が聞こえてくる。

それはつまり、周囲の奴《やつ》らはまだ死んでいないということ。

ありえない。レアの『ヘルフレイム』は今や、アダマンの塊をも溶かすほどの威力がある。今の一撃は、鎧坂さんに相当なダメージを与えることをも覚悟して放ったものだ。剣崎の一閃《いっせん》で盾を切り裂かれるレベルのプレイヤーたちが生き残れるはずがない。

（というか、その前に鎧坂さんはなぜ無事なんだ……？）

ダメージは確かに受けてはいるが、想定よりもずっと少ない。

「フィールドデバフが効いてて助かったぜ。準備が面倒だが、その分効果は抜群だな」

「ちょっと！　余計なこと言わない！　イベントボスだって高度ＡＩ積んでるかもしれないのよ！　対策されたらどうすんの！」

（フィールドデバフだと……！）

準備が面倒などと言っていた。つまりこの戦場には、あらかじめそのデバフを発動させる準備がしてあったということだ。そこにのこのことレアが現れた。

もはや油断や慢心で済ませていい話ではない。

どうせ自分に勝てるものなどいないと高を括《くく》っていた。

せめて自分が戦うことになるくらいの者でも居ればいい、などと上から目線だった。

調子に乗っていた。その結果がこれだ。

デバフを仕込んだフィールドに誘い込まれ、弱体化した状態で戦わされ、こちらの攻撃は回復され、視界を奪われ、このざまだ。

レアは愚かな自分に腹がたった。許せない。他人を許すのは容易だが、自分を許すのは容易ではない。

いや、やはり他人を許すのも容易ではない。こいつらも許せない。こいつらに絶対に負けたくない。レアは負けず嫌いだった。

視界が効かないのなら、剣崎《けんざき》たちで蹂躙《じゅうりん》するだけだ。彼らはそれぞれに視覚を持っている。

「まだ視界は回復していないはずだ！　それに今の魔法のリキャストタイムも終わってない！　アレをやれ！」

「任せてくれ！　『恐怖』！」

《抵抗に成功しました》

しかしその瞬間、鎧坂《よろいざか》さんの動きが止まった。レアが操作しようとしても全く動かせない。

(馬鹿な！　鎧坂さんには『精神魔法』は効かないはずだ！　なのにどうして！)

「災厄の動きが止まったぞ！　『恐怖』にかかった！」

「デバフかかってるっても、イベントボスの精神抵抗突破するって、どんだけ極振りしてんだよ！」

「目潰《めつぶ》しのおかげだって！　暗闇状態なら『恐怖』の抵抗判定にマイナス補正かかるから！　それ

より、持ってた魂縛石が消費された！　やっぱりこいつはアンデッドだ！」

初耳だ。『恐怖』の判定にそんな仕様があったとは。

しかし考えてみれば気づくはずがない。なぜならレアは、これまで明るい所にロクに出たことがない。常に暗闇で『恐怖』を放っていた。

そしてもうひとつ、聞いたことがないものがある。魂縛石とかいうアイテムだ。

それが何なのかは不明だが、名前からして『死霊』の『魂縛』と似た効果を持っているのだろう。『魂縛』は術者自身に魂をストックさせる効果があるが、そのアイテムはその魂の代わりをする消費アイテムなのかもしれない。

鎧坂さんはアンデッドではないが、ホムンクルスとゴーレムの中間のような存在だ。どちらも『精神魔法』を通すには別途魂が必要なため、それで消費されたのだろう。

『精神魔法』は効かないし、魔法を使うこともない鎧坂さんや剣崎たちには、全くＭＮＤに経験値を振っていない。デバフフィールドとやらで弱体化していては、抵抗に失敗するのも仕方ない。

剣崎たちも反応しない。彼らもまとめて恐怖で竦《すく》んでいるのだろう。

「今だ！　攻撃を集中させろ！」

四方八方から魔法が飛んできている。しかし鎧坂さんにはわずかなダメージしか通っていない。

このまま放っておいても「恐怖」から回復するまでに死ぬことはないだろうが、そんな情けないことができるはずがない。

こいつらは必ず殺すと決めたのだ。

視界も効かず、動きもしないのであれば、鎧坂さんの中にいても仕方がない。

今、受けている攻撃が魔法ばかりであることを思えば、周囲にプレイヤーはいないのだろう。先ほどのような自爆覚悟の魔法攻撃が届く範囲にいるとは思えない。

もう、姿を見せたくないとか舐《な》めた事を言っている場合ではない。全力で叩き潰《つぶ》す。

自分の目で直接確認し、高位魔法をばらまけばいい。

「『ホワイトアウト』」

「うわ！　なんだ！」

「光⁉　見えない！」

効果時間は長くはないが、周囲一帯の全てのキャラクターの視界を奪う『光魔法』だ。この隙に鎧坂さんから外に出る。

背中のハッチを開け、素早く身体《からだ》を出すと、鎧坂さんの肩に手をかけ、這《は》い上がる。腰の翼を広げてバランスをとり、片足を鎧坂さんのハッチにかけ、身体を支えた。

「なんか出てきた！」

「中の人いたのか！」

「落ち着け！　ラスボス二段変身はお約束だ！」

プレイヤーたちはもう『ホワイトアウト』の視界不良から復帰している。効果時間が異常に短い。やはりデバフの影響が大きいようだ。出来れば視界を潰している間に何人か片付けたかったところだが、視界を奪われているのは実はレアも同じだった。

異常なまでに陽射《ひざ》しが眩《まぶ》しい。

目を細めて光を抑えなければ、まともにあたりを見渡すことも難しい。

そういえば、生身でまともに外に出たのはこれが初めてかもしれない。

太陽は中天よりは傾いているとはいえ、直射日光を強く浴びていることに変わりはない。

視力に関するデメリットについては「弱視」だけのつもりだったが、もしかしたら「アルビニズム」と「弱視」を両方取得したことで、デメリット同士でシナジー効果が生まれているのかもしれない。

「てかこれ……」

「どう見ても天使じゃない？　アンデッド大発生の黒幕は天使だったってこと？」

「なるほど天使か……。確かにそうとしか言えないような美しさだな。単なる造形美を超えた、訴えかけてくるような圧倒的な美しさを感じる」

「ここまで綺麗《きれい》だと嫉妬《しっと》も起きないわ……」

「ていうか、やばくない？　天使ってことはさ……アレの効果が……」

「いや、でも明らかに効いてんじゃん」

「天使に見えるが、こいつがアンデッドなのは確かなんだ！　たぶん、天使がアンデッド化した存在だと思う！」

戦闘中だというのに、のんきにおしゃべりをしている。余裕を見せていられるのは、レアが行動を起こしていないからだろう。

だがそれももう終わりだ。

相変わらず眩しくて仕方がないが、相手のおしゃべりのお陰でだいぶ慣れてきた。まったく目を開いていられないというほどではない。どっちの方向に敵がいるのかくらいは分かる。

敵の前衛は思っていたより離れていないようだ。視界を奪い、行動を縛ったことで安心して近くに寄ってきていたのだろう。

（その油断を後悔させてやる）

レアは「弱視」のため、生身では中距離以上の敵にまともに攻撃を当てられない制限がある。それにこう視界が悪くては、想定していたように魔法では満足に狙えない。

ならば近付いて、物理で殴る。

『精神魔法』で動きを止めてやれれば話が早いが、狙いを付けられないのは『精神魔法』も同じだし、無差別にばら撒《ま》くと鎧坂さんたちにどんな影響が出るかわからない。

レアはすばやく鎧坂さんから飛び降りると、手近にいた近接物理系と思《おぼ》しきプレイヤーの首めがけて回し蹴《げ》りを叩きこんだ。

弱体デバフを受けていようと、相手が人間の形をしている以上、その壊し方は体に刻み込まれている。むしろ弱体を受けている今の状態でさえ、本来のステータスが高すぎるために、レアの身体の操作感としては反応が良すぎてやりづらいほどだ。

現実世界《リアル》で長年叩き込まれた鍛錬のおかげで、全くなんの能力値も上げていないような状態が一番動きやすいと感じる。こんな事なら普段からゲームの中で身体を動かしておけばよかった。大量の経験値で急激にアバターを成長させてしまった弊害だ。

違和感を抑えつけ無理やり放った回し蹴りは、意識を刈り取るつもりの一撃だったにもかかわらず、刈り取ったのは首そのものだった。だが彼我の能力差から言えば当然だった。ここはゲームの世界だ。ＳＴＲやＶＩＴに桁《けた》がいくつも違うほどの差があれば、まともな格闘戦など望めない。

首を刈り取られたプレイヤーはその場に崩れ落ちる。その腕を掴《つか》んで止めると、後衛の魔法使いたちがいるであろう方向に適当に投げつけた。

圧倒的なＳＴＲで投擲《とうてき》されたその死体は回転しながら飛翔《ひしょう》し、レアの目でははっきり見えないくらいの距離まで飛んだところで光になって消えた。リスポーンしたのだろう。

それを確認すると一旦《いったん》目を閉じた。瞼《まぶた》は熱く、眼球には疼痛《とうつう》がある。薄目でさえも長時間は開けていられない。

「見た目のわりにやべえぞこいつ！」

「絶対魔法特化だと思ったのに！」

「素手で撲殺してくる天使かよ！」

「恐怖はもう解けたのか！」

「おそらく脱皮することでバッドステータスを無効にしたんだ！　それより、前衛はなるべく距離を詰めるんだ！　これ以上移動させたくない！」

今叫んだのがリーダー格だろう。ならばこいつを倒せば連携が出来なくなるはずだ。

その聞き覚えのある声を頼りに距離を詰め、接近したら少しだけ瞼を開け姿かたちを確認する。腰を落とし、手のひらを前に向け、狙い定めた相手の体幹の中心に叩き込む。

吹き飛ばすつもりで放った掌底は、想定以上に柔らかかった相手の胴体を貫通してしまう。それはそのまま、レアの行動に一瞬の制限をかけた。

そしてその隙を見逃すプレイヤーたちではなかった。

遠くが見えないレアにはどこから飛んできたのかはっきりしたことはわからなかったが、レアの横顔めがけて何かが猛スピードで近づいてくる。

レアは咄嗟《とっさ》に体をひねり、腕が刺さったままのプレイヤーの体を盾にして飛来物をガードした。

「『恐怖』！」

すかさず『恐怖』が飛んでくるが、無駄だ。魔王に『精神魔法』は通用しない。

《抵抗に成功しました》

「だめか！」

「くそ、リーダーが！」

「イカ墨玉を防がれたのが痛かった！　でもこれで確定した！　デバフフィールドと目潰しの組み合わせが『恐怖』の成功ラインだ！」

「いや、さっきは魂縛石が一度に六個消費されたけど、僕が持ってるストックはあと四個だけだ！　アイテムが足りなかった可能性もある！」

まったく的外れなことを言っているが、訂正してやる義理はない。

魂縛石とやらが六個も消費されたのは鎧坂さんと五本の剣崎たちの分だろう。どうやら一個で魂一体分の代わりになるらしい。

「『ライトニングシャワー』」

情報のお礼に『恐怖』と声が聞こえてきたあたりを薄く睨《にら》みつけ、範囲魔法をお見舞いする。

しっかりと視認しなければ魔法の命中率は下がるため、レアが中距離以上に魔法を当てるのは至難だが、範囲魔法ならばそれもある程度カバーできる。単体魔法より多いＭＰ消費と引き換えになるが、ＭＰなど気にしている状況ではない。

「ぐあっ……！」

　聞こえてきた声よりも手前までしかはっきりと見えなかったため、そこを起爆中心にするしかなかった。そのせいで直撃はさせられなかっただろうが、声から判断するにギリギリ効果範囲には捉《とら》えられたはずだ。

「明太リストがやられたぞ！」

「弱体化してても後衛職なら一撃なのかよ……」

「物理特化でも魔法特化でもないぞ！　両方バカみたいに強い！　後衛はもっと下がれ！」

「『範囲小回復』！」

　ついでに巻き込まれたらしい、範囲内にいた中で生き残っているプレイヤーに向け、範囲回復の魔法が放たれる。

　だがそれは悪手だ。

　先ほどから、回復系の魔法を投げているプレイヤーの声はひとり分しかない。つまり、おそらくヒーラーはひとりだ。

　ならば。

「『スノーストーム』！　『プロミネンス』！　『アースクエイク』！　『ハリケーン』！」

　範囲回復魔法のリキャストが終わる前に、飽和攻撃でまとめて殺す。

　ダメージ覚悟で自分中心に範囲魔法をばら撒いた。速度重視のためだ。

　自爆ダメージとは別に、さきほどから肌がちりちりする。おそらくこれが日光に弱いアルビニズムのデメリット効果だろう。これ以上無駄に時間をかけてはいられない。急がねばならない。

攻撃の隙間に回復を飛ばされたりしなければ、至近距離にいるプレイヤーは今のですべて片付くはずだ。

それにここまでロクに敵からダメージを受けていない。前衛が消し飛べば後衛から遠慮なく魔法が飛んでくるようになるだろうが、さすがに今のレアの自爆攻撃ほどのダメージを受けることはないだろう。ならば耐えきれる。

攻撃魔法の合間にヒーラーが何やら回復を飛ばしていたようだが、範囲回復はリキャスト中のはずだ。回復できたとしても単発で一人か二人だろう。その程度なら残っていても問題ない。

しかし、盾として都合がよいし、魔法主体の攻撃に切り替えたためそのままにしてあったのだが、この腹をぶち抜かれたプレイヤーはなぜリスポーンしないのだろう。いつまでレアの腕にまとわりついているつもりなのか。

そろそろ引き抜いて捨てておくか、と考えたレアの腰に、何かがしがみついてきた。こいつは確か、最初に腕を斬り飛ばしてやった、ギルとか呼ばれていたプレイヤーだ。今回のレイドの中では珍しいタンク職である。タンク職らしく、体力が多いために生き残ったのか。いや、弱体化しているとはいえレアの魔法はそんなに優しくはない。

ではレアの魔法攻撃の合間にヒーラーがわざわざ回復していたのは、もしやこいつなのか。なんのためにたったひとりを回復したというのか。

「──今だ‼　壊せ‼」

そのプレイヤーが叫んだ。

レアの視力ではよく見えなかったが、後衛たちが遠くで何かをしたようだ。その瞬間、水晶か何かが砕け散るような音とともに、レアの体が突然重くなった。

はっきりとわかった。

これがそのデバフフィールドとやらだ。なぜいきなりこんな強力になったのか。

同時に全身から力が抜ける感覚がある。とても立っていられない。レアの腰にしがみついていた男がだらりと足元にずり落ちた。たぶん死んでいる。

ただのデバフではない。減っているのは能力値だけでなく、おそらくＬＰ《ライフポイント》もだ。しかもこれまでと違い無差別のようだ。だからこのギルというプレイヤーも死んだ。

腕に刺さったままのプレイヤーの死体が重い。レアはたまらず膝《ひざ》をつく。こいつがリスポーンしなかったのはこのためか。

一刻も早くこのフィールドから出なければならない。ダメージというよりは最大ＬＰ減少のようだが、受けたダメージはそのまま固定値で据え置きにされるタイプのようだ。ギルが死んだ直接の原因はこれだろう。減少後の最大ＬＰよりそれまでに受けていたダメージの方が大きかったために、デバフと同時に即死したのだ。

そしてレアもこれまでに自分自身の魔法によって多大なダメージを受けている。さらに、これまで以上の強力な弱体化も受けている。ＬＰはすでにレッドゾーンを割り、わずかしか残っていない。しかもそれも放っておけば「軽度の火傷」によりじりじりと減り始めるだろう。

まずい。しかし足元の男が邪魔で移動のための一歩を踏み出せない。

（こんな重たい鎧なんて着て。でもいざとなれば『キャスリング』で……）

いや、だめだ。ここに来る前にどうでもいいことで使ってしまっている。あれのクールタイムは二四時間だ。

『術者召喚』でエスケープもできない。『召喚』系のスキルが使えるようになるにはまだもう少しかかるだろう。

今日の行動のすべてが裏目に出ている。調子に乗り、後先考えずに行動してきた結果だ。

癪《しゃく》だが、飛んで逃げるしかない。上空から高位魔法の絨毯《じゅうたん》爆撃で片付ける。

『飛翔』で浮き上がり、力を振り絞って腕の死体を振り払う。

その瞬間、その死体と目があった。

知っている顔だった。そして先ほどの、聞き覚えのある声。こいつは、確か。

ふいに、鋭い殺意を感じたような気がした。

反射的に振り返る。

眼前に矢が迫っていた。

(そういえば、最初に矢を射てきた奴が――)

おそらく眉間《みけん》に突き刺さったのだろう。ヘッドショット《クリティカル》だ。


《一時間以内なら蘇生《そせい》を受け付けられますが、ただちにリスポーンしますか?》

◆◆◆

「うむ。そこで、だが……」

宰相が目配せをすると、騎士の一人が運んできた物の布を取り去った。

その正体は虹色《にじいろ》に輝く、しかしどこか不気味に見える、水晶でできた巨大な卵のようなものだった。王城の内庭に集まったプレイヤーたちの間に動揺が広がった。

「我が国の騎士でもない皆さんが力を尽くしてくれている。このような状況で、我々はただ座して待つなど国として有り得ぬ。こちらも最大限の力を振り絞るべきだろう」

宰相は水晶の卵に近づいて、表面に触れながら続ける。

「これは秘遺物《アーティファクト》と呼ばれる、古代の秘宝だ。我が国の国宝の一つでもある。これの使用の許可を陛下より賜ってきた」

「国宝……！」

「アーティファクトだって⁉」

「新カテゴリのアイテムだ」

「それは……よろしいのですか」

アマテインが尋ねると、宰相はプレイヤーたちを見ながらゆっくりと頷《うなず》く。

「この秘遺物は、指定した対象範囲にいる、全ての者に弱体化の呪いをかける効果がある。あらかじめ登録した一〇名までの人物を除いてな。効果時間は、発動させてから一時間だ」

デバフ――つまり、敵に弱体化を強いるアイテムだ。

話に聞いているだけでも、災厄というものが桁違《けたちが》いに強力なモンスターであることは伝わってくる。おそらくこれは、そんなボスモンスターと戦うためのイベントアイテムだろう。

「この弱体化には段階があり、発動してしばらくは弱い効果しかない。しかし効果範囲に相手を留《とど》め続けておれば、その弱体化の割合は徐々に大きくなってゆく。それだけではない。弱体化の効果の発動中にこの水晶が破壊された場合、その瞬間から一〇秒だけ、秘遺物に遺《のこ》された力の全てが解放される。しかもその時点で残っていたはずの効果時間に応じて、その弱体化効果が強まるのだ。この時の特別な効果は無差別で、あらかじめ登録してあったとしても効果を受ける。これが発動すると、最大で全ての能力が五割カットされる事になる。これは生命力も例外ではない。ゆえに、ダメージを受けている状態でこの呪いを受ければ、その瞬間に死ぬことすらあるのだ」

破格に強力なアイテムである。国宝というだけのことはある。

敵と定めた相手は絶対に逃さないという、なにか強い、そう、呪い、いや呪いか怨念のようなものさえ感じられる。

「……なぜ、これを今？　これがあれば、討伐軍が壊滅することもなかったのでは……」

「うむ。この秘遺物には条件があってな。特定の場所でなくば起動させる事ができぬのだ。そしてその場所のうちのひとつが、この王都になる」

「そうなのですか……。しかし、国宝なのですよね？　破壊なんてしてしまっても……」

いかに国の危機とはいえ、国宝を破壊するというのはやりすぎに思える。

「ウェイン殿、よいのだ。この秘遺物はどのみち、ひとたび発動させれば輝きを失い、二度と使うことは出来ぬ」

「でも、不定期に天使とかも攻めてくるんですよね？　天使の親玉が現れたときのために……」

「……実はな。この秘遺物は、天使どもには効果が薄いのだ」

「どういうことです？」

「魔法などに、属性同士の相性があるのは存じておられるな？　あれに似ておる。この秘遺物は、その名を『精霊王の心臓』といい、伝承ではかつてこの地を治めていたとされる精霊王が、その死の間際にこの地に住まう者のために遺されたものだと言われておる。そして天使どもの属性は精霊王と近しい勢力に属するものでな、精霊王のお力が通じにくいのだ」

「そうなんですか……」

「先ほどの起動可能な場所の話に戻るが、その場所はこの大陸に六箇所あり、それぞれがこの大陸を治める国の首都の場所になっておるのだ。これはそれぞれの国の王家が精霊王の後継たる資格を備えているという何よりの証ともなっておる」

もしそうなら、いかに災厄などが攻めてきたとしても、各国の王都だけは特別なイベントアイテムが用意されているということだろう。流石《さすが》に国を滅ぼすなどの、大きな情勢の変化はしにくいようにに調整してあるという事だろうか。

このアイテムが事実上持ち出し不可なのも、NPCが勝手にどこかへ出かけていってレイドボスなどをプレイヤーより先に倒したりしてしまわないようにというバランス調整なのかもしれない。

「じゃあ、今回の、えと、災厄はアンデッドだから効きそうだってこと？」

「その通り。精霊王のお力がもっとも強く影響を及ぼすのは、精霊王と対を成す存在だと言われておる。その存在が何であるのかは不明だが、少なくとも魔や闇などといった勢力に属する存在であるのは間違いなかろう」

「宰相閣下のお考え、わかりました。アーティファクト、使わせていただきます」

アマテインが頭を下げ、他のプレイヤーたちもそれに倣う。

「うむ。よろしく頼む」

「それじゃあウェインさん。リーダーは頼むよ。さっそく作戦を練ろうか」

「えっ」

急に名前を呼ばれたウェインは、一斉に自分に向けられた視線に戸惑う。

おそらくここにいるプレイヤーの中で、ウェインがもっとも弱い。そんな自分がなぜ。

「おいおい、俺たちを集めたのはウェインだぜ？　俺たちはあくまでウェインの手伝いをするために来たんだ。しっかりしてくれよ」

「ああ、ギノレガメッシュの言うとおりだ。この人数を集めたのは君だ。だからこのレイドパーティのリーダーは君だ」

「でも、それはギルがいてくれたからで……」

「そうかもしれない。だがギノレガメッシュが集めたわけじゃない」

なんて奴らだ。これがトップ層のプレイヤーたち。ウェインの言葉を信じてこんなところまで来てくれた者たちなのだ。

それだけではない。ここに来るまでに、途中の街に置き去りにせざるを得なかったタンク系のプレイヤーも居たはずだ。その彼らは本当に何の利益もないにもかかわらず協力してくれたのだ。

ならば、弱いだのなんだのは言っていられない。それほど自信があるわけでもないが、作戦を練るのだ。いや、自分になら出来るはずだ。なにせ自分は、あのレアを推理によって追い詰めた事があるのだ。ここで退いてしまっては、あの時一瞬でも自分を認めてくれたレアにも顔向けできない。いや別にレアについてどうこうという感情は無いが。

「わかった。作戦を立てよう」

そう覚悟を決めたウェインは、プレイヤーを見渡し、頷いた。

「この時点ではっきりしている災厄の能力は次のとおりだ。

まずアリとハチ、アンデッドを操ること。空が飛べるということ。姿を消すことが出来るということ。西に向かっている──つまり、現れるなら東からだということ」

「そうだな。すでになんか対応が厳しい内容の項目があるが……」

「確かに。災厄がもし単騎で姿を消して王都に向かっている場合、まず発見すること自体が不可能だ」

「あ……」

「ひとつ、いいだろうかウェイン氏」

「どうぞ、ヨーイチさん」

「俺にさん付けは要らない。俺は『真眼』というスキルを持っている。このスキルは、発動させると周囲のキャラクターのＬＰを可視化して感じ取る事ができる。具体的な数字がわかるようなものではないが、大まかなところはぼんやりと光と色で教えてくれる。光の強さは残りのＬＰの割合を、色は最大値の大きさを示している」

「ちなみに、そのスキルなら俺も持ってるぜ」

「なるほど……。じゃあ、索敵はヨーイチとモンキー・ダイヴ・サスケさんにお願いしよう」

「サスケでいいだろそこは。なんでフルネームなんだ。あとさん付けは要らねえ」

「……サスケにお願いしよう。ハチを連れていた場合は別途で後で検討するとして、まず一人で現れた場合だ。姿を消して現れる可能性が高いから、索敵を二人にお願いする。そして次に重要になってくるのは、秘遺物の効果範囲、デバフフィールドにいかに誘い出すかだ」

「そうだな。普通に考えて、災厄が来てからあれを用意していたんじゃあ遅い。さっき触らせてもらったんだが、触っただけで使い方がわかった。なんでも、秘遺物ってのは例外なく触れれば使い方がわかるらしい。

で、それによると起動時に対象にするのは『場所』だ。人や物じゃない。そして効果時間だが、三〇分以上を残して『破壊』による強制終了を発動させた場合がもっとも効果が高くなる」

「ありがとうアマテインさん。てことは、一番理想的なのは、災厄をポイントへ誘導し、後衛が秘遺物を起動、その後三〇分以内にLPを確殺ラインに持っていき、そこで秘遺物を破壊して、その効果によって倒す、かな。これを可能にするには──」

こうして、ウェインの策を攻略トップ層たちの経験が補強し、即席ではあるが一つの作戦が速やかに組み上げられていった。

「まずは俺が矢で奴を挑発し、同時に他のプレイヤーに奴の居場所を教える」

「キーになるのはやはり最後のデバフ中にいかに相手を動かさないようにするか、だな」

「おう。責任重大だぜ。任せとけや」

「それと可能なら、なるべくそれまでに災厄のLPを削っておきたい」

「僕の『恐怖』が通るかどうかは五分五分だけど、アンデッドなら魂縛石があれば効果自体はかけられるはずだ。あとは抵抗判定だけど……」

「誰かが気を引いて、背後からサスケがイカ墨玉を投げて暗闇状態にすることで確率を上げよう」

「これ、マジで後頭部に当てても目潰《めつぶ》しできんのか？　どういう理屈なんだよ」

「そういうアイテムなんだから仕方ないだろう。詳しくは作ってくれた錬金術師に聞け。奴はこの戦いにはついてこられないだろうから、途中の街に置いてきたけど」

作戦は概《おおむ》ね定まった。あとは実行するだけだ。

「……でも、これは前衛の全員が確実に死ぬことになるのが前提の作戦だ」

「いや、これしか無いと思う。幸い、デスペナルティも今は軽い。案外、あのアーティファクトを使って、犠牲前提で勝つための調整なのかもしれないぞ、デスペナ緩和は」

「災厄を少しでも足止めするために、死んだとしてもリスポーンはしない。死体をそのまま残して、災厄の足元を邪魔するんだ」

「最後のタイミングには俺がしがみついてでも押さえてやるから、すまないが、回復の順番で迷ったら俺を回復させてくれ。俺が一番死ににくいから、それで少しでも足しになるはずだ」

「はい。わかりましたギノレガメッシュさん」

「いやそこはギルで良くね？」

「申し訳ありません。特定の男性を愛称で呼ぶのはちょっと」

「よし、じゃあ配置につこう。正直、奴がいつ現れるかもわからない状況だ」

「おう！」

「……あれ？　俺もしかして今振られたの？」

ウェインたちによるレイドボスバトル、災厄討伐戦はこうして始まり、そして大陸史上初、人類の敵の討伐に成功したのだった。

第四章　黄金の経験値

「ふーっ……。ふーっ……。ふー……」

ようやく落ち着いてきた。

悔しさと、煮えたぎるような怒りはまだ消えたわけではない。今も思い出すだけで涙がじわりと滲《にじ》んでくる。しかし声も出せないほどの、発作のようなあの涙は、今は鳴りを潜めてきた。

昔から感情が昂《たか》ぶると、痛かったり哀《かな》しかったりするわけでもないのに涙が出てきてしまう事があった。

レアはそんな自分をひどく疎み、現実ではなるべく感情を動かさないように努めて生活してきた。ここまで大泣きしたのはいつぶりだろう。たぶん、あの時以来だ。突然自分を置いて家を出た姉
──いや、今はもう関係ない事だが。

そんなことより、あのプレイヤーたちだ。

彼らは決して許すわけにはいかない。

「ヴェ、んんっ！　……ウェイン、だったね、彼は。てっきりエアファーレンとともに消し飛ばしたのかと思っていたけれど……。でもプレイヤーなんだから、消し飛ばしちゃったらどっかで復活するのか。それが王都近郊だったということかな」

ウェインのせいで死んだ、などとは思わない。あれはレアの慢心が招いた敗北だ。

しかし、決してそれだけではない。

レアと彼らの間には、実力的に非常に大きな差があった。それを彼らは、人数と、アイテムと、そして作戦で以て埋めてきた。いきなり出てきた正体不明のデバフフィールドとやらには言いたいことはあるが、ケチをつけるつもりはない。罠《わな》に嵌《はま》ったレアが間抜けだったのだ。

思い返してみれば、連中の行動や連携の全ては、最後のあのひと時のためにあったのだろう。実によく練られている。見事という他ない。

レアの能力やスキルなどを知っているわけがないため、たまたま偶然嵌った策や、たまたま偶然効果のあったアイテムなどもあったのだろうが、そうした結果も、信じて全てを賭《か》けたからこそ彼らは引き寄せることができたのだ。

あそこにいた全てのプレイヤーがひとつの目標のために全力を出していた。強さに関係なく。

「――ふぐっ」

大丈夫だ。もう落ち着いている。泣いてない。

「……まずは、回復魔法かな。それを取得しなければ何も始められない」

なにしろ、このひどい顔を治さなければならない。


『回復魔法』の取得は、知ってさえいればすぐにでも可能なものだった。

『素手』という武器をもたない状態での戦闘能力を向上させるスキルと『調薬』、そして『解体』を取得することで『治療』というスキルがアンロックされる。

『治療』を取得すれば、その後の条件は何の問題もない。『治療』を持ちＩＮＴが一定以上である場合に『回復魔法』が取得できる。

ヘルプによれば『回復魔法』はＩＮＴによって効果の判定をするようだ。

「『回復魔法』と『治療』だと、どっちのほうが目の腫《は》れに効くのかな?」

鏡はないが、ついでにお手洗いに行き『水魔法』を使い顔を洗っておく。

手洗い場にかけてあるタオルは工兵アリが編んだものだ。

この手洗い場を使う者は五人しかいないのだが、タオルは二枚かけてある。一枚はレア用で、もう一枚がケリーたち用らしい。同じじゃ駄目なのかを聞いても、群れのボスが他と同じタオルを使うなんて、と拒絶された。こちらを想《おも》って言ってくれている事なのはわかるのだが、若干へこむ。

「……ケリーたち、急に死んでしまって大丈夫だったかな。悪いことしたな……」

今回のイベントでは、魔物を率いて侵攻するという立場で参加することにしていたため、ケリーたちは表に出さないつもりだった。

しかし洞窟《どうくつ》でずっと待っているのも退屈だろうし、四人と白魔《はくま》と銀花《ぎんか》で南にあるという火山型の領域を探しに行かせていたのだ。どこかの侵攻戦にかち合った場合は介入しないか、避けられない場合はとりあえず人類っぽい方に味方するよう指示して送り出した。その間の子狼《おおかみ》たちの子守はディアスに任せた。

ケリーたちにも当然賢者の石グレートを使った。

幹部クラスの眷属《けんぞく》でまだ使っていないのはスガルだけだ。彼女は必要とする経験値が多すぎたため、後に回さざるを得なかった。

獣人たちは上位の種族という概念がないらしく、賢者の石系を使っただけでは近しい種族の別の獣人に転生できるだけだった。

現在ケリーは獅子《しし》、ライリーは豹《ひょう》、レミーは虎、マリオンは雪豹の獣人に転生していた。

意外と分類が細かい。髪色などが変わるかと思ったがそういうことはなかった。

耳の形が多少変わり、尻尾《しっぽ》の形が変わったくらいで、見た目において大きな変化はない。エルフとハイ・エルフの違い程度だ。

白魔と銀花はそれぞれ「スコル」と「ハティ」に転生した。もう少し頑張ればフェンリルにでもならないかと思い、翌日もう一度使ってみたが、何らかの条件が足りないのかそれは出来なかった。

これは他の者達も同じで、条件が足りないために一定以上の転生は出来ないようだった。レアや世界樹など、普通に考えてそれ以上がそもそも存在しそうにない者などもいるが。

「……他の地域の侵攻とかはどうなったんだろう。SNSのイベント関連のスレは……。まあ、そうなるよね……。災厄討伐成功とかばっかりだよ……。ぅぐっ、……まあ、いいや、また後で見よう」


お手洗いから女王の間へ戻り、玉座に腰掛けて考える。

レアの持つ経験値の量は、おそらく全プレイヤーでも屈指だ。条件がわかってさえいれば、狙ったスキルを取得することなど造作もない。

しかしゲームを始めた当初、当然ながらそんなことはなかった。少ない経験値をやりくりし、いかに効率的な戦闘力や技術力を手に入れるか。それが序盤の醍醐《だいご》味《み》といえる。

そもそも、最初に経験値取得にブーストをかけようと、あえてデメリットを受け入れて取ったのが「アルビニズム」と「弱視」だった。

今日負けたのも、これらの影響も間違いなくある。

このふたつを取得することで逆に得られた経験値は五〇だった。

たったの五〇だ。魔王に至り、人類に災厄とまで言われるようになったレアを縛る、数少ない枷《かせ》の対価がたったの五〇である。

しかしこの五〇がなければ、ここまで来られなかったのは間違いない。

あの時『使役』を取得するのに必要だった経験値に、この五〇がなければ足りていなかった。

大量の経験値を稼ぐことが出来るようになり、感覚が麻痺《まひ》していたが、レアの原点は間違いなくこの五〇ぽっちの経験値なのだ。

このゲームの世界では誰もが経験値を求める。それさえ手に入れることができれば大抵のことは叶《かな》うからだ。大量の経験値を入手したレアは、それに目がくらんでしまっていた。

人の欲望は恐ろしい。特に金銭に対する執着は、時に理解を超えた行動をも誘発する。それをレアは、現実の世界で嫌というほど見てきたはずだ。

大量の黄金は人を惑わせる。

それはこの世界における経験値も同じだ。

レアの原点はたった五〇の経験値。たった一粒の砂金だ。それを忘れるべきではなかった。いかに大量に手に入るとは言え、それに振り回されてはいけない。重要なのは使い方だ。

黄金の、経験値の持つ魔力に惑わされてはならない。

ここで立ち止まって考えることが出来たのは、あるいは僥倖《ぎょうこう》だったのかもしれない。

「――ふふ、やはりラッキーだね」

玉座から立ち上がり、ひとつ伸びをした。

「まあそれはそれとして、滅ぼした三つの街で得られた経験値を使ってスキルは取るけどね！　自分が戦うのならば、やはりやれるだけのことはやっておかなくては。

せっかく魔王になったのに、『魔眼』とか取ってないし。ハイ・エルフになった時にアンロックされたスキルは全部取ったけど、魔王になってからはまだ取ってないのもあるんだよね」

取得するべきスキルと現在の経験値を見比べながら考える。

「ああ、それと。忘れてはいけないことがあった。一割ぶんは、いざというときのために残しておかなくては。もちろんもう死ぬつもりはないけれど、リスクヘッジは投資の基本だしね」

◆◆◆

ウェインがリスポーンしたのは王城内の仮眠室だった。

決戦前にここで一度ログアウトをしておいたからだ。

隣のベッドではギノレガメッシュが起き上がっている。

「最後よく見えなかったんだが、勝ったんだよな？」

「そのはず……だと思う」

〈……イベントボスは討伐した。リスポーンしたなら城壁まで戻ってくるといい〉

「あ、ヨーイチからだ。討伐成功だって！」

「おう、俺んとこにもサスケから来たぜ。やったな！」

二人はベッドから飛び起きると、慌てて城壁の外へ向かった。街なかを走りぬけながら、今度こそ守ることの出来た街並みを感慨深く眺めた。

決戦前、ギノレガメッシュに礼を言おうとしたら断られた。それはボスに勝ってからだと。

ならば言うべきなのは今だろう。

「――ギル！　ありがとう！」

「いいってことよ！　フレンドだろ！」

守ることが出来たとはいっても、完璧《かんぺき》に無傷で終わったわけではない。やはりいたるところに戦闘の爪痕《つめあと》があり、亡くなったNPCも居たようだ。

残念なことだが、仕方ない。そう割り切るしかない。

もともと、ウェイン一人では何も出来なかったはずだ。これだけの犠牲で済んだのは、多くのプレイヤーが力を貸してくれたからに他ならない。この結果に納得できないのは、彼らに対しても失礼だ。

ところで、街のところどころに謎の金属塊が置いてあるが、こんなものあっただろうか。

城壁の外には生き残ったプレイヤーたちが集まっていた。

その数は少ない。もとは三〇人もいたプレイヤーは、ウェインたちを含めても一〇人ほどしか残っていない。

ウェインの取得した経験値を見れば、死に戻ったとしても今の討伐経験値の分配はされているはずだが。

「みなさん、ありがとうございました！」

「気にするな。良い戦いが出来た。俺の方こそ呼びかけに感謝する」

「まあ、そうだな。久しぶりに熱いバトルだったぜ」

ヨーイチとサスケだ。サスケは口は悪いが、仕事はきっちりとこなすし、なんだかんだ言いながら優しい良い奴だった。彼らとフレンドになれたのは一番の収穫と言えるかもしれない。

「でも、やばかったね……。前衛はまあ、死ぬのが前提の作戦だったから仕方がないとしても、まさか後衛までこんなに減らされるなんて……。範囲魔法が即死攻撃って、どうかしてるわ」

「名無しのエルフさんも、ありがとうございました。後衛と言えば、明太リストさんは残念でしたが……」

「彼なら、戦闘前に宿屋でログアウトしてたみたいだし、そのうち来るんじゃない？　あ、ほら」

「やあ。僕の話かな？」

振り返ると、明太リストが立っていた。彼は王都に残る選択をしたようだ。

死に戻りしたプレイヤーがここにいるウェイン、ギル、明太リストしかいないのには理由がある。イベントボスとの戦闘が本当にあるのかどうかわからない状態で、王都にリスポーンポイントを設定するのが危険だったからだ。

戦闘に勝った場合でも王都に残るメリットは少ない。そう考えたプレイヤーたちは、リスポーンポイントの上書きを避けたのである。

「あそうだ、それでドロップ品はどうなんだ？」

「それなんだけど……」

「実は、あのボスを倒した瞬間、そこに立ってた鎧《よろい》も、鎧が持ってた剣も形が崩れちゃって……。ただの金属の塊になっちゃったのよ」

「えっ」

「ボス本体も、すぐに消えちゃったし」

「この金属塊がドロップ品……ってことか」

「しかも今見てきた限りだと、街中にも多分同じ金属塊が落ちてる。あのアンデッドが死んだ時にドロップしたんだと思う」

「死体じゃなくてドロップ品てのは珍しいな。ゴーレムとかがそういう死に方するけど」

「街中に同じものがあるんじゃあ、この街じゃ高く買ってもらえないかもしれないな……」

なんてことだ。せっかく手を貸してくれた彼らに、満足な礼もできそうにない。

「あ、なんか変なこと考えてそうだから言っておくけど、別に私達に過剰にお礼とかは考えなくていいわよ。私達にとっては、イベントボスと戦えたことそのものが最高のプレゼントなんだし。逆にこっちのほうが何か渡したいくらいだわ。討伐経験値もたんまりもらえたしね」

「おうそうだな。俺なんて最後死んでたのに、結構入ってたぜ。三〇人に分配してこれなら、どんだけ経験値あったんだよって話だよな」

「まあ、それも国の用意してくれたアーティファクトがなければ勝てなかっただろうし、イベント報酬ってところだろうね。第一回イベントみたいにMVP発表とかがあれば、間違いなく僕らは名前が載ると思うよ。もちろん君もね、ウェイン」

「そうかな……ありがとう明太リスト」

「それで街中のアンデッドは消えたんだよな？」

「ああ。ボスの討伐と同時にな。今言った金属塊しか残ってない」

サスケが金属塊をさすりながら答える。彼も本来なら前衛として活躍したかっただろうが、普段は回避型タンクをしているため、今回のように何をしてくるかわからないボス相手では分が悪い。よってその優れた投擲《とうてき》スキルを見込んでサポート役として活躍してもらった。

「他の街に攻めてきてたアンデッドは普通に骨とか残して死んでってるから、ボス直属の強いモンスターは仕様が違うってことなのか？」

「それにしても結局、あのイベントボスは何だったのかしらね。天使のように見えたけど、天使ではないのよね？」

「僕が思うに、天使のアンデッドか何かじゃないかと。天使には効果が薄いはずのデバフフィールドが効いていたし、僕が『精神魔法』をかけたとき、魂縛石が消費された。魂縛石を消費したってことは、本来であれば『精神魔法』が効かない種族ってことになる。だとすれば、アンデッド系か、ゴーレム系か、ホムンクルス系しかない」

「アンデッドか、ホムンクルスってのは間違いないと思うんだが、決め手がないな」

「アンデッドを使役してたんだから、そりゃアンデッドなんじゃねーの？」

「サスケ、お前もう面倒くさくなっているだろう」

「いやだってどうでもいいだろもう。倒しちまったんだし」

それもそうだ。いっときは七大災厄になってしまったが、今はもう六大災厄に戻ったのだ。

「せっかく倒したんだし、何々を討伐したぞ、っていうはっきりした何かが欲しかったところだけど」

「イベントはまだ終わったわけではない。仮にアンデッドだったならば復活イベントや何かで再び見《まみ》えることもあるかもしれん」

「うっへ、あれとまた戦うのは勘弁だな……」

「そうだな。もうアーティファクトは無いし、また戦うなら今度はもっとプレイヤー全体のスキルアップが必要だ」

もしそんな時が来れば、その時こそ真の意味でこのメンバーとともに戦いたい。

ウェインはそう思った。

「じゃあ、とりあえず解散でいいか？　ドロップ品はまあ、適当に売っておいてくれ。いつ配るかはあんまり気にしなくていいぜ。他の連中もそれよりは残りのイベント期間の方が大事みたいだし」

「そうね。お疲れ様。また、何かあったら気軽に呼んで頂戴《ちょうだい》。気軽に来られるかどうかは別問題だけど。ウェイン君なら、また何かありそうな気がするし」

「まあそうだな。こいつの運の悪さは折り紙付きだぜ」

「では、俺たちは死に戻りでオーラルに帰るとしよう」

「またな」

名無しのエルフさん、ヨーイチ、サスケが去っていった。

名無しのエルフさんはポートリー王国で、ヨーイチとサスケはオーラル王国でプレイしているらしい。オーラルはヒルスに比べ全体的に難易度が高めだと聞いている。そこで二人パーティでやっていけているのだから、大したものだ。

「みんな行っちまったな。これからどうするよ、リーダー」

「何言ってるんだ。リーダーはもう終わっただろ」

「いや、ウェインがリーダーでいいと思うよ。君には確かにリーダーの素質がある」

「なんだよ、明太リストも来るつもりか？」

「駄目なのかい？　そのためにせっかく王都でリスポン上書きしたのに」

「いや、大歓迎だよ。改めてよろしく、明太リスト」

急に三人パーティになってしまった。しかもウェイン以外はトップクラスのプレイヤーだ。

「明太リストも今日の分使い切ってるだろ？　ウェインはどうだ？」

「今日の分？　ああ、転移サービスか。俺は一回も使ってないから、残ってるよ。じゃあ一旦《いったん》傭兵《ようへい》組合に——なんだ、あれ」

見上げると、東の空が不自然に薄暗くなってきていた。

◆◆◆

「これが『魔眼』か。おおう、慣れてないと酔いそうだ」

魔王になったことでアンロックされた『魔眼』ツリー。その最初のスキルである、ツリー名と同名のスキル『魔眼』を取得したレアは、早速発動させてみた。

『魔眼』は切換え型のスキルで、いったん発動させると解除するまで『魔眼』状態が継続する。発動中は最大MPが一定量減った状態になり、解除しなければ回復しない。

そして『魔眼』の効果は「魔力を視認することができる」というものだ。

魔力というのはつまりMP《マナポイント》のことであるが、ゲームにおいてはLPと同じくMPも自然回復する。

この世界では、空気中にはマナが満ちているという設定だ。

MPというパラメータを持つ全てのキャラクターは、空気中より何らかの手段でこのマナを取り込んでおり、それを体内で昇華してMPに変えている、というわけである。

この『魔眼』を発動させると、キャラクターの持つMPの他に、空気中のマナをも視認することができる。そのため視界全体がピンク色の薄い霧に包まれたかのような風景に見える。

魔力を視認するにあたり、物を見る時のように可視光の反射が必要というわけではないため、今レアがいる洞窟《どうくつ》のような薄暗い場所で発動させれば、まるで霧が自ら発光しているかのように浮いて見える。

それでいて岩の壁などの部分はマナがないので、そこだけ霧が薄まって見える。ゆえに洞窟のように暗い、まったく光がないところでも間接的に周囲が見えるということになる。

通常のモノクロ映像の濃淡を逆にしたもの、というと多少は伝わるだろうか。ただし色や周囲の明るさなどは全くわからないため、その点においては違和感があるが。

あくまで効果範囲内の魔力を視認する能力であり、視界の広さは効果範囲に依存する。現在であれば、一般的な遠距離攻撃が行える程度の位置なら十分に視《み》ることが可能だ。戦闘をする分にはこれで問題ない。

なによりレアにとって重要なのは、この『魔眼』はあくまで魔力を視認する能力であり、先も述べた通り可視光は必要ないという点だ。

つまり、目をつぶっていても周りの魔力は見えてしまう。目をつぶったまま戦闘が可能だということである。

これでひとまず視力の問題については解決したと言っていい。スキル名が『魔眼』であるなら、魔法などの発動条件である「視認する」という条件にも当てはまっているはずだ。

まだ試してはいないが、もしかすると『魔眼』があれば、魔法そのものを対象に魔法を放つことができるかもしれない。

通常、相殺を狙う場合は相手の魔法の軌道を予測し、その軌道上に自分の魔法が割り込むように考えて撃つ必要がある。しかし範囲魔法のような座標を視認して起爆するタイプの魔法であれば、この『魔眼』と併用することで相手が撃った魔法を視認して直接相殺できるかもしれない。

「ふふふ……。これは楽しみだ。わたしの時代が来ているな」

『魔眼』ツリーには『魔眼』の後に『魔眼強化』、『魔法連携』というスキルが続いていた。

『魔眼強化』はわかりやすく効果の増強と言える。効果範囲を広げ、また個別に設定した対象の魔力の透過度を上げるというものがあった。

これはたとえばレアの魔力の透過度を変える場合、『魔眼』でレアを見るとき、設定した透明度で透けさせることができるというものだ。自分の手足や羽が邪魔なときなどは便利であるし、なにより目を閉じているときの、瞼《まぶた》一枚分の魔力とはいえ、フィルターがかかったような視界を改善することができる。

『魔法連携』についてはさらに恐るべき効果だった。必要経験値もそのぶん高価だったが。

これは魔法の発動キーを『魔眼』に紐付《ひもづ》けするという効果で、つまり発動の際の発声が必要なくなるという事だった。対象を『魔眼』で睨《にら》みつけ、発動したい魔法を強く意識すれば、それだけで魔法が発動するのだ。

ただし、発動条件に「射線が通っていること」というものがあるため、眼《め》を閉じたままではこれは使えないようだ。別に目からビームを発しているわけではないので射線は関係ないはずなのだが、『回復魔法』を試し撃ちしてみたが駄目だった。

声を出すなどの動作と比べれば、眼を開けるだけの方がはるかにハードルが低い。

「普段は閉じている目を開いて魔法を発動する、か。これちょっとかっこいいんじゃないかな……。ふふふ」

ともあれ、これで視力の制限をカバーする手段は手に入れた。

「次は日光か……。木陰だったらよっぽど大丈夫だったのを考えると、これは常時『闇の帳《とばり》』とかを発動させておけばいいかな」

魔王になって取得可能になった『闇魔法』の、その初期ランクのスキルである『闇の帳』は周囲一帯の光を奪う能力がある。ただし完全に奪うというわけではなく、薄暗闇になるという程度だが。

先ほどの戦闘を思い返せば、そのくらいでも日光を遮ってくれれば問題なさそうである。

こちらは最大MPが一定量減る『魔眼』と違い、発動中は常に微量のMPを消費し続けるので、極端に長時間使用するようであれば注意が必要だ。

「これでわたしの持つデメリット効果は事実上相殺できたとして……。ついでに他にも魔王ならではのスキルをとっておこう」

魔王になって追加されたものに、翼がある。

こちらは『飛翔《ひしょう》』がアンロックされる効果だったが、他にも別のスキル取得などの条件により、新たに開放されたスキルがあるようだ。

「ふふふ。『翼撃』というのが増えているね。これはあれだろう。羽根とかたくさん飛ばすスキルに違いない。かっこいいじゃあないか」

うきうきと『翼撃』を取得してみたが、スキルの説明を見たレアは真顔になった。

「……ああ、そういう。これ絶対『素手』と翼で増えたスキルだろ……。だいたい翼って言ったら普通は繊細な器官なんだから、これで殴るとか……。まあ、いいけどさ」

現実でも白鳥などの一部の鳥は、その翼による打撃で時に自分より大きな生物の骨を折ったりもするそうなので、ありえないでもない。それにレアの翼開長——翼を思いきり広げた際の長さ——は、ゆうに三メートルは超えている。

この三メートルの約半分のリーチを持つ近接攻撃と考えれば、意外と悪くない気もしてくる。

「あ。これ単発スキルじゃなくてツリーだな。次が……おお、これだ！　『フェザーバレット』！」

『素手』の派生の『翼撃』からの単なる派生でこれが開放されるというのは少し考えづらいため、きっと他にも何か条件があったのだろう。有力なのは『投擲』だろうか。

これは子狼たちと遊ぶために取得しただけで、これまでまともに使ったことがなかった。

「んひっ……！　なんだ……？」

『フェザーバレット』を取得した瞬間、腰がむずむずしてきた。しかしこの感覚は覚えがある。

「……やはり。翼が増えている」

腰から広がる純白の翼が二対四翼に増えていた。

「じゃあこの、次の『フェザーガトリング』っていうのとったらめちゃめちゃ翼増えたりするのかな」

取得するなら『フェザーバレット』の様子を見てからにしようと考えていたため、特に今取るつもりはなかったのだが、好奇心に負けて取得してしまった。

「……変わらないのか。なんなんだ」

ここまできたらついで、というわけでもないが、この次のスキルは『識翼結界』というものだった。

この効果は「周囲に自分の羽根を舞わせ、羽根の舞う範囲内の全ての情報を得ることが出来る。また範囲内で自身が発動するスキルの成功率と効果にボーナス」というものだ。範囲は確認してみる必要があるが、これは非常に有用といえる。言えるのだが。

「いや、人聞き悪くないかなこれ……。しきよくて……。まあ取るけど。しきよくの魔王か……。うーん……、んひぅっ！」

もはやお馴染《なじ》みとなったむずむず感と共に、腰の翼がまた一対。

「……えーと、じゃあこういうことかな。近接物理用と、遠距離物理用と、魔法補助用。なんだそれ」

見た目にはどの翼も変わらない。生えている位置によって多少のサイズの差はあるが、それだけだ。

シャドーボクシングのように翼で素振りをしてみたが、どの翼でも同様に殴れそうである。

壁に向かってフェザーバレットを撃ってみたが、意識した翼から一筋の白い光が飛び、壁に羽根が突き刺さっていた。

特にどの翼がどうとかいったことはなさそうだ。

「いずれにしても、これで戦闘力は向上したと言えるかな。物理に偏ってる気もするけど。

よし、さっそくリベンジに向かおう」

早く行かねば、一時間が経《た》ってしまう。

いや、これは一刻も早くリベンジに向かいたいからであって、復活した眷属《けんぞく》と顔を合わせるのが気まずいとかそういうことは一切ない。

「ここからなら、『高速飛翔』でぶっ飛ばせば一時間くらいで着くかな。そのくらいならまだ何人かは帰らずに残っていてくれないかな」


レアは翼を得たことで『飛翔』を得、空を舞うことが出来るようになった。

しかしあくまでスキルの効果で飛んでいるのであり、翼で飛んでいるわけではない。ゆえに鳥のように羽ばたく必要はない。

このように『高速飛翔』をする際などは翼は空気抵抗が大きく邪魔になるため、たたんで身体《からだ》に巻き付けていた。

今は『魔眼』のおかげで目を閉じたままでも周囲の確認ができる。ゴーグルなども必要ない。日もだいぶ傾いてきているため、先ほどよりは陽射《ひざ》しも弱い。

一人でこうして飛ぶのは初めてだったが、思った以上に速度が出ている。想定の三倍以上は出ているだろう。この速度ならばほどなく王都に着くはずだ。


〈陛下！〉

〈ボス！〉

間もなく王都が見えてくる。といったところで、一斉にフレンドチャットが届いた。眷属たちだ。

〈ああ、すまなかったね急に死んでしまって。みんな大丈夫だったかい？〉

〈それはこちらの――――！　いえ、それより今どこにおられるのですか！〉

〈もうすぐ王都だね〉

〈たった今身罷《みまか》られたばかりだというのに、何を考えておられるのか！〉

〈だからこそ、だよ。まあわたしを討伐した者たちはもうどこかへ去ってしまっているかもしれないけど、一度決めた目標だ。王都は落とすよ〉

〈……わかりました。陛下がそういうつもりであれば、致し方ありませんな。では、お着きになられたらアダマン隊を……〉

〈準備が整ったら呼ぶさ。それと、ジークもね。制圧した王都を治めてもらわなければならないし〉

〈準備というのは……〉

〈大したことじゃあない。それより、ケリーたちだけど〉

〈……はい、ボス〉

ケリーは明らかに納得していない様子だ。

〈……機嫌なおしてよ。悪かったから。今どこ？〉

〈リーベ大森林より南に下ったあたりにある、コネートルという街にいますが……〉

〈ちょっとその街にとどまって、防衛戦の様子を見ておいて。攻めてくる魔物と、守る人間の強さがどの程度なのか、興味があるから。参加してもいいけど、手伝うなら人間のほうにしておいてね〉

〈わかりました。あの……〉

〈王国を平らげたら、一度顔を見せに行くから。それと、スガルと世界樹だけど――〉

そうしてリーベ大森林とトレの森、ルルドの街について早急に原状復帰するよう指示を出し、フレンドチャットを終了させた。

王都が見えてきた。


なんだかんだで、結局リーベ大森林を飛び立ってから三〇分ほどで王都に着いてしまった。王都に近づいたため速度を落とし、『闇の帳』を発動する。

減速する際は全ての翼を同時に全開に広げ、その空気抵抗で制動をかけた。レア自身には見えていなかったが、おそらく非常にかっこよかったはずである。

「――あれ、三人しかいないじゃないか」

先ほど戦闘を行った城壁の外には、まばらにしか人がいない。傭兵《ようへい》らしい影は三つしかない。しかもそのうちの一人はウェインである。ギルというらしいタンクもいる。もうひとりはあまり見た覚えがない。

彼らはレアのいる方を見上げ、呆《ほう》けたような顔をしていた。

そしてその傍らには謎の金属塊。

一瞬何の儀式だろうと考えたが、あれはもしかして鎧坂《よろいざか》さんの残骸《ざんがい》だろうか。彼らがなにかしたと言うよりは、勝手にああなったというふうに見える。リビング系モンスターはもしかしたら死亡するとああなるのかもしれない。

レアはそんな彼らにゆっくりと近づく。

「さ、災厄……」

「おいおいおいおいおい……。倒したんじゃねえのかよ……」

「ていうかこれ……。翼とか増えてるし、どう見てもパワーアップしてない……？」

「……ったのかもしれない」

「なんだって？　ウェイン、今なんて言ったんだ？」

「あのイベントは、災厄討伐イベントじゃなく、災厄覚醒《かくせい》イベントだったのかもしれない……」

「じゃあ、どうやったって結局ヒルスは滅びるシナリオだっつーことかよ……」

「あいつがイベント用のボスなんじゃなくて、このイベント自体が新ボス紹介イベントだったってこと……？」

先ほどの戦闘の際にも感じたことだが、どうも、彼らはレアのことをＮＰＣのイベントボスか何かと勘違いしているようである。

それならそれで構わない。せいぜいＮＰＣとして振る舞ってやるとしよう。それに。

（このウェインの前でわたしがＮＰＣを騙《かた》るというのは、因縁を超えてもはや運命とも言える気がするしね）

明太リスト
ギノレガメシュ

ウェインの言うことはいつも微妙に的外れだが、まれに核心を突いていることがある。覚醒イベント。あながち間違ってはいない。

「──お前たちだけか？　他の者はどうした？」

どうせ彼らにはレアの声はすでに割れている。話しても問題ない。

声をかけられるとは思っていなかったのか、三人は明らかに動揺した様子を見せる。

「くっ、どうする？」

「負けイベントなのは確かだけど……。出来るだけ、情報を集めよう」

「それしかないか……。魂縛石、補充しておけばよかった」

そう愚痴るということは、このプレイヤーが『精神魔法』を使っていたあのプレイヤーだろう。名前はちょっと思い出せないが。

「『識翼結界』」

三対六翼を勢いよく広げ、羽根を散らす。

範囲がどの程度か確認していなかったが、レアの通常の視界が通る程度、つまり中距離くらいはありそうだ。この範囲内がすべて知覚できるとすれば、有用性は計り知れない。

白い羽根が無数に舞い踊る。

本来であれば、黒い羽根が舞う不吉な雰囲気で相手の不安を煽《あお》る副次効果なども期待できたのかもしれないが、レアが発動させてもただただ幻想的なだけである。

「今度は、矢などは飛んで来ないのか？」

飛ばしてきたところでもはや無駄だが。

どこから飛んでこようと『識翼結界』に触れた時点で察知できる。察知さえできれば、高いAGIによってブーストされたレアの反応速度ならば鏃《やじり》を摘《つま》んで止めることすら可能だ。

「この街には他に騎士や兵士などはいないのか？　待っていてやるから、呼んできてもいいぞ」

せっかくだし、先ほどと同数以上を相手にして蹂躙《じゅうりん》してやりたい。

「おい、ローソンさんたちは……」

「多分もう、全員リスポーンしているはずだ。持ちこたえれば、ここまで来てくれるかもしれないけど」

「いや、その必要はなさそうだよ。もう、来てる」

名も知れぬプレイヤーの言葉に城門の方に意識を向けると、複数の魔力が近づいてくるのが視《み》えた。なかなか数が多い。騎士団といっていい人数だ。それに魔力量も相応に高い。

「四〇人ほどか？　先ほどより多いな。まあいいか。ではリベンジを始めよう」

レアはさっそく新スキルを試してみることにした。まずは『フェザーガトリング』からだ。

ヘルプによればダメージに寄与する能力値はDEXだ。レアの能力値の中ではそれほど上げていない部類に入るが、それでもそこらのプレイヤーやNPCよりは高いはずだ。この攻撃が有効そうならば、後で経験値を振ってみてもいい。

発動キーを宣言するとともに、広げた翼から白い弾丸が無数に放たれ、騎士たちを襲う。

鎧を貫通するほどの威力はなさそうだが、何発も命中することで衝撃で吹き飛ばすくらいの威力はあるようだ。運悪く鎧の隙間にもらった騎士の中には即死したらしい者もいる。

「うお！　さっきはなかったぞこれ！」

「やっぱり増えたぶんの翼の特殊能力かもしれない！」

ウェインにこの攻撃をしてしまうとたやすく殺してしまうため、騎士たちの方のみに向けて放っている。ギルは生き残るかもしれないが、『精神魔法』君も死んでしまうだろう。

喩《たと》えようのないあの悔しさは忘れていない。

そのお礼として、彼らにはなるべくエグい攻撃をお見舞いしてやるつもりだ。

レアの目標は「よりよく経験値を使うこと」であり「よりよく戦うこと」ではない。手札も十分、揃《そろ》えてきた。

もう負ける要素はない。

『フェザーガトリング』で騎士たちをひるませながら、少しだけ目を開けた。周囲はだいぶ暗くなってきているようだ。これなら目を慣らす必要もない。

完全に目を開き、騎士たちを視界に捉《とら》える。通常の視界と『魔眼』による視界とが重なって見えるため少し見づらいが、座標として使うのは『魔眼』のほうだけだ。問題ない。

『魔眼』に意識を集中する。

それをキーとして、魔法が発動する。

すると騎士たちはまとめて闇に飲まれ、闇の中で強制的におしくらまんじゅうをさせられ、そのまま何かに握《にぎ》り潰《つぶ》されるように小さくなっていき、闇とともに消えていった。

無言でレアが放った『ダークインプロージョン』の効果だ。

使う機会が無かったために今はじめて使ってみた魔法だったが、先ほどの戦闘での自爆攻撃の時に使わなくてよかった、と痛感する。

範囲は他の範囲魔法にくらべかなり狭いように感じられたが、その狭い範囲に充満していた破壊と殺戮《さつりく》の力はレアをして絶句させるほどのものだった。

しかしなるほど、これはいい。

「なんだ……。そりゃ……」

「無言で……？　いや、目が……」

目がどうしたというのだろう。翼などは自分で確認が出来るが、目はそうはいかない。もしかして目もどうにかなっているのだろうか。やはり鏡が必要かもしれない。

生き残った騎士にさらに数発、『魔眼』を通じて範囲魔法を叩《たた》き込《こ》む。オーバーキルだと思われるが、念には念を入れておく。

騎士たちが片付いたら、再び目を閉ざし、ウェインたちの方を向く。

「攻撃してこないのか？　さっきみたいにしがみついたり。ああ、『精神魔法』を放ってきてもいいぞ」

そう挑発しても、ウェインたちは動かない。騎士たちが消え去ったあたりを見つめ、呆然《ぼうぜん》としているだけだ。

「攻撃をしないのなら、そうだね。少し雑談をしようじゃないか。

先ほどの戦闘の時のあの妙な……。誰かがフィールドデバフなどと言っていたかな？　あれはなんだ？　まだあるのか？　今回は使わないのか？」

これについては気になるところだった。あれがもし大量生産できるようなものだったり、各国に常備されていたりするレベルのアイテムだった場合、今後はより慎重に進めていく必要がある。

我に返ったウェインが答えた。

「言うと……思うか？」

思わない。死んでもいくらでも生き返るプレイヤーに脅しなど効かない。しかし、落ち着いたらSNSなどで調べればいいだけだ。秘匿したい情報だったとしても、あれだけの人数がいれば漏らす者は絶対にいる。

ロールプレイの一環と言うか、苦渋を舐《な》めさせられた「災厄NPC」だったらそういう事も言いそうかなと思って言ってみたに過ぎない。

「言わないのならば仕方がないな。速やかにお前たちを始末して、王都を手に入れるとしよう」

「ぐっ！」

おや、と思った。

王都に攻撃をされるのはどうやら嫌なようだ。NPCは死んだら生き返らないため、気持ちはわからないでもないが。

「なぜ、王都を狙うんだ！」

「雑談の続きか？　自分は質問に答えないのにこちらにはそれを要求するのか？　虫のいい話だと思わないのか？　まあいいけど」

レアは目を閉じたまま城壁を見上げた。『魔眼』によるピンクの視界だが、そこには昼間と同じく美しい建造物がそびえ立っている。

「――美しかったからだよ。上空から見てみて、美しかったから欲しくなったんだ。だからこの美しい街を手に入れ、わたしのアンデッドたちの住処《すみか》にする」

これは宣戦布告でもある。こういう事は、誰かに宣言してから成し遂げたほうが気分がいい。有言実行というやつだ。

「さて、満足したかな」

ロールプレイはこのへんでいいだろう。

「では、さようなら。いずれ、先ほどいた他の彼らも殺しに行くよ。お前たちはどうやら殺しても復活するようだし、彼らにも待っていてくれと伝えておくといい」

目を開き、ウェインたちを視界に収め、リキャストが終わった『ダークインプロージョン』を発動する。

先ほどの騎士たちと同じように三人は闇に飲まれ、小さくなっていき、最後はくしゃくしゃになって消えていった。

レアはほんの少しだけ、溜飲《りゅういん》が下がった気がした。

あのおしゃべりはこのえげつない魔法のリキャストを待つためでもあった。魔法攻撃をしてくる敵を相手に時間稼ぎを疑わないのは、迂闊《うかつ》としか言いようがない。

ウェインたちと有力そうな騎士たちを始末したレアは、上空でふたたび大量のアダマン、そしてジークを街中に『召喚』した。

最初にするべきことは決まっている。それは宿屋などのリスポーンポイントの発見と制圧だ。

今戦った三名のプレイヤーは全員、前回の戦闘で死んでいたはずだ。にもかかわらずレアが戻ってくるより先にここにいたということは、王都でリスポーンしたということに他ならない。

「王都を落とし、この国を滅ぼし、もっともっと経験値を稼がなくては。何せプレイヤーたちは何人でも連携して襲ってくるからね。こちらは結局のところはわたし一人が倒されてしまえば戦線が崩壊する。……しかし、協力プレイか」

レアはしたことがない。このゲームでは、だが。

「……友達いな——いや、少ないからね、わたしは……」

別に羨《うらや》ましいということはない。

ないが、ただ単純にそう、合理性の観点から、リスク分散という意味でも一人くらいはプレイヤーの協力者がいてもいいかもしれないと思わないでもないこともない。

「……どこかに魔物側のプレイヤーでもいないものかな。そちら側の人ってあんまりSNS利用する人いないんだよね……」

こう、気前よく人類の街を蹂躙することに楽しみを覚えるようなプレイヤーでもどこかにいればよいのだが。

付け加えるならば、NPCのイベントボスのふりをしたりすることに理解があるというか、悪ノリ的な悪戯心《いたずらごころ》を持てるような人材であればなおよい。

「そうそういないかな。他の国とかにでもいてくれれば……。まあ、まずはこの国を平らげてからだけど」

〈アダマンたち、そしてスケルトンナイトたちよ。馬で逃げようとする騎士や兵士は無視しても構わない。そのまま行かせてあげるといい〉

「さて、宿屋はどこかな……」

街中は放たれた骸骨《がいこつ》騎士たちであふれている。王都の広さを思えばアダマン隊だけならば数が心もとないが、ジークが『召喚』したスケルトンナイトはとにかく数が多い。『召喚』可能な限界数より明らかに多いので、なんらかのスキルでこの場で増やしたりなどをしているのだろう。

ひとつよかったことといえば、眷属《けんぞく》の眷属であるアリたちやスケルトンナイトたちも、レアが死んだ後の一時間後にはリスポーンしたことだ。

自動リスポーンの一時間というのはクールタイムのようなものではなく、何か別の要因で設定されている時間であるようだ。ありそうなのは「蘇生《そせい》受付時間」だろうか。その間は蘇生される可能性があるため、自動リスポーン出来ないようになっている、というのは納得のいく仮説だ。


これほどまでに混乱してしまえば、人の持つ本来の性《さが》が如実に表れてくる。

隣人の手を引いて逃げようとする小太りの商人らしき者もいれば、人波をかき分け、押しのけるようにして逃げる兵士らしき者もいる。

ただひとつ言えるのは、すべての者たちが骸骨たちから逃げようとしているということだ。

「逃げる奴《やつ》はただの王都民だね。そして逃げない奴は……」

死ぬことのない騎士、そしてプレイヤーである。

「──ウェイン君、みーつけた」

上空からならば、おかしな動きをしている者はとても目立つ。彼はギルとともに人波を逆にかき分け、騎士たちと連携してアダマンたちやアンデッドたちに立ち向かおうとしている。

ならば彼らの走ってきた、その後ろの方向に宿屋などがあるはずだ。

「でもどう見ても、貴族街っていうか……。こんなとこに泊まれるほどお金あるのか……？」

リスポーンポイントがわからないのなら仕方がない。まさかすべての建物を潰して回るわけにもいかない。この美しい街並みはなるべく残したい。

「そのためには……。この王都の、セーフティエリアと思われる場所全てを制圧した状態で、彼らをキルする」

ならばもっと数がいる。

どうでもいい手駒を一時的に増やすということにかけては、レアもジークも手札を持っている。

『死霊結界』や『死霊将軍』の『徴兵』だ。

「戦闘は戦闘力のある者たちに任せて、建築物内のクリアリングは弱いアンデッドにやらせよう」

『死霊結界』を発動させ、死んだばかりの住民たちをゾンビに変えながら、アダマン小隊にウェインたちを追わせた。運悪く陽《ひ》に当たってしまったものは即座に昇天しているが、雄大な城壁のおかげで王都内部のほとんどには影が落ちている。

「まあ、任せるしかないね。わたしはわたしで……」

レアはウェインたちが来た方向、王都中心部を見つめた。

「貴族たちを片付けて、騎士を打ち止めにしておかなければ。彼らもいくらでも出てくるからね」

王城には意外なほど騎士が少なかった。これを見る限りだと、騎士の多くは街の方へお出かけしていらしい。

〈陛下〉

「えっ」

王城の入り口となる城門、その前にいるのは、ディアスとジークだった。

ジークはわかる。レアが『召喚』したからだ。しかしディアスはなぜここにいるのか。彼を『召喚』できるのは主君であるレアだけだ。

城門前に降り立ち、尋ねた。

「なんでディアスがいるんだい？　まさか走ってきたの？」

そんなわけがない。ディアスがリスポーンしてからまだ一時間ほどしか経《た》っていないはずだ。

レアのように空を飛んできたというならまだしも、リーベ大森林から王都まで走って一時間で来られるとはとても思えない。

〈私が『召喚』したスケルトンリーダーにおぶさってきたのです……〉

〈つまり、儂《わし》は一時的にスケルトンリーダーの装備品となり、一緒に『召喚』されたというわけですな〉

なんだそれは。そんなのありなのか。

「いや、駄目でしょ。絶対次のメンテで修正されるやつだよこれ……。想定と異なる挙動を確認したため調整を行いましたってなるやつだよ……」

彼ら眷属NPCは、基本的にレアの命令を聞く。さすがに超高度なAIを搭載しているらしい事もあり、ファジーな命令にも柔軟な反応を見せてくれる。リアルの人間となんら遜色《そんしょく》がない。

それどころか我の強い性格の個体に至っては、そのファジーな命令を逆手に取り、独自に解釈してやりたいことを捩《ね》じ込んでくることさえある。

これもおそらく。

〈儂は陛下の近衛《このえ》を仰せつかっておりますから、いかなる手段を用いても陛下のもとに馳《は》せ参《さん》じねばと……〉

「そんなことだろうと思ったよ……。まあ、来てしまったものは仕方がない。ちょうど、これから城攻めだ。三人で行くとしようか」


城門は固く閉ざされていたが、ディアスの一閃《いっせん》によりサイコロ状に崩れ落ちた。サイコロ状ということは何度も斬ったのだろうから厳密には一閃ではないが。

〈それにしても、陛下〉

「なにかな」

〈また一段と神々しくなられましたな〉

そういえば、スキルの追加をしてから会うのは初めてだ。

「なかなかかっこいいだろう？　さすがにこれはちょっと気に入っている」

〈眼《め》はどうかされたのですか？　さきほどから閉じたままですが〉

「ふふふ。目を閉じたままでも周りのことがわかるようになったからね。必要なときしか開かないのさ」

普段は目を閉じたままというのも強者感があってとても良い。

そんな雑談をしながら王城内へ侵入していく。

レアたちは、騎士に会っては騎士を斬り、メイドに会ってはメイドを斬りながら城の制圧を続けた。

死体に『死霊』を発動させると、騎士は魂を縛れないため弱いアンデッド、便宜上レッサーゾンビと呼ぶことにしたが、そうした魔物にしかならなかった。しかしメイドはそうではなく、レアの『死霊結界』やディアスやジークの『瘴気《しょうき》』の影響でそれなりに強めのアンデッドに生まれ変わった。

「メイドとか文官のほうが便利だな」

どの種族のアンデッドになるかは素体によって変化はあまりないようだ。騎士もメイドも等しくゾンビに変わっている。しかしもともとINTが高いためか、ゾンビとなったメイドや文官たちはINTが高く、生前同様の洗練された歩き方でついてきていた。きれいに殺してやれば、そして顔色を気にしなければゾンビであることがわからないほどだ。

「それにしても入り組んだ回廊だな」

さきほどから何度迷って引き返したかわからない。

窓が少ないため外の様子はわからないが、まったく光が差し込んでこないのを見るに、とっくに日は暮れてしまったのだろう。レアたちの勢力は夜の方がありがたいため、むしろ助かるのだが。

ふと思い立ち、傍らのメイドゾンビたちに『火魔法』を取得させた。

「メイドたち、回廊の壁にある燭台《しょくだい》に火を灯《とも》してくれ」

レアの命を受けたメイドゾンビたちは一斉に魔法を放ち、射程範囲内のすべての燭台に火を灯した。

ぼぼぼっと次々に灯されていく燭台の火は幻想的ですらあり、敵の城に乗り込んでいる最中だというのにしばし見惚《みと》れてしまったほどだ。

「……かっこいいな。これうちの洞窟《どうくつ》にも作れないかな」

〈作れるでしょうが……。洞窟内は窓がないので、火など灯せば呼吸がしづらくなるのでは〉

全くその通りである。加えて言うと、そもそも明かりが必要なメンバーが少ない。当初最も必要だったレアも、今となっては文字通り目をつぶっても迷うことはない。

「やめとこう。あ、蟻塚《ありづか》みたいに巣を上へ上へと増築して行って、城みたいなのを作るのはどうかな」

〈……スガルどのとご相談されては？　我々がやるわけではありませんのでなんとも〉

〈それより陛下〉

「ああ、視《み》えている。この先に人がいっぱいいるね」

ひとつ前の角を曲がったところから廊下の幅が広くなっていた。先に見える扉も非常に重厚そうなものだ。

おそらくあの先は謁見の間とかそういうものだろう。

「普通に謁見しに来た人もこの曲がりくねった廊下通ってくるのかな。それともどこかに近道でもあるのか」

メイドたちに他の部屋に隠れている者がいないか手分けして探してくるように伝える。すべてのゾンビに最低でも五人以上の班を作って行動するよう指示をし、勝てそうにない敵に出会ったら逃げるように言って城内に放つ。

「『識翼結界』発動。さあ、扉を開けよう」

「今だ！　撃てぃ！」

扉を開けた瞬間、いくつもの攻撃魔法が飛んできた。

中には『神聖魔法』と思われるものもある。こちらをアンデッドの魔物だと思っているせいだろう。二名は確かにそうだが、レアは違う。

『魔眼』で視認し、『神聖魔法』のみピンポイントで魔法で相殺する。『神聖魔法』は例外的に『瘴気』などの影響をうけず、アンデッドに対するダメージの最終計算値が一・五倍になる効果を持っている。ディアスやジークたちならば死ぬことはないだろうが、わざわざ受けてやることもない。

安全マージンを取って強めの魔法を当てていったため、余波で他の魔法も吹き散らしていた。

『神聖魔法』以外の魔法であれば、ディアスとジークの二人分の『瘴気』によって弱体化されるため、こちらには大してダメージは通らない。

受けたダメージはこまめに『治療』で回復しておく。『治療』は単体にしか発動できず、射程範囲も至近距離のみで、回復量も少ない。しかし消費ＭＰが少なく、クールタイムも非常に短いという利点がある。

『回復魔法』はその逆だ。回復量が多く射程も広いものが多いが、消費ＭＰも多くリキャストタイムもやや長い。それにこちらは魔法であるため、他の魔法のリキャストタイムとかちあってしまうと非常に面倒なことになる。

ひととおり、相手の魔法攻撃が落ち着くまで待った。

攻撃に紛れ壁伝いに接近を試みる騎士などがいたようだが、『識翼結界』の発動範囲でレアから隠れることなどできない。見かけるたびに『フェザーガトリング』で吹き飛ばした。

「ああ、安全マージンをとっているといっても、いやに威力が高い時があるなと思っていたら『識翼結界』のせいか」

結界範囲内ではレアの攻撃の威力にボーナスが乗るという効果がある。

ほどなくして相手の魔法が落ち着くと、今度は騎士たちが盾を構えて突進してきた。

「まずは魔法で一撃を与え、体勢が崩れたところに突進で止《とど》めといったところかな」

悪くない戦術だ。

しかしそれを許す死霊騎士たちではない。突進してくる騎士たち数名をまとめて斬り伏せ、あるいは蹴《け》り飛ばし、レアに近づく者を許さない。

魔法攻撃はリキャストごとに撃ってくる者などもいたため、それなりに長い間やりあっていたが、騎士による突進は騎士が死んでしまえばそれ以上はない。すぐに終わった。

「──さて！　気は済んだかな？」

ＭＰが尽きたのか完全に魔法攻撃が止まり、騎士も魔法使いと貴族の護衛以外は全て死亡したところを見計らって声をかけた。

「貴様が……王都を襲った『災厄』か」

レアの言葉に答えたのは、恰幅《かっぷく》のいい初老の男性だ。目には強い決意のようなものを秘めており、彼が決して単なる太った貴族ではないということを示している。

「人に名前を尋ねるときは、まず自分から名乗りたまえよ。礼儀がなっていないんじゃないの？」

「貴様のほうこそ、人の家を訪ねるならば、まずアポイントメントをとれ！　礼儀がなっておらんぞ！」

「おっしゃる通りだね。確かに、わたしは君たちの言うところの『災厄』だよ。たぶんね。自分で名乗ったわけではないから知らないけど」

「……『災厄』というのは確かに我らの使う通称に過ぎぬ。貴様は一〇日ほど前、リーベ大森林で生まれた魔物だな？」

「宰相！　そのようなことを悠長に話している場合では――」

「これで此奴《こやつ》が災厄でなかったならば、これとは別にさらに大きな不幸が訪れる可能性がある！　いいから黙っておれ！」

今発言していたデキるおじさまは宰相であるらしい。しかし他の無能な貴族のおかげで彼の立場や、なんでわざわざそんなこと聞いてきたのかなどが丸わかりである。

「優しい貴族さんに免じて答えてあげよう。一〇日前か、そのくらいかな？　確かにわたしという魔物が生まれたと言えるかもね」

正確には魔王に転生したわけだが。

「……貴様は先程、勇気ある傭兵《ようへい》たちによって倒されたはずだが」

それはあまり面白くない思い出だ。

最初からレアが浮かべていた、うっすらとした笑みを絶やす程ではないが、立ちポーズを変えてくいようだ。

誤魔化す程度には体が反応してしまう。特に翼だ。本来の体にはない器官のためか、制動が利きに

「……そうだね」

「どうやって復活したというのだ」

「言うわけないでしょう」

宰相が何かを言おうとしたようだが、先程の貴族たちがまたわめき出した。

「宰相閣下、よもや此奴、より強大な何者かの眷属《けんぞく》なのでは……！」

「まさか、大天使の手のものか……！」

「しかし、文献にある天使などよりよほど……！」

何もしていないのにどんどん情報が入ってくる。もしかしたら、交渉の場ではレアは黙ったままで居たほうが賢いのかもしれない。以前のウェインとの会話でも喋《しゃべ》れば喋るほどボロが出た。

あの時のウェインからは、レアはこの貴族たちのように見えていたのかと思うと、先程までの悔しさとは別の感情がこみ上げてくる。

それはともかく、天使だの大天使だのという言葉だ。

精神ダメージ回避のためよくは見ていないが、先ほどちらりと確認したSNSのスレッドタイトルには「祝！　災厄討伐成功！」とかいう戯言《たわごと》が書いてあった。

レアが、というか魔王が生まれて一〇日しか経《た》っていないにもかかわらず、NPCからプレイヤーまで広く災厄という共通の通称を使っていることを考えれば、「災厄」という存在はレアが初めてではないことは明らかだ。他にも複数いる。

おそらくそのうちの一体が「大天使」なのだろう。

とりあえず、情報のお礼に少しだけからかって、終わりにするとしよう。

「そうだよ。わたしが大天使だ。敬いたまえよ」

「嘘《うそ》だな。小賢《こざか》しい」

速攻で看破された。やはり余計な事は言うべきでなかった。

「……どうしてそう思うんだい？」

すると宰相は答えず、懐から虹色《にじいろ》に輝く短杖《たんじょう》のようなものを取り出し、レアに向けた。

「これが答えだ！『精霊王の血管』起動！」

その瞬間自体は大した変化はなかった。先ほどまでのレアならば、気が付かなかったかもしれない。

しかし『魔眼』を持ち、『識翼結界』に宰相を捉《と》えた状態のレアならば、今何が起こっているのかがまさに手に取るようにわかる。

「これは……先ほどのデバフフィールドか。いやフィールドじゃないな。対象はわたしだけだ。対単体のデバフアイテムか。ものすごく使い勝手悪そうだね」

しかし効果は本物だ。どういうわけか『魔眼』でも『識翼結界』でも、あの短杖からレアまで一直線にまったく探知できないエリアが存在している。ただのデバフではなく、レアの力を完全に無効にしているとでもいうのだろうか。

このまま放っておくのもまずい。『魅了』などをかけてアレを奪い取ってしまおうか、とレアが思い始めた時、状況に劇的な変化が起きた。

〈精霊王……！〉

〈きさま精霊王と申したのか……！〉

レアの両脇に控えていた、ディアスとジークである。

しかし彼らの言葉はレアにしか聞こえない。どうしたのだろう、と不思議に思うレアの目の前で宰相は頑張って短杖を突きつけている。

「この『精霊王の血管』によって貴様が弱体化しているのが貴様が天使ではない証拠だ！　このアイテムは古代、精霊王が我ら人類のために遺《のこ》された秘宝！　貴様のような悪《あ》しき者から力を奪う呪いを秘めておる！　先ほど貴様を殺した際も精霊王のご加護によって賜った秘宝を用いて――」

再びうまくレアにデバフをかけることが出来、興奮してしまったからだろうか。宰相まで饒舌《じょうぜつ》な説明キャラになってしまっている。しかしこういうテンションはレアにも覚えがあるため、あまり責められたものでもない。

勝った、と思った瞬間。人は思いもよらぬミスをする。いや、ミスとまでは言えずとも、しなくてもよいことをしてしまう事がある。

この時の宰相の言葉は、まさにそれだった。

〈ふざけルナァァァァァ‼〉

〈ウウオアアァァァァア‼〉

ディアスとジークが咆哮《ほうこう》を上げ、それまで以上に濃厚な『瘴気』を撒《ま》き散《ち》らした。

「ちょっと？　大丈夫？」

レアでさえ少し心配になってしまうほどの豹変《ひょうへん》ぶりだ。

その時だった。
《眷属が転生条件を満たしました。あなたの経験値一〇〇〇ポイントを支払うことで転生できます。眷属の転生を許可しますか?》
《眷属が転生条件を満たしました。あなたの経験値一〇〇〇ポイントを支払うことで転生できます。眷属の転生を許可しますか?》
「……えっ高い」
高いが、しかし払えないわけではない。なにしろレアは過ちから学ぶことの出来る人間であるため、リスクヘッジのために経験値を残してある。
いや、問題はそこではない。
状況から言って、眷属というのは隣の二人の事だろう。
この二人はあれ以降賢者の石グレートを投与しても一向に転生できなかった。それが解消されるのなら、ここは後押しすべきだろう。
万が一のための経験値を失うことにわずかな恐怖感はあるが、イベント終了まではまだゲーム内時間で一週間もある。また稼げば良い。スガルの転生がまた遠のくが、後で謝ることにし、許可を出した。
《転生を開始します》
《転生を開始します》
二人の姿が光の粒を放出し始める。やがて二人は光に包まれ、シルエットさえ見えなくなった。
というようなことが起こっているのだろうが、レアは目を閉じて『魔眼』で見ていたため、視界がピンク一色でほとんど何も見えなくなっていた。だがおそらくレアにだけわかったことがある。

この二人は周囲のマナをこれでもかと言うほど吸収している。

(なるほど転生時のエネルギーは周囲のマナから得ていたのか)

ややすると唐突に二人の変化が終わった。

レアは久しぶりに目を開けて二人を見てみた。

《デスロード【怨嗟《えんさ》のディアス】が不死者の王《イモータルルーラー》【憤怒のディアス】へ転生しました》

《デスロード【ジーク】が不死者の王《イモータルルーラー》【悲嘆のジーク】へ転生しました》

二人の姿は、まさに王者と呼ぶにふさわしい堂々としたものに変わっていた。

以前の骸骨《がいこつ》に皮を貼っただけのような姿ではなく、おそらく生前のそれだろう立派な体格をしている。顔色は最悪だが。

ディアスは口髭《くちひげ》を生やし、白い髪をオールバックになでつけたダンディな老人の姿だ。ただし、憤怒に燃えるその瞳《ひとみ》が落ち着いた雰囲気を台無しにしている。

ジークは黒い長髪をポニーテールに縛った精悍《せいかん》な顔立ちをしている。まさに若獅子《じし》といった風情だが、悲しげな瞳が辛《つら》い過去を窺《うかが》わせる。

「ずいぶんとその……イケメンになったね二人とも……」

《特定災害生物「不死者の王」が誕生しました》

《「不死者の王」はすでに既存勢力の支配下にあるため、規定のメッセージの発信はキャンセルされました》

《特定災害生物「不死者の王」が誕生しました》

悲嘆のジーク
憤怒のディアス

《「不死者の王」はすでに既存勢力の支配下にあるため、規定のメッセージの発信はキャンセルされました》

「っと、これわたしのときと同じパターンだったたか。しかし……」

既存勢力の支配下にある場合はあのメッセージは発信されないのか。ということは、人類などの特定の勢力を脅かす「新たな勢力」が生まれた時に流れるメッセージだということだ。

「ああ、それがつまり災厄なのか」

この事実が意味しているところは大きい。

現在災厄が何体いると人類が把握しているのかは後で確認の必要があるが、すでにいる災厄の支配下に新たに災厄級の魔物が生まれた場合、その誕生はおそらく人類は把握できていない。

どうやらここは想定以上に危険な世界のようだ。

「気が抜けないなこれは……。まぁ、ゲームバランス的にこの大陸にはそんなにたくさん居ないだろうけど……プレイヤーもいることだし、これからもそうだとは限らない、か」

〈陛下、申し訳ありませぬが、この場は儂《わし》らに〉

〈どうかお任せ下さいませんか〉

二人とも、どうやら落ち着いたようだ。

任せると言っても、何をどう任せてほしいのだろう。殺す以外に何かあるのか。

「え、いいけど……。何するの？」

〈こやつらに少々、聞きたいことがございましてな……〉

「え？　喋れないのに？」

別に通訳する分には構わないのだが。二人が聞きたいことというのはレアもぜひ聞いてみたい。

「ああ、んんっ！　あー。これで奴らにも聞こえるでしょう」

突然ジークが話しだした。一瞬フレンドチャットかと思ったが、明らかに肉声だ。転生によって話せるようになったということだろうか。

「おおんっ！　んっ！　な、るほど。話すことができるようになったか。これなら話が早いの」

やはり転生の影響で間違いなさそうだ。

それを確認するとディアスはずんずんと歩いていき、一人だけ立っていた宰相の胸ぐらを片手で掴《つか》み上げ、もう片方の手で腕を捩《ね》じ切った。

からん、と「精霊王の血管」とやらが落ち、衝撃で折れる。

「――ぐう！」

堪《たま》らず、レアはうめいた。

この感覚はよく覚えている。忘れるわけがない。

どうやらあの強力なデバフは、アイテムを破壊することで起こる特殊効果のようだ。

しかしあの時と違い、立っていられないほどではない。

「あの手の……アイテムを見かけたら、破壊させない……ことが大事だ……ということだね……」

「陛下！　おのれ！」

ディアスが今にも宰相を殺してしまいそうになっているが、これは宰相のせいではない気がする。

しかしディアスを叱るのも少し違うように思える。

「――っと、消えたか。ふー。効果時間が決まっているのか。なるほど、ここで検証できたのはよかった。これほどまでに気軽に使ってくるということは、この手のアイテムはやはり量産可能ということだね。ディアス、宰相閣下に他にこれを持っていないのか聞いてもらえるかな」

破壊前提のアイテムならば、予備に数本は持っておくはずだ。

ＬＰ最大値減少によって減った現在ＬＰは戻らないらしい。『治療』では埒《らち》が明かないほど減っているので『回復魔法』で癒しておく。

「どうなのだ！」

宰相閣下の胸元を探りながらディアスが尋ねる。

小太りのオジサマの胸元をまさぐるダンディシルバーの図である。

「……ううん……ギリギリ……需要は……どうだろう……。わたしは専門じゃないしちょっとわからないな……」

「持っておらぬのか！」

どうやら、宰相は他にそれらしいアイテムを持っていないらしい。

ディアスが腕を捩じ切ってしまったせいで、顔色が真っ青になり、冷や汗をかいている。

「量産できないアイテムなのかな……？　まあ、ないなら仕方ない。それよりディアス、宰相閣下はもう会話する元気はなさそうだよ。放してあげたらどうかな。聞きたいことがあるんだろう？　後ろで座り込んでいる方たちにも聞いてみるといい。宰相よりは口も軽いんじゃないかな」

「では、そちらは私が」

へたり込んでいる貴族の元へはジークが向かっていった。

ディアスは宰相から手を離さない。

「仕方ないな、『治療』」

レアが近づき、宰相を『治療』してやる。

あのヒーラーのプレイヤーが使っていた『回復魔法』では切り飛ばした腕をも再生していたが、宰相の腕は血が止まっただけで新しいものが生えてきたりはしない。

『治療』はあくまで魔法ではなく技術ということなのだろうか。『皮なめし』などと同様の。

「ぐう！　な、なぜ私を……治療したのだ……！」

「あなたが一番話が通じそうだからかな。うちのディアスとジークが話を聞きたいようなのでね」

言いながらレアは『識翼結界』に集中した。そろそろ放っておいた魔法使いたちのMPが魔法一発ぶんくらいは回復していてもおかしくはない。

「さ、ディアス。聞きたいことを聞くといい」

「ありがとうございます。お手間を取らせ申し訳ありません陛下。……さて、貴様、さっき精霊王などと言っておったな」

「ぐ、貴様らのような汚れし命を持つものには忌々しい名前であろうが……」

「黙れい!!」

（会話の下手くそなおじさんたちだなあ……）

「もういいよ、『魅了』。……よし」

レアはもう面倒くさくなり、手っ取り早く『魅了』した。

会話のできる人類種を『魅了』状態にしたことがないため、この状態の宰相がまともに会話できるかは試してみなければわからないが、少なくとも口を開けば罵《のの》り合う今の状態よりはマシだろう。

「さあ、質問してみなよ。宰相閣下、ディアスの質問に答えなさい」

「重ね重ね申し訳ありませぬ。貴様、精霊王とはどういうことだ、あのアイテムは何なのだ」

「……あの、秘遺物《アーティファクト》は。かつてこの地を、支配されていた精霊王、が遺された秘宝。その効果は」

「効果はどうでも良い！　精霊王が遺された秘宝とはどういうことだ！」

いや、どうでもよくはない。しかしアーティファクトなどという重要アイテムでありそうな呼称や、遺された秘宝というワードは確かにレアも気になる。

「……精霊王。は亡くなられる際に、子孫のために。秘遺物と呼ばれる。希少な秘宝を、遺された。それを使い、災厄などに対抗。するためだろう」

つまり国の軍事力で対抗不能な脅威が現れたときのためのカウンターということか。

精霊王というのがフレーバーで実は運営が容易に国が滅びないように用意したアイテムなのか、それとも本当に精霊王とやらが用意したアイテムなのかはわからない。

レアはあの時、転生先として魔王を選択したが、それは精霊王との二択だった。

しかし仮に精霊王になっていたとしても、あのようなアイテムの製造法など見当もつかない。実際に精霊王になってみないとアンロックされないスキルなのだろうか。

「……ひとつ、教えてやろう」

静かだと思ったら、ディアスの瞳が赤く光っている。これは転生直後と同じだ。おそらく今の会話の何かがトリガーになって、憤怒に燃えているのだと思われる。

「まず、精霊王陛下にご子孫はおらぬ。儂の知る限り、すべて弑《しい》された。謀反によってな」

ディアスはもともと、かつて大陸唯一の統一国家だった国の近衛騎士団の団長だった男だ。その時の王族は謀殺されたと聞いている。その王族というのが精霊王の縁者だったのだろう。あるいは精霊王本人だったのかもしれないが。

「生き延びられた王族もおられたやもしれぬが、あれからどれだけ経《た》ったかわからぬ。もうその血も絶えていよう。その後に台頭したのが謀反人どもが立てた国家だ。このヒルスとかいう国もそのひとつだろう」

宰相の表情に変化はない。『魅了』しているので当然だが、もし冷静に聞いていたらどんな顔をしていただろう。

「その貴様らのために、精霊王が加護など遺すか！　ふざけるな！」

レアは耳を押さえた。急に爆発するのはやめて欲しい。

「あまつさえ、その、よりにもよって精霊王陛下の遺産を使い、レア様を、魔王陛下を害しただと！　貴様、どれだけ冒涜《ぼうとく》すれば気が済むのだ！」

ようやく話がつながった。

精霊王というのがかつてディアスたちが忠誠を捧《ささ》げていた王なのだろう。精霊王が治めていた国というのが統一国家だ。そしてその国家は謀略により分裂し、一体誰がどうやったのか不明だが、現在のレアより遥《はる》かに格上と思われる精霊王を倒した。ディアスたち騎士団や残る王族もこの時に謀殺されたのだろう。

そして精霊王の遺産的なオーパーツだけが遺された。

ディアスたちにとってはただでさえ憎むべき仇《かたき》の子孫であろう者達が、現在忠誠をささげているレアを、よりにもよってかつての主君の遺産を用いて殺害した。

ディアスが怒るのも無理はない。

「状況からして、あの『転生の条件を満たしました』というのはそれかな？　つまり怒り……とか悲しみ？　によって、感情だか何かのパラメータが一定値を超えたということか。

色々わかってスッキリした！　あと知りたいのはそのアイテムがあとどれくらいあるのかと、正確な効果かな」

とりあえず量産可能なアイテムというわけではなさそうなので一安心する。

「……精霊王の遺産。は、私が持っていたこれ。で城に残っているのは最後だ。それ以外は、陛下が持ち出し。て他国に亡命する手筈《てはず》に。なっておる」

「──亡命」

まさかそうくるとは考えてもいなかった。

つまりここに残されていた貴族たちは全て囮《おとり》だ。騎士たちもだ。

言われてみれば、謁見の間らしい作りの部屋だと言うのに、謁見すべき王がいない。相手の魔法による飽和攻撃ですぐ戦闘に突入したため、そちらに気を取られて失念していた。

「いやさすがにこれは予想できない……と思う。まあでも、今日はちょっとやらかしすぎてるからな……。これもわたしの考えが足りなかったせいだと反省しておくべきかな……。

ちなみにいつごろ城を脱出するご予定だったのかな」

「……私が。進言した、最初に災厄が王都に現れる時。国宝である精霊王の心臓の使用許可を。その時にはもう。すぐに必要なものをまとめ、亡命することに」

今の精霊王の血管の効果が単体デバフだった事から推察するに、精霊王の心臓とはプレイヤーたちが使ったアレのことで間違いない。

国宝級のアイテムをプレイヤーに貸し出したというのは驚きだが、王都まるごと囮にするつもりだったのならわからないでもない。

しかしあのタイミングですでに逃げ出していたのなら、今から追おうにも方角すらわからない。

「ちなみにどの国に亡命するとかは」

「……王に。一任してある、残った。貴族が拷問など。で吐かされないとも、限らない」

「……わたしの討伐に成功した、という報は送らなかったのかい？」

「……王が。どこへ亡命するのか、わからない。事態が収束したのち、全ての同盟国に。使者を出す予定。だった」

この宰相閣下は本当に優秀な男だったようだ。

他国にもこんなのがいるのだろうか。だとしたら次はもっと頭を使って侵略する必要がある。これはスキルやステータスに現れない強さだ。正直に言って戦慄《せんりつ》に値する。

「……じゃあ最後に、この血管とかいうアイテムと、心臓とかいうアイテムの効果を教えてくれ」

宰相はたどたどしくも、長々と正確に語ってくれた。思っていた通り、恐ろしい性能だった。

あくまで偶然だが、精霊王と対をなす、魔王に対して特効とかいうおまけもついている。宰相の口ぶりからはその点については気がついていなかったようだが。

「……痴《し》れ者めが。弱体化の呪いなどと、それは本来貴様らへの呪いだ。貴様らが受けるべき呪いだったのだ。それをあさましくも……！」

またディアスの憤怒ゲージが上昇している。

以前よりかなり沸点が低い印象だ。この件に関してのみなら別に構わないのだが、いつもこうだと若干面倒くさい。

「……終わりましたか。申し訳ありません、こちらのほうは全て壊してしまいました」

そこへジークがやってきた。その後ろでは、ジークがお話していたらしい貴族たちが全員事切れている。周囲の魔法使いたちが話の途中でバタバタ死んでいくのは感知していたので驚きはしない。

「……ディアス」

「は」

ディアスに命じ、最後に宰相の息の根を止める。

実に恐ろしい敵だった。

「目的達成、でいいかな。……消化不良な感は否めないけど、こればかりはもうどうしようもない。これを教訓に次に活《い》かすしかないね」


その後王城内のクリアリングを完了し、現状維持はジークとゾンビたちに任せた。

ゾンビは元々ここに住んでいた者達であるし、管理はお手の物だろう。

ディアスには王都内でアンデッドを増やす作業を任せることにした。抵抗する住民が減ってきているのなら、その分素材が増えているということでもある。

王城を制圧したのなら、次は城下町の仕上げだ。

街なかのアダマンたちからの報告では、あらかたの貴族たちの屋敷は制圧し、宿屋や民泊などを行っていそうな大きめの家屋も押さえてあるそうだ。

レアは王城の回廊を迷わずに歩く自信が無かったため、謁見の間の奥の、控室のような部屋から張り出しているバルコニーから上空へ飛んだ。

ディアスは歩いて出ていくのだろうか、と振り返ったら、バルコニーから飛び降りていた。庭にあまり穴を開けてほしくないが、まあ仕方ない。

上空から視《み》える王都は静まり返っている。もう戦闘はほとんど行われていない。あらかた制圧が済んだというアダマンたちの報告は本当のようだ。

つまり、いまだに戦闘が行われている場所に、ウェインたちがいる。


運良くなのか運悪くなのかは不明だが、ウェイン、ギル、精神魔法君は一緒にいた。他にもう二人、騎士がついている。

「……おかしいな。貴族は大抵始末したと思ったんだけど、どうして騎士がまだ残ってるんだ？」

「──おい見ろウェイン！」

「くっ、災厄か！」

レアに気づいたようだ。もうすっかり日は落ち、辺りは闇に包まれているというのに、よくも気づいたものだ。

「姿を消すスキルを使用しないのは余裕だからか？　白すぎて闇夜に浮いて見えるぜ……」

（なるほどたしかに。僅《わず》かな光でもあればわたしはそれは目立つだろうな……）

「……楽しんでくれているようでなにより。もう復活したのか。早いな。ところで王都の大抵の住民はアンデッドに変えさせてもらったと思うんだけど、そちらの二名はお友達かな」

「クソ！　まさかローソンさんたちが急に死んだのは！」

「それが誰なのかわたしは知らないが、この都市にいた貴族はだいたい始末したよ。そこの騎士さん二人がまだ生きているのを見るに、討ち漏らしがあるようだけどね。念の為《ため》王都中を虱潰《しらみつぶ》しに探索させてはいるが……」

騎士たちは黙って空中のレアを睨《にら》みつけている。

「そう言っても全く動じないということは、君たちの飼い主はこの都市にはいないようだね。つまり、別の都市から騎士だけが出張してきている？　そんなことがあるのか？」

騎士は答えない。しかしわずかに身じろぎをしたように見える。

レアは以前にも似たような事があったのを思い出した。あれは確か、ラコリーヌを落としたときだ。あの時戦っていた騎士たちも、街が壊滅したというのに生きていた。おそらくあのときも別の場所に主君がいたのだろう。もう随分と前のことのように思えるが、まだ今朝の話だ。あれから一日もたっていない。

「ラコリーヌか……」

つい漏らしてしまったレアの独り言に、しかし騎士たちは異常に反応した。明らかに動揺し、お互いに目配《めくば》せをしている。

「ほう？」

全くの偶然だったが、どうやら彼らの主君はラコリーヌに関係があるようだ。

ラコリーヌには主君がおらず、騎士だけがいた。この王都にも主君がおらず、騎士だけがいる。この両者が無関係というのは考えづらい。ではその主君は一体どこにいるのだろう。

「ラコリーヌ……に主君がいるのか？　あの壊滅した街に」

今度はさっきほどには反応しない。かの街が壊滅した事実は知っているということだ。

レアはあの時、ラコリーヌにいた騎士たちの主君がいるとすればこの王都くらいだろうと考えていた。しかし王都の貴族はもうほとんど残っていない。では仮に本当にあの街に主君がいたとする。考えられる可能性はなんだろうか。

「瓦礫《がれき》の中で……死んだふりをしていた？　そんな貴族がいるのか？　まさか」

ありえない、と思ったが、先ほどの宰相とのやり取りを思い出す。NPCを侮るのは危険だ。

目を開き、騎士たちを見つめる。レアは別段、それほど他人の表情を読むのが得意というわけではないが、これが演技であるなら、彼らは騎士でなく別の道を歩んだほうがよい。

今のレアの思いつきは、おそらく間違ってはいない。このタイミングでラコリーヌのその主君の状況が詳細に彼らにわかっているはずがないが、自分たちの主君であれば、そうしたとしてもおかしくはないと考える程度には確信をしているのだろう。

「これはいいことを聞いた。この王都だけでなく、ラコリーヌでも詰めが甘かったというわけだ。本当に今日はいいところがないな、わたしは」

目を開いたまま、騎士たちとウェインたちの中央あたりに範囲魔法の照準を合わせた。

「これから少し用事が出来た。君たちは……次はどこに現れるのかわからないが、また会おう。君たちは死んだとしても何度も蘇《よみがえ》るのだろう？　ならば何度でも殺すとしよう。会うたびにね」

ウェインたちを始末したレアは、一旦《いったん》王城へ戻った。

空からバルコニーへ降り立ち、謁見の間で配下のアンデッドたちに指示を出しているジークへ歩み寄る。

「お疲れ様です、陛下。外はいかがでしたか」

「あらかた、掃除は終わったかな。たぶんもう王都内にはわたしたちしかいないだろう」

それはこの王城をマイホームに設定できるようになっていることからも明らかだ。

しかし王城はアンデッドのボスが待ち受ける王都ダンジョンの最深部として使用するため、そのようなことはしない。

レアは一つ思いつき、インベントリから賢者の石をあるだけ取り出した。

「必要だと思ったら、このアイテムを使って配下を強化しておくといい。経験値が必要な場合でも許可を出すケースもあるから、その時は連絡を」

「これは……おお、もったいないことです。ありがとうございます」

この王都において、今後もしジークとディアスが討伐されるような事態になれば、今日一日の苦労が水の泡だ。まずありえないとは思うが、まずありえない事というのはたまには起きるものである。それを今のレアは誰よりもよく知っている。

「アイテムを惜しんだりせず、なるべく効率よく使って配下を強化するんだ。少なくとも今のうちは王城内には絶対侵入されない程度には防備を固めておくように」

「かしこまりました」

ジークは片膝《かたひざ》をつき、頭《こうべ》を垂れた。

「……イケメンに跪《ひざまず》かれるって、なんかちょっと、違うゲームやってるみたいな気になるな……」

ＶＲ技術の発達はもちろん、そういったジャンルのゲームの開発にも多大な影響を与えている。

「そうだ、わたしは少し用事が出来たので、出かけるよ。後はよろしくね」

「どちらへ？」

「ラコリーヌだよ。今朝砲兵アリが耕した場所だ。どうもやり残しがあるようで、確認してくる」

「……まさかお一人ではありませんよね」

「……でも空飛べる子いないしなあ」

「せめて鎧坂《よろいざか》殿を着込んでください」

そうだった。鎧坂さんや剣崎《けんざき》たちを『召喚』し、着込んでいけばレア単体として飛んで向かうことができる。

「そうするとしよう。では行ってくる……。じゃあね」

再び頭を下げるジークに背を向け、鎧坂さんと剣崎たちを『召喚』した。

「……さっきは済まなかったね。鎧坂さんにイカ墨玉とやらを投げつけた奴は、いずれ殺しに行こう。君たちに『恐怖』を与えたものはさっき始末してしまったが、きっとまた会えるさ。じゃ、行こう」

レアがラコリーヌの上空に到着した際、鎧坂さんの視界から遠目に地上でキャンプファイヤーのような炎が上がったのが見えた。

とっさに目を閉じ『魔眼』を起動する。すると薄桃色の視界の中、炎が上がったあたりに人らしき魔力の形を確認した。

「──戦闘が行われているようだね。こんな廃墟《はいきょ》で物好きなことだが……」

上空から近づいていくと、一見戦況は拮抗《きっこう》しているかのように見えた。

どうやら、スケルトンを操る四人の人間らしき者たちと、騎士や傭兵《ようへい》を従えた位の高そうな男が争っているらしい。

戦況は拮抗状態から徐々にスケルトン側の不利に傾きつつある。

人間側が勝利するというのは気に入らないが、両者ともに被害を恐れていないように見えるのは気になった。もしもこの者たちが誰かの眷属《けんぞく》であり、復活前提で争っているとしたら、うかつに姿を晒《さら》すのは危険だ。

やがてスケルトンの数と傭兵の数が逆転し、勝敗は決定的になった。ダメ押しとばかりに、人間側の指揮官らしき男が弓を持ち、矢をつがえる。

あの矢がスケルトン側の指揮官に当たれば勝負はつくだろう。勝敗を決する最後の一矢というわけだ。

スケルトン側の指揮官は矢を見て硬直している。あの指揮官の目には迫りくる矢がどのように映っているのだろうか。

レアの脳裏に不快な記憶がフラッシュバックした。

「――他人事《ひとごと》とはいえ、だ。弓で射殺されるのをただ見ているというのは、精神衛生上よくないな」

つい、そう独り言をこぼすと、レアは鎧坂さんの指で摘んでいた矢を捨てた。

丘の上には三名の人間らしき者が居た。

その手前で赤いスケルトンと戦っていた傭兵のような者たちは、手を止めてこちらを見ている。

それに対してスケルトンも攻撃しようとしない。スケルトンもこちらが気になっているようだ。

まあ、上空から突然巨大な鎧が落下してくれば、それは気にもなるだろう。

矢を射たのは、あの丘の上、その中央にいる男だろう。身なりからすると貴族のようだ。これは、到着早々探しものが見つかったかもしれない。

よく見ればその左右の騎士は王都で見かけた彼らららしい。ならば間違いあるまい。

一旦《いったん》鎧坂さんから外に出た。

「やあ！　さっきぶりだな騎士のお二人。無事にお家《うち》に帰れたようで何より！　それでそこの」

「――うわー！　なんだこれ！　ロボ⁉　ロボだ！　でかい！　かっこいい！」

ちょっとびくり、としてしまった。何かと思えば、今彼らと戦っていたスケルトン勢力の、おそらく首魁《しゅかい》であろう人物だ。今しがた鎧坂さんが捨てた矢に狙われていた人物である。

服装から男性かと思っていたが、声から察するに女性のようだ。

何を言うべきか、と逡巡《しゅんじゅん》しているうちに、そばにいた女性がたしなめた。

「ご、ご主人さま、その前にお礼では？　助けていただいたのですよ？」

「違うでしょうアザレア。大事なお話をしているようだし、お邪魔にならないように――」

「それより一旦、ちょっと下がったほうが――」

余計に収拾がつかなくなった。

というか、今にも負けて死んでしまいそうな状況だったというのに、彼女らのこの能天気ぶりはなんだろう。

「そ、そうだった！　ありがとうございます！　あ、邪魔してすみません、ちょっと下がりますねへへへ」

そう言いながら四人は後ろへ下がっていった。後を追うように、戦闘していた赤いスケルトン三体もそちらへ下がる。

スケルトンと戦っていた傭兵はそれを追おうとはしない。レアを警戒しているようだ。

「……なんだったかな、ええと。そう、そこの！　そこにいるのが君たちの飼い主なのかな？」

騎士が身構えたようだが、返答はない。もしかしたら聞こえていないのかもしれない。いずれにしても、この距離ではかなり声を張り上げなければ会話はしづらい。

レアは鎧坂さんから飛び立ち、丘の上へ向かうことにした。

「さて。ここまでくれば普通に会話ができるかな。さっきは聞こえていなかったようなので、もう一度言おうか。さっきぶりだね、おふたりさん。無事に」

「聞こえておったわ！　災厄め！」

「……そうかい。じゃあ、そこにいる埃《ほこり》っぽい格好をした人が君たちの飼い主ということでいいんだったかな？」

近づいて分かったことだが、立派な身なりの男は随分と土や埃で汚れている。『魔眼』による視界は効果範囲内なら視力に関係なくはっきりと物を視《み》る事が出来るが、色や汚れはわからない。

「――貴様が、この街を襲った災厄か？」

「なんだ。君もあれか。こちらの質問には答えないのに自分の聞きたいことだけを聞くタイプの人間か。この国の教育は一体どうなっているんだ」

もっとも、同じタイプだったウェインはこの国の人間ではないが。

「問答するのも面倒だからお情けで答えてあげるが、わたしがその災厄だよ。このやりとりも何度目かだけど、別にわたしはこれまで自分でそう名乗ったわけではないからね」

「貴様がこの街を……！」

「まあそうだね。でも一つ訂正しておくと、この街を、ではなくてこの国を、かな。王都はもう制圧したよ。お前の隣の、その騎士たちがここにいるって事は王都の事も知っているのだろうけど」

あの騎士たちがレアより先にラコリーヌに居たのを考えるに、やはりプレイヤー同様、他勢力に制圧された状態のポイントではリスポーンできないのだろう。故に王都の前に拠点にしていたのだろうこの街にリスポーンしたのだと考えられる。

これだけ破壊されていてもリスポーン出来たというのは信じがたいが、もしかしたら彼らの寝床は地下にあった可能性もある。領主が生きていたのもそのせいかもしれない。

しかしどちらにしろ、ラコリーヌ襲撃の詰めが甘かったのは事実だ。ここで清算しておかなければならないだろう。

「で、おしゃべりはもういいかな。わたしはここの領主とかを探さなければならないんだよ。お前がそうだというなら、もう少しおしゃべりしてやってもいいんだが」

「私が領主だ！　貴様のせいで、この街の何の罪もない人々が……！」

何の罪もない人々という存在にレアは出会ったことがないのでわからないが、仮にこの街の人々がそうだったとしよう。確かに別に彼らは何もしていないかもしれない。

しかし、その理屈で言うのならば、だ。

「じゃあ、ここにそう、たくさんの兵隊がいたよね、確か。これは王都で宰相閣下から聞いたのだけど、彼らはどうやらわたしを討伐するためにリーベ大森林に向かっていたそうじゃないか。聞けば、王都を出発したのは一〇日以上前。つまりその時にはわたしの討伐は決まっていたというわけだ。ここでひとつ聞いておきたいのだけど、その時点でわたしが一体何をしたというんだい？」

宰相から聞いたというのは嘘だが、それは今些細《ささい》な問題なので置いておく。

彼の理屈で言うならば、何の罪もないレアを、災厄だと推定されるからという理由だけで殺そうと国が軍隊を差し向けてきたことになる。

「そ――れは！　……貴様が……人類の敵、だからだ！」

つまりスズメバチなどの巣を発見したので、被害が出る前に駆除しようとしたというのと同じだろう。残念ながらレアはただのスズメバチではないため、簡単に駆除は出来ない。

「お前の言っていることは矛盾しているな。わたしが人類の敵だと言うのならば、わたしがしていることは別に何も間違ってないじゃないか。むしろ人類の敵としてはよくやっている方だと褒めてもらいたいくらいだよ。一体何が不満なんだ」

レアも別に本気でそう考えているわけではない。誰だって自分の街を突然破壊されればそう言いたくもなるだろう。揶揄《からか》うようなレアの言い分に対して領主が答える事はなかった。ただ、憎々しげにレアを睨《にら》みつけているだけだ。

「……お前はつまらないな。もういいや。さようなら」

領主に対する興味を失ったレアは『フェザーガトリング』を発動し、その体を蜂の巣にした。

すると糸が切れたように両脇にいた騎士や、傭兵たちも崩れ落ちた。彼が主君で間違いなかったようだ。誰もレアと領主の間に立つなどの防御行動を取るものはいなかった。おしゃべりはするとはいったが、攻撃しないとは別に言っていない。

これでようやく、真の意味でラコリーヌを壊滅せしめたと言える。

本当なら次は王都でのやり残し、すなわち亡命した王を追いかけて始末したいところだが、どこに向かったのかさえわからない。

それに宰相の話が本当なら、王は対魔王特効のアーティファクトを複数所持し、しかもそれは他の五カ国にも存在している事になる。この状況で他国に探しに行くのは危険だ。

それに今はそんなことより重要なことがある。

後ろにいる、あのかしましい者達だ。彼女はロボとか言っていた。プレイヤーで間違いないだろう。そしてその脇を固める女性が「ご主人様」などと言っていたり、赤いスケルトンが彼女に付き従っているのを見るに、彼女は『使役』かそれに類するスキルを有している可能性が高い。

レア以外のプレイヤーがあれを取得している。

それはレアの優位性を揺るがしかねない重大なインシデントだ。できればぜひ、じっくりと話を聞いてみたい。

状況を見る限りでは、彼女は人類と敵対しているように思える。

友好的なプレイヤーと会話をするのは初めてだ。


「さて、お待たせしてしまったようで申し訳ない」

「いやあ！　全然です！」

言いながらさっきの彼女は鎧坂さんをべたべた触っている。『魔眼』で見る限り、彼女のＭＰはなかなかの量のようだ。精神魔法特化の彼ほどではないが、かなりの数値だろう。

その彼女の行動をなんとか制そうとしている三名の女性のＭＰはそれ以上だ。

仮にこの三名の女性が男装のプレイヤーの眷属だとした場合、少なくともトップクラスのプレイヤー三名分の戦闘力を一人で持っていると言える。

「……鎧坂さんが気になるのかい？」

「ヨロイ・ザ・カサンっていうんですかこのロボ！」

「違うな、たぶん違う、そうじゃない。おそらくだけどきみは勘違いをしている」

レアは鎧坂さん――というよりリビングメイル系の魔物について説明してやった。

「満足したなら、次は自己紹介をしよう。わたしはレアという。見ての通り、人外アバターのプレイヤーだ。今回のイベントでは主に人類たちの街を侵攻する側で参加している。君の名は？」

「あ！　これは失礼しました！　わたしはブランて言います！　スケルトンで始めたプレイヤーです！　骨が白かったのでそういう名前にしました！　わたしもこう見えて街ふたつ滅ぼしましたよ！」

スケルトン。どう見てもスケルトンには見えない。しかし嘘を言っているようには——というか、すぐ分かる嘘を息をするように吐《つ》く人物には見えない。

「……どう見てもスケルトンには見えないのだけれど、君はその、別の種族に転生をしたということかな」

「あ、そうだった！　えーとですね、まず最初に——」

第五章　ブラン・ニュー・ゲーム

白一色で構成された小さな部屋に置かれた、最新型の医療用ＶＲベッド。そこに横たわっているのは、手術着のようなものだけを身に着けた年若い少女だった。

普段はあまりゲームをしない彼女だが、思いがけず長期間時間が空いてしまったため、これを機会にと食わず嫌い気味だったＶＲゲームに手を出してみることにしたのだ。ＶＲマシンは医療用のものでも兼用可能なようで、それもやってみようと思った要因のひとつであった。

「んー。せっかくだし、いつもの自分とは違う姿になりたいな」

異世界で生活をするのなら、これまでの自分とは全く違った人生を歩みたい。

彼女はそう考え、あえてアバターのフルスキャンはしないようにしてキャラクタークリエイトを始めた。

「すけるとん……ってなんだろ。なんかかわいい響き。種族はこれで決定――って骨じゃん！　スケるにしても程があるでしょ！」

普段はあまりゲームをしない彼女にとって、スケルトンというのは馴染《なじ》みの薄い言葉だった。まさか骨だけの姿だとは。

しかしせっかくの機会である。知らずとはいえ一度は選んだ種族だ。ちょっと見た目がエキセントリックにすぎるが、いつもと違う自分という意味ではこれ以上のものはない。

「よし！　種族はスケルトンだ！」

　種族を決めたら次はスキル構成だ。といっても、ゲーム的なスキルなどほとんどわからない。

「スケルトンには何のスキルがいいんだろ……。全然わかんない……。あ、せっかくだから魔法とか使いたいな。魔法にしとこう。どうせ何がいいのかわかんないんだし好きなのにすればいいよね」

　ざっと見て、いかにもな属性の魔法を全てひとつずつ取得した。『精神魔法』など、属性が謎なものは無視した。『自失』とか意味がわからなかったからだ。

「まだ経験値余ってるな……。あ、スケルトンにしたら経験値多めに一〇〇ポイントも貰《もら》えるんだ！　らっきー。よーし、余ったぶんは能力値上げるのに使お。魔法はいんと《INT》ってので判定か。じゃあ全部いんとにつぎ込もう。どうせ余りだし」

　キャラクターデータのクリエイトは完了した。次は名前だ。

「名前はー……うーん『ブラン』にしよう！　美白だし。骨だけに」

　そうしてブランは魔物の領域の「洞窟《どうくつ》環境」を選択してログインした。

◆◆◆

　チュートリアルが終わってブランがスポーンしたのは、薄暗くジメジメした、岩壁に囲まれた洞窟だった。薄暗い、とは言うが、実際には全く光のない暗闇である。薄暗く見えるのはブランの種族「スケルトン」の種族特性の「暗視」の効果である。

　ブランはひとまずこの洞窟を出口に向かうことにした。もっとも出口がどちらか分からなかったため、歩き始めた方向は当てずっぽうだが。

天然の洞窟を歩くことなどこれまでＶＲでのリハビリでさえなかったために、何度も足をとられながら歩いた。

「何かの部屋にとうちゃ……く……」

立ち上がり、顔を上げたブランは、ここでゲームを始めて初めての生物を目にする。

そこにいたのはアリだった。

ただし、柴犬《しばけん》サイズの。

「ひっ」

しかもアリは一匹ではなかった。三匹のアリがブランの方を向き、触覚をしきりに動かしていた。

「ぎゃあああああ！」

反射的に叫び声をあげたブランに反応してか、叫び声を攻撃と認識してか、アリたちがブランに襲いかかった。

「うわっアリが噛《か》みつ――んぎっ！」

アリは容赦なくブランの骨の足に噛みついた。柴犬サイズのアリの顎《あご》は相応に大きく、対してブランの骨の足は相応に細い。

ブランは転倒した。

「あだっ！　……え」

ブランの弱点《頭部》の位置が下がるのを待っていたのだろう。別のアリが体を丸めブランに尻《しり》を向けている。いや、昆虫のあれは尻ではなく正確には腹だったか。

「ちょっ――ま」

アリの腹の先端の毒腺《どくせん》から刺激臭のする液体が勢いよく噴射され、ブランの上半身に降りかかる。

骨の体は健康に悪そうな煙を噴き上げ、溶け出していく。

そして聞こえてくる謎の声。

《一時間以内なら蘇生《そせい》を受け付けられますが、ただちにリスポーンしますか？》

「なにこれ……。あ、わたし死んだのか……。てか、足齧《かじ》られて頭から酸ぶっかけられて殺されるとか上級者向けすぎるでしょ！　何あのリアルな感覚！　痛みはそれほどでもないし慣れてるからいいけど、それ以外の……トラウマになるわこんなん！　でもゲームってこんなハードなんだ……」

先ほどはゲーム内で初めて見た自分以外の生物にいきなり殺意の高いコミュニケーションを受けたことで錯乱していたが、落ち着いてみればあの時こうすれば良かっただとか、もっとああしておけばよかっただとか、悔しい気持ちも湧きあがってくる。

「よし、ここで待っててもアリが蘇生してくれるわけでもないし、リスポーンていうのをすれば最初のとこに戻れるんだっけ。あ、死んだときのペナルティがあるんだったかな」

リスポーンの了承の前にヘルプでデスペナルティについて調べてみる。どうやら死亡したあとシステムによってリスポーンを行うと、それまでの総取得経験値の一割を失うようだ。

「ペナルティ重いな！　……あでも経験値の総使用量が一定以下ならデスペナルティは無しになるのか。ほむ。ボーダーは二〇〇、と。スケルトンはギリギリだなぁ。ゴブリンだと一回死んだだけで最初の状態より弱くなっちゃうのか。ひえー」

魔物というデメリットを背負ってまで手に入れた初期経験値を一度のミスで失ってしまうという

のは随分と厳しい。

「ギリギリのバランス。やはりスケルトン最強説か。ええと、とりあえずリスポーン、と」

するとー瞬の酩酊《めいてい》感のあと、ブランは洞窟の中の初めに目を覚ました場所に立っていた。

「今度は慎重に行くぞ……」


結論から言うと、その後もブランは何度も死に戻りをすることになった。そうしていく中で魔法の使い方も実地で覚え、少しずつ洞窟の探索を進めていった。

魔法には「リキャストタイム」という、連続使用を制限するシステムがあるらしく、これについても公式サイトのSNSで確認した。

『フレアアロー』、『アイスバレット』と連続して撃った場合、両方のリキャストタイムがそれぞれ五秒だとするなら、『フレアアロー』が再び撃てるのは一回目の『フレアアロー』から一〇秒後ということらしい。

ブランは攻撃系の魔法を属性違いで五つ取得していたため、最大五回までは連続して魔法を撃つことが出来る。つまり五体までなら囲まれても対処が可能ということだ。


しかしある時、次こそはと意気込んでリスポーンしたところ、いつもと違い謎のメッセージが聞こえてきた。

《あなたのリスポーン地点は他のキャラクターのパーソナルエリアです。リスポーン出来ませんで

した。他にあなたの既存のリスポーン地点がありません。初期スポーン地点にランダムにリスポーンします》

「は？　え？」

ブランはリスポーンという言葉を聞きすぎてゲシュタルト崩壊しそうになる。

しかし、状況は待ってはくれない。

すでにリスポーンを受諾しており、さらに他に選択肢もないため、すぐに視界が歪《ゆが》みリスポーン処理が始まった。

視界が回復し、ブランが辺りを見渡すと、見覚えのない場所だった。

どこかの洞窟であろうことは間違いないが、親の顔より見たリスポーン地点の洞窟よりだいぶ広い。

「……どここ」

もともとの洞窟も別にどこかわかっていたわけではないが、少なくとも今いる場所は明らかに違う洞窟だ。岩肌の色や質感も違う。

「ていうか、わたしのリスポーン地点が他の人のものってどういうことなの……？」

つい先ほどまでは問題なくリスポーン出来ていたはずだ。

「……なのに今は誰かの私有地だからできないってことは、SNS見てた数十分の間に誰かが……洞窟を含む土地でも買ったのかな？　てか土地って買えるのかな。わたしもいっぱしの骨として自分に自信がついたら家とか買いたいな。でも骨だし家よりお墓買った方がいいのかな……。まあ、過ぎたことはいいか。もう戻ることもないだろうし」

それよりも、今重要なのは新たな洞窟の探索である。

「慣れてるし、『フレアアロー』をすぐ撃てるように気持ちの準備をしておこう。さて、アリの次はなんだろ」

気を引き締め直し、ブランは洞窟を警戒しながら進み始めた。


洞窟を歩いていくと、ある場所を境に急に雰囲気が変わった。

具体的には岩肌むき出しの壁から石を積んで建てたのであろう人工の壁になった。

「遺跡……って雰囲気になったたな。アリの巣じゃなくてよかったけど……遺跡に出現する野生動物ってなんだろ」

序盤とはいえ、別に出現するであろうエネミーは野生動物に限らないのだが、このときブランは初対面のアリのインパクトが強すぎて無意識に現実の生き物モチーフの魔物しか想定していなかった。

ゆえに動揺し、叫び声をあげ、対応が間に合わず、死ぬことになる。

「あ、何かいる……。えっうわ！　死体!?　ゾンビだ!?　ギャー！　グロい！　そういう方向のダメージ狙うのマジやめ」

《一時間以内なら蘇生を受け付けられますが、ただちにリスポーンしますか？》

「ゾンビかー……。その発想はなかったわー……」

ブランはリスポーンしながらうなだれた。

「すでに死んでるのでは、って意味ではわたしのお仲間っちゃーお仲間と言えなくもない……ような……いや無理だな。まぁ前向きに行こう！　仲間じゃないなら焼いてもいいよね！　これから毎日ゾンビを焼こうぜ！」

ブランは今度こそ、これまでの事を教訓に油断しないことを心に誓い、歩き出す。

洞窟から石壁へと切り替わる境界線のあたりに、先程の――かどうかは不明だがゾンビが一体佇《たたず》んでいた。一瞬ビクッとしたが、教訓が生きたか過度に動揺はせず、取り敢《あ》えず『フレアアロー』を放った。

腐敗によって可燃性のガスでも出ているのか、ゾンビは実によく燃えた。

「……魔法ほんと強いな。てか『フレアアロー』が特別強いのか魔法が強いのかこれじゃわかんないな。あ、わたしＩＮＴ上げてたんだった。わたしの魔法だから強いという可能性もあるな……」

ゾンビを燃やした音や匂いに反応したのか、それとも何か他に理由があるのか。すぐに次のゾンビが現れた。

ブランは魔法のリキャストが終わっていることを確認し、落ち着いて再度『フレアアロー』を放つ。ゾンビはやはり一撃で倒れた。

するとすぐさま次のゾンビが石壁の向こうから現れる。よく見るとゾンビたちは群れをなしてやってきていた。

「こういう映画あったよ昔！　ええと、『サンダーボルト』！」

輝く雷光がブランの手に集まり、一瞬の後にはゾンビに突き刺さっていた。同時にゾンビは全身が一瞬だけ稲光に包まれ、黒焦げになって倒れ伏す。

どうやら『サンダーボルト』でも一撃で倒せるようだ。

「『アイスバレット』！『ウォーターシュート』！『エアカッター』！」

その後も油断せず、続けざまに魔法を放ち、ゾンビを片付けていく。

ブランのＩＮＴの高さならば、このゾンビたちはどの魔法でも関係なく一撃で倒せるようだ。違いは死体の形状のみである。

「……いや、ゾンビだし最初から死体か？　どっちでも良いか。てかまだ来るのかよ！」

すでに攻撃魔法は五連打してしまったため、少し待たなければ攻撃できない。

一旦《いったん》下がり、なるべくリキャストタイムを稼ぎながら一体ずつ倒していくしかないだろう。

ブランは迫りくるゾンビたちから目を離さないようにしながら少しずつ後ずさった。

しかしゾンビたちはブランのことをしっかりと認識しながらも、それ以上近づいてこようとはしない。

「あれ？　こっちこないな」

ゾンビたちは石壁と洞窟の境界線でウロウロしている。

「あいつらやっぱこっち入ってこられないのか。え？　これもしかして」

ボーナスステージ到来である。

ブランはＭＰの自然回復と釣り合うくらいのペースで、淡々とゾンビを焼き始めた。

そのまましばらくボーナスステージを堪能し、ゾンビの数が少なくなってきたな、と思い始めて数分後、入り口付近に群がるゾンビはついに全滅した。

ゾンビの死体を踏みつけながら慎重に遺跡の通路を覗《のぞ》き込む。動くものはない。おそるおそる遺跡に入ってみる。物音一つしない。

「……ほんとに狩り尽くせたのかな？」

ブランは洞窟《どうくつ》を出て、石壁の続く遺跡の通路を歩き始めた。

「そういえばもうけっこうプレイしてるよね……。うわ八時間も経《た》ってる！　うーん、まぁいいか。起きててもすることないしね」

幸い、ブランの使用しているＶＲモジュールは医療用ベッドも兼ねた高額なモデルであるため、長時間覚醒《かくせい》しなくても警告などはないし、生命維持にも問題はない。


いつの時代のものかさえもわからないような古い遺跡の中を歩くという、現実どころか他のＶＲコンテンツでさえなかなかできない経験をブランは満喫していた。先程までの地獄から一転して、もはや観光気分である。

しばらくぶらぶら歩いていると、やがて古いながらも精緻《せいち》な彫刻が施された、重厚な扉が姿を現した。

「おお、最深部って感じだ！　いやここが遺跡のどこかもわからないから最深部なのかどうかは不明だけど。ていうかもしかしてこれ迷子かな……？」

ゴゴゴ、と重い音を響かせながら、しかし扉は意外なほど軽く開いた。というより途中から勝手に開いていった。

扉の向こうの部屋の奥には玉座のようなものがあり、その玉座には金髪の美しい男が座っていた。

「――侵入者か……。いつぶりだ、侵入者など。先程から我が従者どもの姿が見えぬようだが、貴様がやったのか？」

「うわ話しかけてきた！　てか人だ！　第一村人発見だ！」

ゲーム開始から初めて遭遇する言葉の通じるＮＰＣである。ブランは興奮した。

「誰が村人だスケルトン風情が……！　その前に質問に答えよ。我が従者どもは貴様がやったのかと聞いておる」

なんか俺様系の村人である。我とか言っているのでどちらかと言えば我様系だろうか。

「従者って誰のこと……ですか？　この遺跡にはゾンビしかいませんでしたけど？」

「そのゾンビのことだ！　それと、遺跡ではなく我が城だ！　貴様、喧嘩《けんか》を売っておるのか！」

「売ってません！　ゾンビは燃やしましたすいません！」

「燃やした？　貴様は手ぶらのようだが……。まさか魔法が使えるのか？　スケルトン風情が？」

「ええまぁ……」

「いや、それ以前に会話ができる知性あるスケルトンだと？　貴様……何者だ？」

会話くらい別に、と思ったが、この我様系の従者が全てあのゾンビたちだったのだとすれば、確かに会話が出来そうな人材は居なかった。

ならばきっと人との会話に飢えているのだろう。

「会話くらい別にしてあげてもいいですよ。戦い詰めで疲れてるし」

「ふむ……。まあ、面白いか。貴様を我の従者にしてやろう」

従者として雇いたい、ということだろうか。まさかの採用面接だったらしい。

しかも会話が出来るというだけで一発採用である。さすがに採用基準がガバガバすぎでは。

しかしブランはたまたまこの遺跡にランダムスポーンしただけであって、できれば外に出て冒険などしてみたい。ここを拠点にするというのはいいが、ここに縛られるのはよろしくない。

「いや結構です。間に合ってます。御社の発展をお祈りしてます」

「貴様に選択権などない！　『魅了』！」

《抵抗に失敗しました》

謎のシステムメッセージが聞こえてきた。

そしてその瞬間、ブランの目から見ても玉座の男のイケメン度がさらに上がった。

(馬鹿な！　何だこのイケメン力は！　まだ上昇するだと！　あれ!?　声が出ない！　てか動かない！　あと視界がピンクい！　なんだこれ！　あ、状態異常ってやつか！)

慌ててウィンドウを確認すると、ブランは魅了状態になっていた。

自分の意思で自身の身体《からだ》は操作できず、発言も出来ない。なお後から知ったが、相手のイケメン化と視界のピンクの靄《もや》にはシステム的な意味はないらしい。

「よし、かかったようだな。では『支配』だ」

《抵抗に失敗しました》

「そして『使役』。さあ、我が従者となるがいい」

《抵抗に失敗しました》

我様系イケメンは立て続けに何らかのスキルを発動し、ブランはその全ての抵抗に失敗した。

《特殊条件を満たしました。吸血鬼の従者《スクワイア・ゾンビ》に転生が可能です》

《【デ・ハビランド伯爵】があなたをテイムしようとしています。問題がない場合は五秒以内に了承してください。意思表示がない場合は五秒後に破棄されます》

さらに怒涛《どとう》のシステムメッセージである。こんな長文、リスポーンに失敗して以来だ。

(待って！　展開の速さについていけてない子もいるんですよ！　わたしですけど！)

《タスクを保留します》

(あ、待ってくれるんだ)

待ってくれるなら助かる。

まずは先程から出ている「抵抗に失敗しました」というメッセージ。システムによれば、これは「デ・ハビランド伯爵」とやらがブランにかけている『魅了』やら『支配』やら『使役』のことだろう。何かのスキルだろうことは何となく分かる。ゾンビを従者にしていたことといい、こんな古城の玉座に座っていたことといい、この伯爵はおそらく吸血鬼とかそういう存在なのだろう。そして今ブランは吸血鬼の魅了による支配を受けようとしている。というか、抵抗に失敗したのですでに受けている。そのせいで身動きが取れなくなり、テイムとやらをされそうになっているというわけだ。

次に「転生が可能です」という言葉。スクワイア・ゾンビというのは通路で焼き払ったあのゾンビたちに違いない。「転生」というのは知らないが、それを受諾した場合あのゾンビと同種のモンスターに変化すると考えるのが妥当だ。それはちょっと、いやかなり抵抗がある。

最後にテイムだ。テイムというシステムも知らないが、一般的に考えてブランがあの伯爵のペットになるということだろうか。

プレイヤーがＮＰＣのペットになるなんてことがあるのか。いや、システムが保留中ということは、あくまで選択権はこちらにあるのだろう。あの伯爵は選択権はないとか言っていたが、ＮＰＣはシステムメッセージが聞こえないという話だし、もしＮＰＣだったなら選択の余地なく一発テイムされていたということかもしれない。

「ぬ、抵抗されたという感覚はほとんどないが、まったく我の力が通っていかぬな……。やはり面白いスケルトンだ」

なんか言っているが、とりあえず置いておく。

しかし気になるのは、「従者に転生すること」と「配下になること」が別のメッセージで告げられている点だ。従者に転生をすることは受諾しつつ、テイムされることは拒否するなどということも出来てしまいそうだ。まるで身体を改造された後、脳改造の直前に逃げ出すかのような。

（何その、初代マスクドバイク乗りみたいな……）

現代に至るまで語られる、あの伝説のJapanese Live-actionの主人公と同じ行動がとれるなど、普通に生活していてはまずありえない。

ブランは悩んだ。幸い、伯爵はブツブツ独り言を言いながら待ってくれている。

悩んだ挙げ句、ブランは転生を受諾した。

もちろんテイムは拒否した。

《条件を満たしています。吸血鬼の従者《スクワイア・ゾンビ》か意志ある死者《レヴナント》を選択して転生できます》

（え、じゃあレヴナントとやらで）

ゾンビでないならなんでもいい。ブランの望みは改造後に逃げ出すことであってゾンビではない。

《条件を満たしています。経験値一〇〇ポイントを支払うことで下級吸血鬼《レッサーヴァンパイア》を選択して転生できます》

（ちょいまち！）

《タスクを保留します》

また待ってくれるらしい。

（プレイヤー超便利だな！）

レッサーヴァンパイア。つまり、目の前の伯爵のお仲間だ。

日光の下で活動できないだとか、ニンニクに弱いだとか弱点はありそうだが、考えてみればゲームを始めてから日光の下になど出たことがない。何ならこのゲームには日光の当たるエリアが存在しない可能性まである。ニンニクも最初から苦手だし、実質デメリットゼロと言える。

ブランはゾンビでしこたま稼いだ経験値を半分支払い、下級吸血鬼《レッサーヴァンパイア》に転生した。

「何だと!?　馬鹿な――」

◆◆◆

ブランはそれから、ゲーム時間が夜の間だけ古城の外の荒野に出て狩りや探索をし、日が昇る前に古城へ戻り、昼の間は古城でログアウトしたり、伯爵の話し相手になるなどして過ごしていた。

現実の身体の検査で丸一日ログインできない日があり、いつの間にか正式サービスが始まってしまっていたが、正式サービス開始に伴う月額利用料はアカウントを作成した際に紐付《ひもづ》けした仮想通貨のウォレットから自動で引き落としになるので問題ない。

あの時。

転生はしたが『使役』は断るという初代マスクドバイク乗りバリのわがままムーブをぶちかましたブランだったが、吸血鬼の伯爵の心証はむしろよかった。

彼は自力で下級吸血鬼《レッサーヴァンパイア》に至ったブランを高く評価し、いかにも吸血鬼が着ていそうな貴族服とステッキを与えてくれた。支配階級たる吸血鬼がみすぼらしい格好――つまり、初期装備なのが我慢ならなかったらしい。服は伯爵のお古らしく男物だが、キャラクタークリエイト時にリアルの自分をスキャンせず、造形の変更もせずに決定したブランの外見は中性的で、男物の服を着ていれば小柄な男性にも見える。ただ、デフォルト設定のアバターは足元に届くほど髪が長かったので、それは両サイドで束ねておくことにした。

さらに伯爵は、自身の友人扱いとして城は自由に使って構わないとまで言ってくれた。

とはいえ、せっかくなのだしいつかは一国一城の主《あるじ》になりたい。

この時、ブランは単に持ち家が欲しいという程度のつもりで言ったのだが、比喩《ひゆ》として言った言葉を伯爵は額面通りに受け取り、機嫌良く笑いながら滅亡させるのに手ごろな国などを教えてくれた。もっと力をつけたら襲撃してみるがいい、と。

「でもその国、確か公式――ええと、前に聞いた話だと、豊かでもないが貧しくもなく安定した国力の国だとかなんとか……」

「ふん。安定しているとはよく言ったものだな。人でも国でも、定命のものにとっての安定など緩やかな衰退にすぎぬ。人材の流れが淀《よど》んだ国はそこから腐ってゆくものだ。裏ではすでに熾烈《しれつ》な派閥争いなどしておるようだし、時間の問題よ」

「こんな古城に籠《こも》ってるのに、どうしてそんな情報がわかるんですか？」

「古城て……まぁよい。ネズミを潜り込ませておるのでな」

「スパイですか！　かっこいい！」

「いや、文字通りのネズミだ。『使役』したネズミを、こう色々な組織にな」

「えっ。うーん……。ギリギリありで！」

「ふはは！　そうか、ギリギリありか！」

結構失礼というか、随分上から目線の評価だったと思うのだが、伯爵は機嫌良さそうに笑っている。

「でもそれいいっすね。わたしもなんか使役してみたい」

「貴様ならできよう？　ほれ、吸血鬼に転生したときに『調教』系統の『使役』が取得できるようになっておるはずだ。『調教』を取得してみよ」

ブランは言われるままに『調教』を取得した。消費経験値は二〇だし、今ブランは経験値にかなり余裕がある。

「ほんとだ！　『使役』出ました！」

「『使役』だけではよほどの実力差でもない限り、まず成功せぬ。自分で眷属《けんぞく》を生み出せる者のための力だな。すでに在る者を従えたくば、『精神魔法』の『魅了』や『支配』などと組み合わせるとよかろう」

なるほど、以前伯爵にかけられたあの一連の状態異常がそれだろう。

『精神魔法』の『支配』まで取ると経験値をかなり消費してしまうが、今のところ他に取りたいスキルもないことだし、取得してしまうことにした。

「『支配』まで取得しました！　先輩！」

「ふはは！　先輩か！　それはいいな！　さて、『支配』などの『精神魔法』に連なる魔法は基本的に精神力の強さが成功率を左右する。なるべく精神力を鍛えるがいい」

伯爵の言う精神力とは、ゲーム的にはＭＮＤのことだろうか。たしか能力値の説明でそのような事が書いてあった気がする。

ブランは伯爵を信じ、残っていた経験値を振れるだけＭＮＤに振った。ここでブランのＭＮＤの数値がＩＮＴと並んだ。

「よーし！　じゃあ夜になったら外に出て、何か『使役』してきます！」

「うむ。行ってくるがいい。ある程度戦闘力のある魔物を『使役』できれば、訓練の効率も安定しよう」

◆◆◆

日が落ち、古城を出たブランは、そろそろテイムの目処《めど》をつけなければ日が昇るまでに城に帰れなくなるくらいの距離を走った頃、打ち捨てられた墓地を見つけた。

せっかくここまで来たのだし、墓地の中を軽く覗《のぞ》いていくことにした。スケルトンやゾンビなら古城のそばにもたくさんいるが、もしかしたらもっと上位のモンスターもいるかもしれないからだ。

そうして入ってみた墓地の中は、荒野と違い、アンデッド以外の生き物も少し居るように見えた。

たとえばたった今、襲いかかってきたコウモリとか。

「――うおあびっくりしたぁ！」

何匹ものコウモリがブランにまとわりつく。目的は不明だが、食事だろうか。仮に吸血コウモリか何かだった場合、吸血鬼であるブランから血は吸えるのだろうか。

「ええい！　くらえ！　『恐怖』だ！　こらー！　恐れろ！」

するとバタバタとコウモリたちが落ちていく。問題なくブランの『恐怖』にかかったらしい。

「ふー。効いてよかった……。あんま成功率高くないみたいなこと聞いたことあるよな気がするけど、わたしは吸血鬼でこの子ら吸血コウモリだし、なんか特効でもあったのかな」

地面にうずくまり、震えるコウモリたち。それを見ていると、なんとなく悪いことをしたような気にもなってくる。

「ていうか、ゲーム始めてからアリとアンデッドにしか会ってなかったな……。ふむ。生きてる生物か……」

悪くないかもしれない。コウモリを侍《はべ》らせるのはいかにも吸血鬼という感じだし、これだけ数がいれば多少弱くてもゾンビくらいなら倒せるだろう。生きてる生物という言い方はいかにも頭が悪く聞こえるが、このゲームには生きていない生物もたくさんいるので仕方がない。

コウモリならばいざというときに目眩《めくら》ましなどにも使えるかもしれないし、何より伯爵のようにスパイの真似事《まねごと》もできそうだ。

「コウモリってたしか天鼠《てんそ》とかって別名もあったし、ネズミ伯爵の後輩としては悪くない……いやむしろいいかもしれない」

ブランはあたりにうずくまるコウモリたちに、一匹一匹『使役』をかけて回った。

『支配』は省いたが、伯爵の言うように実力差が大きかったせいか、滞りなくすべてテイムに成功した。もし上手《うま》くいかなかった場合は「ブランとコウモリでは実力差があまりない」という悲しい事実を突きつけられる事になるので、上手くいって実によかった。

「全部で九匹かー。種族は……デスモダス？　見た目の割にゴッツい名前だ……」

コウモリたちは翼と小さな後ろ足を器用に動かし、カサカサとブランに寄ってきた。

「歩けるのかよコウモリ！　しかも意外と速いな！」

さすがはネズミのお仲間だ。

しかし歩幅の差もあるし、このままでは連れて行くのは困難なので、とりあえず両手に抱える事にした。

「まぁ可愛《かわい》いと言えなくもないし、いっか。さ、帰ろう」

帰りはやや急ぎ、なんとか日が昇る前に古城に帰り着くことが出来た。

「ただいまー！」

「うむ……。なんだそれは？　コウモリか？」

「いいでしょー！　吸血鬼っぽくないっすか？　あとネズミの仲間だし」

「吸血鬼にふさわしいというのはわからぬでもないが……。コウモリとネズミは全く別の種だぞ」

「えっ」

天鼠とはなんだったのか。

「ま、まぁいいや。そういえば先輩、使役した後吸血鬼になったならそのまま支配していられるみたいなこと言ってましたけど、使役した魔物が吸血鬼に転生することってあるんですか？」

「うむ。特定の条件を満たしている場合などに、特別な血を飲ませることで転生させてやることが可能だ」

「特別な血」

「より高次の吸血鬼の血だな。たとえば条件を満たした意志ある死者《レヴナント》に我の血を飲ませれば下級吸血鬼《レッサーヴァンパイア》に転生できるやもしれぬ」

「それはわたしの血じゃだめなんです？」

「うーむ……。もう少し、格を上げねば無理だろうな。吸血鬼の従者《スクワイア・ゾンビ》を意志ある死者《レヴナント》に転生させるくらいならば、出来るやもしれぬが……」

「格……」

「さほど、遠い先のことでもあるまい。ほれ、貴様はもう『下級』が取れておる」

ブランが言われて自分の能力を確認してみると、たしかに下級吸血鬼から吸血鬼に変わっていた。

「いつの間に……」

『精神魔法』か『使役』を取得したときであろうな。あれらは相当の格を必要とする」

つまり、格を上げたければ経験値を稼いで自分に投資しろということだ。経験値を稼ぎ、それを使えば使うほど、ゲームシステムによって強い存在だと認定されていくのだろう。

「でもこの辺りのゾンビたちじゃもうあんまり経験値稼げないんですよね……」

「ふむ。この城の地下から出られる地下水脈にな、確かリザードマンどもが巣食っていたはずだ。あやつらならゾンビどもよりは食いでがあろう」

「リザードマン！　そんなの居たんですね！　てかこの城地下あったんですか？」

伯爵は呆《あき》れた目つきでブランを見た。

「……お前が来たのがその地下だ。まぁどうせどこぞより迷い込んで、帰れぬままここまで辿《たど》り着いてしまったのであろうが……。簡単な道順を描いてやるゆえ、行ってみるがいい」

「あざーす！」

「ふはは。それからそのコウモリたちだが、我らにゆかりのある種のようだな。もしかしたらなんらかの条件で、そやつらも転生させられるやもしれぬ。育ててやるがいい」

「おー！　がんばります！」

最初見たときは痛いお兄さんだなぁと思ったものだが、慣れてくるとなかなかどうして、この口調すら可愛らしく思えてくるから不思議なものだ。

「ほれ、地図だ。リザードマンどもならば『精神魔法』も使い放題であるし、さほど苦労はすまいから、やれそうならコウモリたちにも経験を積ませてやるといい」

「リザードマンなら『精神魔法』使い放題ってどういう意味ですか？」

「む？　説明しておらんかったか？　『精神魔法』はアンデッドには効かぬ」

「初耳っす！　てか、伯爵初対面のときわたしに『魅了』とかかけまくりじゃなかったでしたっけ？」

「まあ、抜け道があってな。それはまたおいおい教えてやる」

気にはなったが、いずれ教えてくれると言うのならとりあえずはよしとする。早く経験値稼ぎがしたい気持ちもあった。

「では行ってきます！」

「うむ。ではな」

ブランは早速地下へ降り、地下水脈へと向かった。


地下水脈へはブランの初期スポーン位置よりもさらに地下の、地下牢《ちかろう》のような場所の崩れた壁から出られるようだ。どんどん地下へと降りていくと、やがて水音が聞こえてきた。

地下の洞窟《どうくつ》は水が真っ黒にみえるほど暗く、ブランの目をもってしても中に何がいるのか全くわからない。

いつでも魔法が撃てるよう覚悟をし、慎重に洞窟を下っていく。

どのくらい下っただろうか。例によってブランはまったく覚えていないが、ともかく、少し開けた場所に出るようだ。巨大な地底湖、といった様子である。

慎重に覗き込むと、地底湖のほとりにいくつもの人影が見えた。

おそらくあれがリザードマンだろう。長い尾がある。集落を作っているのか、かなりの数だ。

「……いやあれで経験値稼ぎするっていうのはちょっとハードル高すぎでしょ……」

リザードマンの強さがどのくらいなのかわからないが、少なくともゾンビやスケルトンよりは強いと思われる。コウモリたちは戦力にならなさそうであるし、流石《さすが》に今のブランの実力では単騎であれは殲滅《せんめつ》できまい。

攻めあぐねていると、胸元のコウモリからなにやら案があるというような意思が伝わってきた。

「え、囮《おとり》？　そんな……危なくない？　あー、きみら飛べるもんね……。うーん、じゃあ、集落に戦闘音とかが聞こえないくらいの場所で待ってるから、あの集落から何人か、そこまで誘導してきてくれる？」

するとブランのマントから三匹、コウモリが飛び立っていった。

それを見送り、ブランは音をたてないように洞窟の奥へと下がる。

それからしばらくすると、コウモリを追って二体のリザードマンが洞窟の中へ入ってきた。リザードマン達は暗闇で見失ったコウモリを探しながら、ゆっくりと奥へと進んで来る。

「コウモリ三匹に大層なことだけど……。もしかしてコウモリくらいでも貴重なタンパク源なのかな」

ブランは集中し、魔法を唱える準備をする。水に親しい種族であることだし、初撃は『サンダーボルト』でいいだろう。水タイプには電気技だ、とどこかで聞いた覚えがある。

「よーし……。もう少し……。もうちょっとこっちこい……。ここだ！『サンダーボルト』！『エアカッター』！」

放たれた電撃が目にも留まらぬ速度でリザードマンに襲いかかり、それから数秒遅れて不可視の斬撃が生き残ったリザードマンを切り裂いた。

電撃に貫かれたリザードマンは即死したようだが、もう片方はまだ息がある。

「うーん、やっぱり弱点属性とかでないと確殺できないのかな？『アイスバレット』」

撃ち出された氷の礫《つぶて》に貫かれ、今度こそリザードマンは力尽きた。経験値を確認してみると、確かになかなかの量だ。

「でも効率がいいかって言ったらちょっと微妙かなぁ。釣ってきて、隠れて、魔法撃って、て結構手間かかってるし……。もっと一網打尽にできないものかな」

ブランは新たな力を求め、スキル習得画面を眺めた。

すると『吸血魔法』というスキルツリーが目についた。

これはスケルトンであった以前にはなかったもので、吸血鬼になったためにアンロックされたツリーだろう。ツリーを開くと、ひとつ目のスキルは『霧』だった。

「えーと、広範囲に霧を発生させる魔法、かあ……。効果は範囲内で自分が使う『吸血魔法』と『精神魔法』の判定にプラス補正……。そういえば『精神魔法』ってコウモリたちにしか使ってないな」

加えて発生させた霧の中では視界や探知の阻害効果もあるようだ。

『霧』を発動し、『恐怖』で足を止めさせておいて一体ずつ魔法で倒す、というのもいいが、『恐怖』に抵抗する敵がいた場合は厄介だ。実戦でいきなり試すのはよくない気がする。

「今倒した二人にテストに協力してもらえばよかったかな……。うーん」

悩んだ結果、もう一度だけ、コウモリで釣りをすることにした。

まずはスキルを取得する。『霧』と『雷魔法』の範囲攻撃『ライトニングシャワー』だ。ＭＰ消費は大きくなるが、一度に複数の敵を攻撃できるのは大きい。


今度はリザードマンたち三体が釣れた。

三体がキルゾーンまで誘導されたところで、まずは『霧』を発生させる。暗がりで、ただでさえ湿度が高い環境のためか、リザードマンたちは霧には気づいていないようだ。

続いて『恐怖』を発動させた。三体のリザードマンはそろって棒立ちになり、その尻尾《しっぽ》が震え始めた。

「……これ、効いてる……んだよね？　リザードマンが恐怖に震えているのかどうかとかわかんないな……。尻尾を震わせるのは発情の合図とかだったらどうしよう……。まぁいいか。よし『ライトニングシャワー』」

洞窟の天井から床までを貫く電撃が幾筋も走る。そのうちの何本かが範囲内にいたリザードマンを襲った。リザードマンは電撃により仰《の》け反りかえり、痙攣《けいれん》した。すべて一瞬の出来事だった。

しかし死んではいないようだ。ブランは近寄ると、一体ずつステッキを振り頭を割った。

「これなら地底湖の集落まで行っても、先制で『恐怖』が叩《たた》き込《こ》めればいけそうだね。よーし！」

ブランは再び地底湖が見えるあたりまで進んでいった。

「『霧』」

ここから届くかは不明だったが、どうせ気づかれまいし、届かなければリキャスト終了を待ってまた発動すればいい。

「広範囲、ってマジで範囲広いな……。小さな村くらいなら余裕で覆えそう。でも『精神魔法』の効果範囲は別にそこまで広くない罠《わな》」

『霧』の効果時間は「解除するまで」であり、発動中は常にＭＰを消費し続ける。『霧』を発動した以上は早めに片をつける必要がある。

ブランは霧に紛れ、壁伝いにゆっくりと集落に近づいていった。

ブランにとって霧は視界の妨げにならないらしく、辺りの物もいつも通り見えていた。

「そーれ『恐怖』だよー」

ブランに近い位置にいるリザードマンから、硬直して震えだす。集落すべてを覆うには全く足りないが、すぐにブランの位置へ到達できる程度の範囲はカバーできたようだ。

「続いて『ライトニングシャワー』！」

先程の洞窟よりも天井は高いが、それでも地面から天井までを稲光が満たす。

今の攻撃はかなり派手で、この地底湖広間の隅に居たとしても十分わかるほどだった。

残ったリザードマンを一体ずつ片付けていく。

やがて目に見える範囲にはリザードマンは居なくなった。あとは、湖のほとりにいくつか建っている盛り土のようなものが見えるが、あれは家だろうか。

「家だとしたら、湖に向かって出入り口が開いてんのかな？　水棲《すいせい》っぽいし。だとしたら覗《のぞ》き込むのは危険かなあ」

魔法で崩そうかと考えたブランだったが、考え直して『霧』を解除した。

中に居たとしても子供や卵——卵生なのかどうか不明であるが——だろうし、だったらしばらく放置して成長させ、また今度来たときに経験値にしようと考えたためだ。

「よし、帰ろ。とりあえず今はわたしはこれ以上強化しちゃうとリザードマンで稼げなくなっちゃうし、帰ったらコウモリくんたちを強化しよう」

ブランはごきげんな様子で城へ帰っていった。

◆◆◆

知らないうちに大規模イベントとやらがあったらしい。ちょうど現実で長期の検査の日程が重なっていた時期だ。タイミングが悪かった。

ブランはあれからしばらく、地底湖のリザードマンを狩り、コウモリくんたちに経験値を与えるというルーチンを繰り返していた。地底湖のリザードマンが減ってくれば、もう少し先まで足をのばして別の部族と思われる集団を襲ったりしていた。

「なんかもう、コウモリくん一匹でもリザードマン一人くらいなら狩ってこれそうなオーラ出してるよね……。九匹もけしかけたらやりようによっては集落ひとつ潰《つぶ》せそう」

すでにコウモリたちに使った経験値は一匹一匹がブランにせまる勢いである。

何がキーになったのかは不明だが、途中から『吸血魔法』もコウモリの取得可能リストに並んでいたので、検証の意味も含めてブランより先行させて取得させていた。

同時に『吸血魔法』にシナジーの高い『精神魔法』も取得させている。これは伯爵の勧めでブランが『召喚』ツリーと『死霊』ツリーを取得した後、コウモリたちのツリーに出現したものだ。

スキルの取得条件に別のスキルや種族などが関わっているのは薄々わかっていたが、眷属《けんぞく》のスキルに主君のスキルが関わっているという事実は盲点だった。

となると、実働部隊のコウモリだけでなくブラン自身も成長していく必要がある。この事実からあまりコウモリたちに経験値を集中させることもできなくなり、結果的にリザードマンでは経験値稼ぎが難しくなってきてしまった。


「仕方あるまい。どのみち、いずれはそのような時が来る。戦力を増強するという意味では、まだトカゲどもを使ってできることはあるが」

伯爵に相談したらそんなことを言われた。

「ほうほう。例えば？」

「うむ。『死霊』の『魂縛』は持っていよう？　ならば、倒したリザードマンに『死霊』を発動すれば、死体をアンデッドとして蘇《よみがえ》らせることが出来る。そしてアンデッド化したリザードマンに対して『使役』が成功すれば、恒常的な配下に出来よう」

「なる——ほど……。でもアンデッドかぁ……」

ブランにしてみれば、あまり好んでゾンビを連れ歩きたいとは思えない。

「そのアンデッド化したリザードマンにわたしの血を与えたら、意志ある死者《レヴナント》になれるんですかね？」

「む……。もともとただの人間種よりはリザードマンの方が格が上だ。ゆえにそこらのゾンビよりはリザードマンゾンビの方が格上……のはずだ。それを考えると難しいやもしれぬが……まあやってみても損はあるまい。失敗しても、失うものは多少の生命力だけよ」

吸血鬼なのに生命力なのかとブランは不思議に思ったが、おそらくゲーム的に言えばＬＰのことなのだろう。つまり吸血鬼にとって自分の血を分け与えるという行為は、ＬＰをコストにする行動なのだ。

「なるほど、じゃーやってみます！」


そうして意気揚々とやってきたのは初めてリザードマンたちに出会った地底湖だ。

さっそく雷魔法でリザードマンの綺麗《きれい》な死体を三体作った。

「ええと『死霊』」

するとリザードマンの死体から真っ黒い靄《もや》のようなものが立ち上る。ほとんど光のない地底湖なのに、なぜか真っ黒だということがわかってしまうほどの黒さだ。

その靄がリザードマンたちを包み込むと、シューシューという、なにか空気が漏れるような音が聞こえてきた。リザードマンの姿は全く見えない。
そのまま数秒がたつと、靄は自然と薄れていった。
そしてリザードマンが立ち上がる。骨のみの姿で。
「スケルトンじゃんか！」
しかし骨格はしっかりとリザードマンのようだ。顔立ちや尻尾など、恐竜図鑑で見たようなシルエットをしている。
「まぁ、ゾンビよりはいいかな……。じゃ『使役』」
《リザードマンスケルトンのテイムに成功しました》
《条件を満たしています。吸血鬼の従者《スクワイア・ゾンビ》への転生を許可しますか？》
「あ、不許可で」
ブランが伯爵に『使役』を受けた時、転生についての確認はブラン本人に来ていた。
それが今回は『使役』を掛けた側のブランに来ている。
これはＮＰＣがシステムメッセージを受け取れないという仕様のせいだろうか。
《リザードマンスケルトンのテイムに成功しました》
《条件を満たしています。吸血鬼の従者《スクワイア・ゾンビ》への転生を許可しますか？》
「一匹ずつこれやるのか。不許可で」
《リザードマンスケルトンのテイムに成功しました》
《条件を満たしています。吸血鬼の従者《スクワイア・ゾンビ》への転生を許可しますか？》
「うーん、不許可」

そうして無事、三匹のリザードマンスケルトンを『使役』することが出来た。

「さて。じゃああとは、スケルトンに血を与えたらどうなるのか、だね」

伯爵も言っていた。どうせ失敗してもLP《生命力》が減るだけだと。

ならば、三体分くらいやってしまっても問題あるまい。

ブランは自分の八重歯で指を噛《か》み、その血を三体のリザードマンスケルトンの額になすりつけた。

「あ、これ八重歯じゃなくて牙《きば》なのかな。もしかし――っ！」

すると全身から力が抜けるような妙な感覚に襲われ、思わず膝《ひざ》をついてしまう。確認してみると、たしかにLPが減っていた。しかも、このところかなり増えてきていたはずなのに半分ほど一気に持っていかれていた。

「コスト重たい……。先に言ってよ先輩……」

ゲームの世界の吸血鬼の伯爵にホウレンソウの大切さを教えるにはどう語ったらいいかとか考えていると。

《眷属が転生条件を満たしました。転生を開始します》

目の前のスケルトンたちが赤く染まっていく。

「おお？　なんか起こるっぽい……。不発にはならなさそうだ。がんばれわたしのライフポイント……！」

変化は色だけはなく、骨格の形状もだった。背中から尻尾にかけてトゲトゲした突起が盛り上がる。手や足の指先も尖《とが》り、全体的に骨太になっていく。仕上げに後頭部から二本の短い角が生え、変化は終わった。

「す……げー！　強そう！　全然別人じゃん！　人じゃないけど！　なにこれ！

ええと……蒔かれた者《スパルトイ》……？　え、マジ何なのそれ……何蒔《ま》かれちゃったの……？」

種族名はブランの知識では意味が不明だったが、とにかく転生は成功した。


「ほう、蒔かれた者《スパルトイ》か。かなり強力なアンデッドだな。相変わらず、貴様は何をしでかすかわからぬな。ふはは」

自慢気に伯爵に見せたところ、褒められた。

伯爵の言う通り、スパルトイたちの能力値の合計は吸血鬼になったばかりのブランと同程度はあるようだった。

「ところで、コウモリどもには血は与えてやらぬのか？　新参のスパルトイに先に与えてしまっては、拗《す》ねてしまうのではないか？」

「えっそうなの？」

マントの中のコウモリたちを見てみると、何が？　と言いたげなつぶらな瞳《ひとみ》を向けてくる。全然そのようなことはなさそうである。

とはいえ伯爵の言う通り、今まで頑張ってきてくれたコウモリたちよりもスケルトンに先に血を与えて転生をさせてしまったのはなんだか申し訳なく思えてくる。

「でもあれ結構LP《生命力》持っていかれるしな……」

「なに、いざとなれば我が手を貸してやる。心配せずにやってみるがいい。我も興味があるしな」

「よーし、じゃあ……」

ブランは先程同様に自分の指先を牙で噛み切《き》り、コウモリたちに一滴ずつ舐《な》めさせていく。全てのコウモリに血を含ませると、玉座の間の中央にそっと降ろし、後ろに下がって変化を見守る。

「っく」

するとやはりLPを吸い取られるような感覚が襲う。今度は覚悟をしていたため、膝をついてしまうような無様は晒《さら》さなかったが、LPの減少量は先程と同じくらいだった。

《眷属が転生条件を満たしました。転生を開始します》

コウモリたちをまとめて黒い靄が覆う。スケルトンたちのときのような音は聞こえてこないが、靄はだんだん大きくなっていくようだ。

ややするとコウモリどころか、人間が数人でもすっぽり入ってしまいそうなほどの規模になってしまった。

「アナウンスがあったってことは、転生自体は成功したんだろうけど……。なんかでっかくないかな……」

「黙って見ておれ。そら、霧が晴れるぞ」

あ、これ靄じゃなくて霧だったのか、などと思っている間に、伯爵の言うように霧が晴れていく。

霧が晴れた場所に座り込んでいたのは、コウモリではなかった。

人だ。それも三人。

「誰⁉　てか、三人しかいないんだけど⁉」

「ほう。これはこれは……。おそらく、コウモリ三匹が一体のモルモンに転生したのだろう。コウモリ一体では器が足りなんだと見えるな」

「もるもん」

「うむ。変化の術を得意とする、吸血鬼の一種だな」

「吸血鬼！」

座り込んでいるのは人間にしては顔色の悪い、三人の美少女だった。服などは着ていない。

「あの、伯爵……」

「ふはは。仕方のないやつだ。待っておれ、今服を持ってこさせる」

「あざーす！」

伯爵が彼の従者のゾンビに指示を出すと、すぐさま衣服が用意される。

しかし服を与えても着方がわからないようで、三人のモルモンは手に持って広げて首を傾《かし》げている。仕方なくブランは一人ひとり着衣を手伝ってやり、立たせてやろうとしたが、すぐにしゃがみ込んでしまった。

「さきほどまでコウモリだったのだ。二本の脚で立つということに慣れておらんのだろう。しばらくは歩行や手を使うことなどの、まあ運動の練習よな」

「そっからかー……」

「あーう……うぃあ……えん」

「いや、いいよ。責任持って一人で何でも出来るようにしてあげる」

「眷属ゆえに意思は通じておるようだが、言葉は話しておらぬぞ。発声も今のが初めてだろう」

言われてみればそうだ。コウモリが話したことがあるわけがない。

ただこちらの言葉はいつも聞いており、こちらの意思は眷属だったために通じていたので、言葉がわからないわけではないようだ。二足歩行と同様、おそらく筋肉や神経が最適化されていないだけだろう。

幸い、リハビリならば慣れている。

どこかが悪いというわけでもないようだし、歩行も会話もすぐに出来るはずだ。

◆◆◆

ブランはそれからしばらくは眷属たちに歩行訓練や発声練習をさせて過ごした。時折スパルトイたちを連れて地底湖やその先へ行き、経験値を稼いだ。

伯爵の発案で、稼いだ経験値を使ってモルモンたちに『体捌き《たいさば》』や『敏捷《びんしょう》』を取得させたところ、劇的に動きが良くなった。

しかしモルモンたちにリザードマンと戦わせてみても、まったく経験値を得られなかった。考えてみれば、モルモンはコウモリ三匹分の経験値を消費している。もともとコウモリ一匹でブランと同じくらいの経験値量だった。つまりモルモン一人でブラン三人分の強さということになる。

「わたしより余裕で強いんだけど、これ謀反とかのシステムないよね……ないよね？」

「『使役』によって縛られているゆえ、有り得ぬ。叛意《はんい》など、欠片《かけら》も抱くまいよ」

「ほっ。ならよかった」

「それより、以前も言ったが、モルモンは変化の得意な種族だ。試してみるといい」

見れば『変身』というスキルを取得していた。ツリーもかなり開放されている。

「君たち、『変身』ってスキルで何に変身できるの？　ちょっと試してみてよ」

するとと三人は同時にうなずき、黒い靄、もとい霧に包まれた。数秒後、霧が晴れると、そこには三人のブランが立っていた。

「うわ！　これ、わたしか！　すごいな！」

改めてスキルを確認してみると『変身』ツリーの中に『個体変化』というスキルがある。このスキルは血を吸ったことのある相手の姿を模倣できるらしい。

次に三人が『変身』したのはコウモリだった。一人が三匹のコウモリになっている。

「これ見たことあるような……。てか転生前のコウモリたちだ！　もう懐かしいな……。あ、この状態で一匹死んだらどうなるの？」

「おそらく、戻った時に生命力が三分の一失われるのではないかな。一度に複数の生き物に変身する場合は、たしか一匹でも生きておれば『変身』を解除すれば休んで回復出来たはずだ」

「先輩何でも知ってますね！」

「ふはは！　何年吸血鬼をやっておると思っている！　伊達《だて》に伯爵を賜っておらぬわ！」

「あ、忘れてたけど。名前つけてあげなきゃね。あとスパルトイくんたちにも」

ブランはそれほどネーミングセンスのあるほうではない。それは自分の名前を見れば明らかだが。

「じゃ、モルモンから。えーと、きみはアザレア。きみはカーマイン。きみはマゼンタね。スパルトイのきみはヴァーミリオン、きみはクリムゾン、きみはスカーレットだよ」

全て赤系統の色名で統一してみた。ブランは自分にしてはいいセンスだと思った。それに自分自身も色から取った名前だし、これはこれで統一感がある気がする。

「しかし、これでかなり戦力が増強されたろう。そろそろ、国……とは言わずとも、街のひとつでも落としてみてはどうだ？」

そういえば、もともとそんな話だった。


そんな折に、運営から大規模イベントのアナウンスがあった。第二回とか書いてあるが、第一回には参加していないのでピンと来ない。

「よーし！　今度こそ参加するぞー！」

経験値稼ぎと眷属《けんぞく》の増強を繰り返しているうち、いつの間にか三〇体ほどのスパルトイがブランの配下に加わっていた。

ちなみにモルモンたちはあの三体から増えていないが、伯爵もブランに倣いどこぞでコウモリを『使役』してきたらしい。

今伯爵の傍らには常に美貌《びぼう》の執事が控えている。伯爵のコウモリから転生したモルモンだ。

この執事は非常に有能で、ブランより遥《はる》かにできる子であるはずのアザレアたちがまるでポンコツに見えるほどだ。

アザレアたちもブランの世話を焼こうといろいろ頑張ってはいるのだが、たいていはすでに執事が先回りしてブランの世話を済ませてしまっていたりする。

しかも執事は本来伯爵の眷属のため、ブランの世話をするということは、すでに伯爵の身の回りのことを完了させた後なのである。そして決まってこう言うのだ。

「お三方もおられるのに」

そのたびにアザレアたちは歯ぎしりせんばかりに悔しがり、ブランのベッドで勝手に不貞寝《ふてね》して枕を濡《ぬ》らす。

閑話休題。


「先輩！　街攻めますので手頃なところ教えて下さい！」

すると伯爵は、形のいい顎《あご》に指を添わせ、珍しく悩むように考え込み始めた。

「なんかまずいですかね」

「まずいことはないが……。貴様も気づいている――かどうかはわからぬが、この城は非常に高い場所、いわゆる高地に建っておる。攻めるとするなら下界の街になるのだが、貴様のスパルトイたちほどの数を動かすとなると、どのようにして下界に下ろしたものかとな」

「僭越《せんえつ》ながら、発言をよろしいでしょうか」

伯爵の脇に控える執事が一礼してそう言った。

「なんだ？　申してみよ」

「ありがとうございます。ブラン様のお力ならば、地下水脈に沿って走る洞窟《どうくつ》の出口を、魔法などで無理やりこじ開けてしまうことも可能かと愚考いたしますが、いかがでしょうか」

確かにブランの能力値ならば岩壁一枚ぶち抜くことなど造作もない。しかしあまり大きな衝撃を与えて洞窟が崩落するようなことになれば面倒だ。

「悪くはないな……。だが、多少の危険はある。その案を採用するなら、眷属のスパルトイの爪ならば洞窟の岩盤でも問題ないだろう」

そうだった。スパルトイは割と上位のアンデッドなのだった。

ブランはスパルトイたちに命じ、地下水脈の洞窟の先、水が外に流れ出している出口を、手掘りで広げさせることにした。

「それで、そこから荒野に出たら街があるんですか？」

「河沿いにしばらく行けば見えてくるはずだ。この荒野には近くに魔物の領域とか言われる、人間どもが恐れる領域はない。ゆえにその街には城壁などと言ったものもない。攻めるに易く、守るに難い拠点と言えるだろう」

「なるほど！　それいいですね！　近くに魔物の領域がないってことは、魔物と戦うのを生業《なりわい》にしてるプレ、ええと、傭兵《ようへい》みたいな人も少ないだろうし、チュートリアルには丁度よさそう！」

「ちゅー……なに？　貴様はたまに訳がわからぬ事を言うな……。まあよい。そこならば、スパルトイ数体でも制圧できるであろう」

「念には念を入れてですよ！　そんだけ戦力差があれば、さすがにわたしが死ぬことはないでしょう！」

「僭越ながら、そういった言葉はあまり口に出して言わないほうが……」

執事に注意された。ゲームの中にもフラグの概念があるのだろうか。いや別にフラグを立てるつもりで言ったわけではないが。

◆◆◆

イベントが始まる前には、地下水脈の出口の拡大は無事終えられた。

「よーしみんなで出かけるかあ！」

「待て。念の為外套《ためがいとう》を着てゆくがいい。日が昇っては面倒だ。貴様はまだデイウォーカーに至っておらぬだろう。毎日昼間は屋根のあるところで休めるとも限らぬ。特に貴様は計画性が無いゆえ、荒野のど真ん中で立ち往生するさまが目に浮かぶわ」

ブランは伯爵の自分に対する信頼度の高さに涙が出る思いで外套を受け取った。

しかしこれで準備は十全に整ったと言える。

「では、行ってきますね！　イベントは一週――一〇日間なので、最初の街落とした後は街道使って、一〇日間で出来るだけ人間の街ぶっ壊してきます！」

「うむ。日光に気をつけるのだぞ」

「そんな車に気をつけなさいよみたいに言われても」

この日の夜、日が落ちてすぐ意気揚々とブランは出発した。人間の街を目指して。

「そういえば、なにげに人類種と会うの初めてかも？　ファーストコンタクトが殺意に基づくコミュニケーションとか、わたしも随分魔物らしくなってきたな！」

傍らのモルモンたちは苦笑いである。伯爵や執事が居なければ、ポンコツランキングはブランが

ブラン
デ・ハビランド伯爵

ダントツの一位でモルモンたちは最下位のため、こうしていると随分落ち着いて見える。

スパルトイたちが開通させた出口を通り、河沿いに進んでゆく。

スパルトイは疲労しないので休憩も必要ない。食事もしなければ、排泄《はいせつ》もしない。防寒具なども必要ない。装備も最低限というか、全員裸一貫だ。ゆえに進軍速度は非常に速い。

おかげで行程は順調に消化され、ほどなく遠くに街が見えてきた。

街の様子は静かで、明かりなどはあまり見えない。燃料などを無駄に使わないように、暗くなったら早く寝る習慣が根付いているためだろう。

だが、何も考えずにのんびり近づいていたせいか、物見櫓《やぐら》と思《おぼ》しき木組みの塔の先端の明かりがにわかに慌ただしく動き始めた。すぐに鐘の音が鳴り響き、街なかの明かりも街の端、ブランたちの方に集まり始める。

見つかってしまったらしい。

「まあ、赤い骸骨《がいこつ》の集団が近づいてきてたら、そりゃ気づくよね……」

「私達はともかく、スパルトイたちは河の中を歩かせてきても良かったのでは？　元はリザードマンですし、不可能では無かったかと思いますが……」

「あ」

しかし今更言っても遅い。発言したカーマインも今気づいたようなので、これはブランだけの責任ではあるまい。あの有能執事であれば、街に近づく前に「僭越ながら」と意見を具申してくれていたに違いない。

「執事は今関係ないでしょう！」

「何も言ってないじゃんまだ！」

眷属とは声に出さずとも多少の意思疎通が可能である。

「まあ見つかったんなら仕方ない。お前たち！　やっておしまい！」

これもブランが言ってみたかったセリフのひとつだった。普通に生活していて、このようなセリフを堂々と言えるシチュエーションなど回ってこない。実に爽快《そうかい》な気分だ。

ブランの号令に応え、スパルトイたちが街へ向かい走り出す。

ブランもモルモンたちも戦闘はスパルトイにまかせて観戦モードである。

「おお。けっこう経験値入ってきてるよ。明らっか雑魚ばっかなのになんでだろ。下手したらリザードマンより貰《もら》えてない？　ボーナスステージ？」

ブランのその考えは概《おおむ》ね、間違っていない。

公式からのアナウンスにあるように、このイベント期間中は取得経験値にボーナスが入るからだ。このイベントの侵攻戦はまさに、魔物種プレイヤーにとってボーナスイベントと言える。もちろん、それなり以上の実力があれば、だが。

前回のバトルロイヤルでは、魔物種のプレイヤーはほとんど参加しなかった。

サービス開始からそれほど時間が経《た》っていないタイミングでの開催だったのが理由だ。

魔物種のプレイヤーにとって序盤は非常に難易度が高い。

周りは敵だらけの場合がほとんどだし、街なかの宿屋と違ってセーフティエリアに看板が立っているわけでもない。運良く見つけられてそこを拠点に経験値稼ぎが出来たとしても、得た素材などを売って装備品を買うなどの強化も出来ない。

それらのデメリットを飲み込んでの初期経験値のボーナスなのだが、それを踏まえても効率よく成長した人類種のプレイヤーに序盤で勝つのは難しい。

急遽《きゅうきょ》変更されたイベント内容だったため、仕方ない部分はあったのだが、魔物種を選んだプレイヤーたちは少なからず不満に感じていた。

そういった不満の解消というわけではないが、今度こそ全プレイヤーが参加できるイベントとして企画されたのが今回の攻防戦だった。

魔物プレイヤーであれば、ＮＰＣの通常のモンスターに紛れて街に入り込み、適当に住人ＮＰＣをキルするだけでそれなりに経験値が手に入る。いいカモと言える。

兵士にしても、街の衛兵レベルなら序盤でも少し経験値を稼いだプレイヤーであれば問題なく狩れる。これは倒せば武器も手に入る可能性があるため、積極的に狙っていくプレイヤーも多い。

だが下手に城壁のあるような街の襲撃に参加すると、武装して徒党を組んだ防衛側のプレイヤーが出てくる恐れがある。彼らは大抵街の衛兵たちより遥かに強い。

どの街ならばそういうカウンターが少ないか、どうすれば最大限の効率で獲物を狩れるのか、その見極めが重要なのだ。

しかしブランが襲撃した街はそれらの心配は必要ない。

城壁はないため攻城戦の工夫は要らない。

プレイヤーもほとんど居ないため手痛いしっぺ返しを食うこともない。

そんな中で最大の脅威であろう衛兵は、見ての通りスパルトイの猛攻の前に風前の灯火《ともしび》だ。

さらに、ここにはライバルとなる他の魔物も居ない。

まさにブランの言う通り、ボーナスステージなのだった。

「ご主人様、衛兵はあらかた片付け終わったようです」

「じゃあ次は一軒一軒家探しして、隠れてる住民の皆さんをキルしよう！　死体は『死霊術』でスケルトン増やしたいから、どっか広場みたいなところがあったらそこに集めるように言ってきて」

脇に控えていたスパルトイの指揮官、ヴァーミリオンがかちかちと歯を鳴らして近くの部下を呼んだ。呼ばれたスパルトイはブランの意思を汲《く》み取ると、伝令のために街へ走っていった。

「なんか無線みたいなっていうか、離れていても指示出せるようなスキルでもあればいいんだけどな……」

「何を夢のようなことを……。そのようなものがあったら伝令兵など必要なくなりますし、手紙や伝書鳩《ばと》もみんないらなくなってしまいますよ」

「ですよねー。そっかそういう文明レベルか……。この街でスケルトン増やせたら専属の伝令兵でも作ろっか」

ブランがモルモンたちとそんな雑談をしている間に、スパルトイの伝令は仕事をきっちりこなしたらしく、先ほどまでは散発的だった悲鳴が再び上がり始めた。

民家に押し入り、虐殺を開始したのだろう。

ブランの命令通り、すべての住人を死体に変えて街の中央付近にある広場に集めているようだ。

スパルトイたちが一般の住民の掃討に入っているのなら、危険はもう少ないと言える。

ブランは供回りにモルモンたちとヴァーミリオンたちを連れ、街の中に足を踏み入れた。

「そういえば、広場ってどこにあんの？」

「知らずに歩いていたのですか⁉」

「じゃマゼンタは知ってるの？」

「……アザレア？　お答えしてさしあげて」

「……カーマイン。任せたわ」

「ごほん。ええと、スカーレット、先頭を歩きなさい」

「ポンコツかよ」


改めてスカーレットに先頭を歩かせることで、次第に広場が見えてきた。

広場には仕事を終えたスパルトイたちが集まっており、その中心に山と積まれた住人の遺体がそびえている。

「うわ。すごい光景だな。とりあえず、ここに積んである住人は全部死んでから一時間以内と見ていいかな？　もうじき一時間経っちゃうかも？　じゃあ急がなきゃ。まずは『霧』」

スキル『霧』は吸血鬼の種族スキル『吸血魔法』のひとつだ。

その後開放された『死の霧』によって強化されており、霧の範囲内で『死霊』系のスキルを発動させると、成功率や効果にボーナスがつく能力が追加されている。

続いてブランはスキル『死霊』を発動した。

これも伯爵から聞いた話だが、死んでから一時間以内の死体なら、その体に魂が残っているらしい。その状態で『死霊』を発動すれば、魂が死霊術によって肉体に囚《とら》われ、あらたな魔物としてアンデッドが生まれる。

本来であれば魂が残っている死体は、その魂が抵抗するため『死霊』によるアンデッド化の成功率は高くない。しかしブランは『死霊』ツリーの『魂縛』や『死の霧』によって成功率を上げている。この街にいたＮＰＣ程度の死体ならほぼ確実にアンデッド化できるはずだ。

「よーし全部成功したかな？　でも、しまったな。適当に頷《うなず》いてたらみんなゾンビになっちゃったなこれ。スケルトンのが良かったんだけど、どうしよう。足遅いんだよねゾンビって」

「この街にそのまま置いておけばよいのでは？　無理に今連れて行く必要はないでしょう」

「なるほど。じゃこのまま街に置いておこう。昼間は家に入っておくように言っておけば、無駄に死なずにすむよね。じゃあきみたち、わたしたちはもう行くけど、人間が街に入ってきたら殺すようにね」


ブランは配下を連れ、街を出て街道を進んだ。

途中遠目にだが、街道上に人影が見えた。だが、人影はブランたちに気付くとすぐにどこかへ去って行ってしまい、それから姿を見せる事はなかった。

やがて東の空が白み始め、夜の終わりを告げる。

「やっべ夜が明けちゃう。外套着なきゃ」

「……まさに伯爵様のおっしゃっていた通りの展開で、もうなんと申し上げてよいか」

「わかってるようるさいな！」

そうこうしながら歩くうち、ほどなく街が見え始める。

「うわタイミング悪いっていうか、この時間に戦闘か……。どうしようかな」

「お待ちを。あの街ですが……戦闘態勢が整えられているように見えます。こちらを警戒しているのかと」

「マジで⁉」

「もしかすれば、先程の人影。あれはこの街の者だったのでは」

「あー……」

確かにこのような荒野に人が居たならば、その人物が立ち寄った、あるいは立ち寄る予定の街があったはずだ。

しかし人影を見たあの場所から一番近い街があれであるなら、こうなることは十分予想できたはずだった。本当に気が利くのなら、あの時点で警告くらいしてくれればよかったのに。

やはり。

「執事は関係ないでしょう！」

「まだ思ってもいないよ⁉」

「そんなことより。いかが致しますか」

カーマインなどは執事のことに過敏に反応するきらいがあるが、アザレアは反応しつつも割と冷静である事が多い。マゼンタはどう思っているのかわからないが、少なくともブランの部屋で不貞寝する時は他の二人に倣っている。

「うーん、これから朝だしなぁ。さっきと同じパフォーマンスが発揮できるかというと、心もとないな……」

「先ほどの街を殲滅《せんめつ》して得た経験値を使い、ご主人様の強化をなさっては？　ここで日光に対する耐性や、対策などを得ることが出来ればあの程度の街どうとでもなるかと」

「なるほど、いいねマゼンタ。それ採用しよう！」

「では、『吸血魔法』のスキルをもっと強化するのはいかがでしょう。『霧』はかなり有用でした」

「あー。広範囲だし、あのへんアンデッドにボーナスあったね。そうか、うちアンデッドしかいないしそれはいいかも」

ツリーを辿《たど》り見ていくと、今取得できそうなスキルに『魔の霧』と『霧散化』というものがある。

『魔の霧』は自分が発生させた『霧』の効果に、さらに自分が使用する攻撃系魔法の威力を高める効果を追加するものだ。『死の霧』の攻撃魔法版というわけである。

『霧散化』は一日に一度だけ、自分の体を霧に変えることが出来るスキルだ。使用した瞬間からクールタイムのカウントが開始され、ゲーム内で二四時間経過するまで再使用は出来ない。発動中は自身の肉体は完全な霧の状態になり、あらゆる物理ダメージを受けなくなる。

しかしこの状態では火系・雷系の攻撃に対して被ダメージが大幅に上がる、風系のスキルによる移動阻害に抵抗できないなどのデメリットもある。

効果は解除するまで有効になるが、霧状態では攻撃判定のあるスキルが使用できず、物理攻撃も出来ないため、継続するべきかどうかは戦局を見定める必要がある。

「物理攻撃に対する緊急回避手段として考えるなら超優秀な感じ？　そのときの攻撃がカミナリスラッシュ的なアレだったら即死するけど」

ひとまずこの二つのスキルは取得しておく。

「うーん。次のが出てこないな……」

「他のスキルで有用なものもあるかもしれませんし、他のスキルを取得することで開放されるスキルもあるかもしれませんよ」

「なるほ……ど……あ、『闇魔法』ってのが増えてる！」

ブランはこのところ経験値稼ぎと眷属《けんぞく》たちの強化に没頭していたため、スキル取得画面はあまり覗《のぞ》いていなかった。そのためいつからアンロックされていたのかわからない。

「何がキーだったんだろ？　まあいいや。これなら多分『光耐性』とかありそうだし」

『闇魔法』のスキルを四つほど開けたところで、ブランは念願の『光耐性』を手に入れた。

「なんか、サポート的な効果多いな？　『闇の帳《とばり》』とか、周囲が薄暗くなる、って何のためのスキルなんだろ……」

「昼中に使えば、日光を和らげることができそうですね」

「あーなるほど。それと『霧』とか併用すれば有利なフィールドをいつでも作れるかもってことか」

これで日中に戦闘を行う準備は整ったと言えるだろう。

すでに遠く地平線から朝日が差し込み、爽《さわ》やかな風があたりを包み込んでいる。

しかし『光耐性』を得たブランにダメージはない。若干力が入りにくいような感覚があるが、これは現時点ではどうしようもないのだろう。

スパルトイたちを見ると、彼らは『光耐性』を持っていないにもかかわらず、日光でダメージを受ける様子はない。格の高さによってデメリットに耐えられるようになったと考えれば、ブランももっと自身の強化を行えば日光に対する完全な耐性を得ることも可能かもしれない。

「伯爵の言ってたデイモンガーってのに近づいたかな」

「デイウォーカーですね。昼中でも闊歩《かっぽ》できる吸血鬼のことです」

ともかく、これで日中でも行動するという選択肢が生まれたといえる。

だが仲間の全員が夜よりもパフォーマンスが落ちるということに変わりはない。

「まあ、とりあえず、だ。さっきはスパルトイたちだけで殲滅できたけど、昼間だし警戒されてるし、ここも同様にいけるとは思えないし」

夜になるまであのまま待っていてくれるということは有り得ないだろう。

「よーし、もうちょっと近づいて、早速さっきの『闇の帳』とか『魔の霧』とか発動させて魔法撃ち込みまくろう！　そんで、戦線が崩せたらスパルトイたちで突撃だ！」

「近づく際に御身が傷つかないよう注意が必要ですが、現状ではいい手かと」

「見える範囲では、遠距離で攻撃をしてくるといった様子はありませんし」

「魔法が飛んでくるようでしたら、わたくしどもが相殺を狙えますのでご安心を。弓矢の類は持っている兵士はいないようですね」

ブランたちが近づいていっても、街の防衛隊に目立った動きは見られない。

街からはほとんど赤いスケルトンの集団に見えているだろうし、お互いに接近しなければ勝負にならないだろうと判断しているのかもしれない。

ところがぎっちょんである。こちらは別にスケルトンだけの集団なわけではない。

「あ、もう届きそう。『霧』、『闇の帳』」

音もなく、ブランから霧と闇が広がっていく。闇と言っても薄暗い程度だ。まだ日が昇りきっていないことと、霧とともに広がっていっていることで、『闇の帳』は非常に視認しづらい。

「これすごくない？　夜とかに使えば全く見えな――いけども、夜中に薄暗くすることに何の意味があるのかっつー話よね……」

「自己解決しましたね」

だが少なくとも現在は有効なスキルである。

突如霧が発生しはじめたことで、守備隊がにわかに色めきたつ。

「でももう遅いけどね。『ヘルフレイム』」

ブランが魔法を発動すると、まるで霧が燃え上がるように炎が広がっていき、街の近くに広がっている畑を舐《な》めていく。

「すげえな！　この霧まるで可燃性みたいだ！　あとは、あの畑？　のおかげで、いい感じに燃え広がってるのかな」

「あれはおそらく大麦ですね。このあたりの気候と生育状況からみて間違いないかと」

「あれらの農地は、あの街にとって生命線だったようですね」

大麦畑が燃え上がると、街の守備隊は右往左往しはじめた。指揮官と思われる男性がなにやら声を張り上げているが、その男性に詰め寄っている兵士の姿も見える。

「よっしゃー！　突撃だー！」

ブランの号令に従い、スパルトイたちは一斉に街に向かい走り出した。

「ここからなら、街の端くらいになら何か届きそうですね。援護をしておきます」

アザレアはそう言うと魔法を発動した。胸の前に氷の粒が集まり、一瞬で氷の矢を形成していく。

『アイスバレット』だ。

氷の矢はスパルトイたちの間をすり抜けるように一直線で飛び、守備隊の前線にいた兵士の足元に突き刺さった。

「……届きませんでしたね」

「……わざとです。弾着観測射撃です」

カーマインとマゼンタはそれを見て、もう何歩か街の方へ歩いていき、同様に『アイスバレット』を放った。

今度は兵士に直撃し、二名の兵士が倒れ伏した。

目の前で死人が出たことで、守備隊の混乱は極限に達したようだ。街なかへ逃げ込もうとするものも出ている。

この辺りは魔物の領域も遠く、周囲には野生動物か、あるいはそれと同程度の小型の魔物しかいない。街の衛兵といえども、命のやり取りをするほどの事態にはこれまで遭遇したことがなかったのだろう。

街なかへ逃げ込もうとも死ぬ順番が変わるだけで、命日が変わるわけではない。モルモンたちはそれらは放っておき、最前列にいる、戦意を失っていない兵士たちを順番に魔法で狙撃していく。

そうこうしているうち、スパルトイたちが守備隊とぶつかる距離まで到達した。乱戦になるだろうことを考え、魔法による狙撃は中断された。

守備隊に突撃したスパルトイは、容赦なく兵士たちを死体に変えていく。

「想定していたよりも人間たちが弱すぎましたね。こちらもたしかに夜よりは弱体化してはいますが、それでも一般の人間よりはよほど戦えますので」

カーマインの言葉に、ブランは考え込む。

「うーん。じゃあ、もう次からはまずはスパルトイをけしかけてから、無理そうなら『霧』とかで援護してく感じにしようか。そんでもダメそうならみんなで魔法撃つとか」

「そういう戦い方をなさりたいのでしたら、まずスパルトイに突撃をさせ、それがうまく行こうが行くまいが、スパルトイの突撃による衝撃から回復しきらないうちに魔法を撃ち込んで瓦解《がかい》させるつもりで作戦を立てたほうがよろしいかと」

「ご主人様のおっしゃる戦法ですと単なる戦力の逐次投入ですが、アザレアの言ったように戦略的に意味を持たせ計画的に行うのでしたら波状攻撃と言えますね」

「なるほどなー……。てか、君たちほんとにわたしの子？　めちゃめちゃ頭いくない？　数値的にはＩＮＴだけならわたしの方が高いんだけど」

ブランが憮然《ぶぜん》と言い返すと、モルモンたちはうれしげに鼻をぴくぴくさせた。

何が琴線に触れたのか不明だが、喜んでいるらしい。

「まあ、なんにしてもうまくいきそうでよかったよ。ここも制圧できたら、さっきの街と同じようにーーしちゃったら生まれた瞬間死んじゃうな、ゾンビくんは。夜を待って『死霊』でゾンビ化させて、家の中に放り込んでおこう。魂が抜けて弱いアンデッドになっちゃうかもしれないけど」

「さて！　じゃそろそろ次の街へ向かいますか！」

日も陰り、住民たちをゾンビに変えたブラン一行はさっそく次の街を目指して歩き始めた。

「それはよろしいのですが、この街からは北西と南西に街道がのびているようです。どちらに向かうのですか?」

「あー……。さっき街から逃げ出した人とかいなかった? いたっけ?」

もしいたのなら、その者が逃げ出した先にも街か何かがあるはずだ。

「少々お待ちください」

カーマインがスパルトイたちに聞きに行く。

「数名、馬で北西へ向け走り去った者がいたそうです」

「北西かー……」

街がモンスターに襲われているという状況で向かったのなら、逃げ出したにしろ助けを呼びに行ったにしろ、この街よりも向かった先の街のほうが頼りになると考えたからだろう。

「極端にこの街より強いとかでもない限り、大丈夫だとは思うけど……」

「あまり大きな街となりますと、質と言うより単純に数に押される可能性もございますよ。何しろこちらは三〇名少々しかおりません」

アザレアの言う通りだ。ここはよく考える必要がある。

「あくまで可能性の話ではありますが、距離的に近いのが北西だった、ということも考えられませんか?」

一刻も早く助けを呼びたい、という目的だったなら、距離は大きな意味を持ってくる。マゼンタの意見も一理あるだろう。

「うーん……。こういうの考えるの向いてないと思うんだよわたしには……。結局どっちがいいのかわかんないな……」

「ひとつ確実に言えるのは、北西にある街にはすでに私たちのことが伝わっているということです」

「加えて、日が落ちるまでこの街で待っていても増援などが現れなかったということは、北西の街はこの街を助けるつもりはすでになく、現れるだろう我々を迎撃するために準備を整えていると考えるのが妥当かと」

こちらのことが知られているかどうか、というのは非常に大きいだろう。

「……よし、南西に向かおう。遠いかもしれないから、ちょっと巻きで。てか、駆け足で行軍とかできるのかな？　疲労とか無いんだよね確か」

「行軍、と言われましても。常識的に考えて疲労を無視して駆け足をする軍隊《そのようなこと》などありませんが……」

「でも常識的に考えてスケルトンの軍隊もあまりないわよ多分」

「ならいいのかしら……」

そういうことになった。


数十分後、ブランはネームドのスパルトイ三体、スカーレット、ヴァーミリオン、クリムゾンによって組まれた、運動会の騎馬競技の騎馬のようなものの上でぐったりとしていた。

「……アンデッドは疲労しないんじゃなかったのか……」

「疲労しないのはスケルトンなどの生きた筋肉を持たない種族だけですね。アンデッドにもいろいろあるということでしょう。例えば大分類で魔法生物というくくりでも、ゴーレム系は疲労しませんがホムンクルスなどは疲労します」

「まほうせいぶつ」

「魔法や何らかの術によって生み出された生物のことです」

「マゼンタは何でも知ってるなー……」

「何でもは存じません。本に書かれていることだけです」

他の二人は会話に参加しない。コウモリとなってそこらのスパルトイの頭にしがみついているからだ。マゼンタも話すときだけ人型に変身し会話している。

後ろを振り向くと、三〇体のスパルトイが列をなして追従している。

「……これ、団子状態ってやつかな。スタート直後のマラソン大会みたいだ。やったことないけど」

「しかしご主人様、このように土煙を上げて近づいて行っては、いかに夜と言えどすぐに気付かれてしまいます」

「近づいたら歩いて……いや中腰で歩いて行くことにしようか。てか君たち、変身して先行して偵察とかできないの？　それやってくれれば、もう少し安全に近づけると思うんだけど」

「……なるほ、いえようやくお気づきになりましたか。では私が行ってまいりましょう」

「無理あるだろそれ！　ポンコツかよ！」

それには答えず、マゼンタは狼《おおかみ》に変身して走り去っていった。

「……できる子なのかできん子なのかわかんないな」

それからさらに二時間ほど走っただろうか。

狼に『変身』したマゼンタが戻ってきた。

「ご主人様、この先なのですが……」

「うん。そろそろ街でもあった？」

「いえ、街――と思われる物の、残骸《ざんがい》と申しますか、完膚なきまでに破壊された瓦礫《がれき》と土が広がっておりました」

「なんだ廃墟《はいきよ》かー。だからさっきの街の人はこっちに逃げてこなかったのかな？」

「……廃墟、という感じでもなく。土とかきまぜられた瓦礫はまだ尖《とが》っていて、土も雑草などは生えておりませんでした。廃墟だったというより、つい最近何者かによって瓦礫の山にされたかのような」

「ほうほう！」

だとすると、その街はなんらかの魔物に襲われたと考えるのが自然だ。

先を越されたことに残念な気持ちもあるが、公式が設定したイベントで、開始二日目の夜の時点で完膚なきまでに街が破壊されたなど、ＮＰＣの魔物勢力がやれるとは思えない。

やったのはブランと同じ魔物プレイヤーだろう。

「もしかしたらフレンドになれるかも！　どう思う？」

「……ぷれいやー、というのはご主人様と同郷の方々……のことでよろしいですか？」

「うんそう。その街を壊滅させたのが仮にプレイヤーだとしたら、多分わたしと似た感じの人じゃないかなって。それだったら友達になれそうじゃない?」

「……仮にそうだとしても、街一つを二日とかからず瓦礫に変えるような存在です。尋常ならざる力を持っていると思われます。くれぐれも慎重に……」

「まーまー、大丈夫だってたぶん。魔物側のプレイヤーかー。楽しみだなぁ」


さらにしばらく走っていると、やがてマゼンタの言った瓦礫の丘が見えてきた。

その街はもともと小高い丘に広がっていたようで、まるで全体が瓦礫と土でできた丘であるかのように見えている。

「ほあー……。これは……やばいねえ……」

いくぶん楽観的に考えていたブランだったが、その光景を見ればさすがに肝が冷えた。

これを成すほどの力を持つ存在など、想像もできない。

「……さっきの街の人、こっちに助けを求めに来なかったのはなんでなんだろ」

「この状況を知っていた……という可能性もなくはありませんが、単純に距離の問題かと思います。おそらく先ほどの街の北西方向には、そう遠くない場所に街があったのでしょう」

「なるほどね……。この様子だし、もう人間とかはいないだろうけど、一応慎重に――」

「ご主人様!」

急にアザレアに腕を引かれ、クリムゾンらの上から引き倒された。

「いったー……。何す――」

地面に這《は》いつくばったブランの目の前に軽い音を立てて矢が突き立った。どうやらブランを狙い何者かが矢を射て、それを回避させてくれたらしい。

「ぅおお……。あ、ありがとうアザレア……」

「まだ立たないでください……。こちらを狙っている集団がおります」

スパルトイたちの足の隙間から見上げると、遠くに軽装の集団が見える。野盗か何かだろうか。

「……いえ、だとしたら錬度が異常です。お忘れかもしれませんが、今は夜です。月明かりのみであそこからこちらを狙って矢を射るなど、尋常な腕ではありません」

しかしそれにしては、恰好《かっこう》がどうもみすぼらしいというか、そこらの瓦礫から掘り起こした鎧《よろい》を着ているかのような薄汚れた姿をしている。あとお忘れかもしれませんがって随分失礼である。さすがのブランでも現在が夜かどうかは見ればわかる。

軽装の集団は隊列を組んでゆっくりとこちらへ近づいてきた。

「貴様たち、何者だ！　災厄の手のものか！」

その集団の、おそらく首領であろう身なりのいい男が叫んだ。身なりがいいと言っても、どこかくたびれているというか、薄汚れているのは他の者と同様だ。

「……さいやくってなんのことだろ」

「……状況から察するに、この街を壊滅させた存在ではないかと」

「だとすれば、とんだとばっちりですね……」

「うーん……」

とはいえ、そもそもブランたちがこちらへ向かっていたのも、街などがあれば滅ぼすつもりだったからだ。ヘイトのなすりつけをされたからといって、文句をつけられる立場でもない。

「……まあ、街はともかく、獲物を残しておいてくれたと思えば……」

「獲物、になるのがどちらかはわかりませんが……」

「えっ。そんなヤバい奴《やつ》らなの？」

「先ほどの弓の腕、あれと同等の近接戦闘技術があると仮定すると、スパルトイ三〇体では少々厳しいかと……」

みすぼらしい格好をしているから、これまでの守備隊と大差ないだろうと考えていた。

どうやら敵は恰好のわりにレベルが高いらしい。

「とはいえ、逃げようとすれば矢を射かけられてしまうでしょうし、撤退も難しいですね……」

「戦うしかないなら、さっさと始めた方がいいかな……」

戦闘が避けられないのなら、先手を取った方が良い。

「じゃあやるか。『霧』」

暗闇の中で音もなくブランの魔の手が広がっていく。するとほどなく相手の集団がざわついた。

霧そのものを感知できるわけではないようだが、霧に包まれる前に気づくほどの勘の良さはあるようだ。たしかに小さな街の衛兵隊とはレベルが違う。

「おのれ！　妙なわざを！　各員、十分注意しろ！　攻撃を許可する！」

「スパルトイたち！　迎撃だ！　霧から出ないように！」

そう言いながらブランは魔法を準備する。範囲ギリギリだが、こちらへ向かってきているためすぐ射程内に収められる。

「『ヘルフレイム』！」

「「『ヘルフレイム』」」

ブランの魔法発動を皮切りに、アザレアたちも同時に魔法を放つ。

『ヘルフレイム』四つ分の破壊が荒れ狂い、敵集団にダメージをばらまく。しかし倒せた者は多くない。ほとんどの敵は、ひるみはしたがすぐに体勢を立て直し、再び駆けてくる。

「マジか！　あれ効かないのかよ！　やべえ奴らだよこれ！」

「ですからそう言っています！」

それからすぐ、スパルトイたちが敵に接触し、近接戦闘が開始された。

敵は魔法によるダメージをかなり受けているらしく、こちらの攻撃がヒットさえすれば容易に体勢を崩し、そのまま倒すことができている。どうやら魔法も全く効かなかった訳ではないらしい。

しかしその止めの攻撃がなかなか当たらない。

「……武器のリーチの差ですね。こんなことなら、これまでの街の衛兵たちの武器を接収してくるべきでした」

確かに、敵は剣で武装しているが、スパルトイたちのメインウェポンは拳《こぶし》か爪だ。圧倒的にリーチが足りていない。

しかし、こんな戦力がいるということがあらかじめわかるはずがない。スパルトイの爪よりも切れ味の悪い粗悪な剣など、荷物になるだけだと判断して全て置き去りにしてきてしまった。

「てか、壊滅しててもこの戦力ってことは、ここってまだわたしたちが来ていいエリアじゃなかったってことかな……難易度的に」

もうスパルトイたちは残り少ない。クリムゾンなどの特別に強い個体と、その他には数えるほどしか残っていない。敵もかなり減らしてはいるが、そろそろ数が逆転する。数的優位を頼みに戦線を維持していたところに、数が逆転してしまえば戦況は加速度的に悪い方向へ傾いていくだろう。というか、もうお互いの数が少ないためそのまま決着となりかねない。

「あそうだ！　『恐怖』！」

『精神魔法』の存在を思い出し、イチかバチかで発動してみた。しかし敵の様子に変化はない。抵抗されてしまったようだ。

「……我々はともかく、あれほど手駒を失ったとなれば向こうも全滅といっていい損害だと思うのですが、何の躊躇《ちゅうちょ》もなく攻撃を続行していますね。異常な士気の高さです。死を恐れていないのでしょうか」

「……なんで我々はともかくなの？」

「ご主人様の眷属《けんぞく》であるスパルトイたちは、ここで死んでも前回休憩したあの街で復活いたしますから」

「あそうか。じゃあ向こうもそうなんじゃない？」

「それは——なるほど。あちらの首領は人類の中でも支配者階級というわけですか」

そうこう言っているうち、残っているのはもはやクリムゾンたち強力なスパルトイ三体のみになってしまった。

クリムゾンたちの脇をすりぬけ、マークが外れていた一人の敵がこちらへ走ってくるのが見えた。

「っとお！　『サンダーボルト』！」

咄嗟《とっさ》にブランが放った魔法が命中し、一瞬ひるんだが変わらずに向かってくる。ただ、かなりダメージは蓄積されているようだ。もうひと押しだろう。

「『アイスバレット』！」

「『フレアアロー』！」

カーマインの魔法は躱《かわ》された。しかし敵は避けた拍子に瓦礫に足を取られ、つんのめる。そこへいつの間にか狼に変化していたマゼンタが走り寄り、喉笛《のどぶえ》を噛《か》み切《き》った。

「ナイス！　でもあぶなかったな、ちょっとこれ以上は——」

「ご主人様！」

アザレアの声に前を向くと、敵の親玉が矢を放つところだった。

（おっさん弓使えるのかよ！　てか矢残ってたのか！）

矢が放たれる瞬間がスローモーションで見える。

（あ、これアカンやつだ——）

この軌道は当たる。

ブランは思わず目をつぶり、来るべき懐かしのシステムメッセージに備えた。

しかし聞こえたのは無感情なメッセージではなく、轟音《ごうおん》だった。

「えっ……」

第六章　ヒルス王国滅亡

「――ってわけなんすよ！」

ブランは自身の冒険譚《たん》をそう締めくくった。

かなり突飛な体験だ。聞いていて素直に面白かった。

そして同時に安心もした。このような経緯で『使役』などを入手したならば、他のプレイヤーたちにそう同様のケースが起こるということは考えづらい。

「そうか、吸血鬼か……。吸血鬼は自分の眷属を自分の血をもって転生させられるというのか」

コストはわりと重めなようだが、放っておけば回復するLPやMPの消費というのはパフォーマンスがいいと言える。デメリットというか制限としては、自分の眷属にしか使用できないということと、おそらくアンデッド系かそれに所縁のある種族にしか効果がないであろうことだろうか。

レアの『使役』とは随分と違いがあるが、吸血鬼としていかにもな能力だ。

「それで、レアさんは何の種族なんですか？　最初から選べたやつじゃないですよね明らかに」

この返答はよく考えてする必要がある。

ブランが口の堅いプレイヤーなのかどうかはわからないが、少なくとも本来なら秘匿しておいたほうが賢い情報をぺらぺらとレアに話してしまう迂闊《うかつ》さがあるのは確かだ。

正直に話すのはリスクが高い。

しかし仮に、今後友好的な付き合いをする場合、そう例えば仮にだが、もし仮に万が一、フレンド登録、などをするといった展開になった場合、ここで正直に話さないことは悪手である。

いずれ知られるのは確実であるし、少なくともブランは正直に語ってくれたようだ。レアがそれに答えないというのは好感度にマイナスだ。それはよくない。

「──わたしは」

四人は期待のこもった目でレアを見ている。顔立ちは違うが、その表情はそっくりだ。

もしかしたら眷属とは、どれほどＩＮＴやＭＮＤを上げたとしても、本質的に主君に似てくるものなのかもしれない。

「わたしは、魔王だよ。いまの種族はね。もともとはエルフで開始したんだが──」

そして結局、レアも小一時間これまでのプレイ内容を語ることになった。


「じゃあれですね！　あのアリたちは今はレアさんの配下ってことは、わたしの仇《かたき》を取ってくれたということですね！」

この大陸に他にアリがいる洞窟《どうくつ》があるかどうかは不明だが、状況から見ておそらくブランを襲ったのはスガルの配下だろう。

「そのつもりでやったわけじゃないけど、結果的にそうなるのかな。今はあの子たちもわたしの眷属だから、まあ許してやってほしい」

「それはもちろん！　でもレアさんてずっとひとりでプレイしてきたんですか？」

ばさり。

もともと自分に備わっていたわけではない器官である翼は、制動しづらい傾向にある。しかし今回は、それ以外の部分はまったく動じてはいなかったはずだ。レアも成長している。

「……そうだね。まああまり一般向けではないプレイというか、いやでも会話とかはそれなりにしたことはあるよ、他のプレイヤーと」

話した相手は結果的に全てキルしているが。

「そうなんですね！　わたしもあんまり一般的なプレイしてないなーと思ってて。気が合いますね！　合いませんか？」

これはいい流れではないだろうか。

「そうだね。ブラン……さんとは仲良くできそうだ」

「呼び捨てでいいですよ！　フっ、フレンド登録しみゃせんか！」

「どうぞ」

レアは食い気味にフレンドカードを差し出した。

プレイヤー相手にではないが、フレンド登録した数においてはレアは他の追随を許さない。一連の流れはもはや無意識のうちにでもできるほど熟練度が高い。

「ありがとうございます！　……なんですかこれ？」

「……ああ、フレンド登録の仕方知らないのか。これをインベントリに入れればフレンド登録完了になるんだよ。お互いに交換すれば相互フレンドということだね」

なお、一方的なフレンド登録と、相互フレンド登録では特にできることなどに差はない。

「なるほどそうなんですねー。じゃあわたしのも……ってどこにあるんですかこれ」

インベントリからの取り出し方についてレクチャーし、レアとブランは無事に相互フレンドとなることができた。

「初めてのフレンドですよ！」

「わたしも……プレイヤーのフレンドは初めてだよ。それと、敬語はいらないかな。呼び捨てでいいし」

「じゃあよろしくレアちゃん！」

ばさり。


フレンド登録までつつがなく完了し、お互いの立場も理解しあったため、次は現状について相談することにした。

「今、わたしは魔王という種族なのだけど、人類がわたしを討伐しようとしているのは、わたしのことを『災厄』だと考えているかららしいんだよ。ああ、災厄というのは——」

レアは災厄についてブランに解説した。まだSNSなどで詳しく調べていないため、推測の交じった内容になってしまうが、大筋では間違ってはいまい。

「——というわけで、SNSなんかで効率的に人類側の動きを読むためにも、わたしはNPCのイベントボスだと思われていた方が都合がいいんだ」

「プレイヤーだとばれちゃったら、SNSで人類側プレイヤーが気軽に作戦の相談とかしなくなっちゃうからか！　なるほど。それにしても災厄ってレアちゃんのことだったのか」

「そこでもしよければ、なんだけど、ブラン……にもそういう、NPCのボスとしてのロールプレイとかどうかなと思って」

「おお！　それいい！　女幹部だ！　魔王の右腕の美人吸血鬼！　やばい！　エモい！」

「エモ……？　まあ、気に入ってもらえてよかったよ。じゃあもし他のプレイヤーとエンカウントする機会があったら、そういうことでいいかな」

「ラジャー！　いやーなんかかっこいいセリフ回しとか考えておかないといけませんなこれは……」

「プレイヤーたちと会話をするような機会があったとしても、本当は口数を少なくした方がいいんだけどね。どうもわたしなんかは調子に乗るとすぐ余計なこと言ってしまうようだし」

現状考えられる限り、レアにとって最高の協力者を得ることができたと言えよう。次回、プレイヤーたちの集団などと戦闘が起きそうな場合には、ぜひ誘って共に闘ってみたいところである。

「それで、結局ブラン……はどうするの？　ひとつ前の街から、北西に進んだところにある街を目指すの？」

「そだねえ。この街の先は王都なんだっけ？　そっちはレアちゃんが片付けてるんだったら、わたしは別のほうからいこうかな。手分けして当たった方が、早くこの国を片付けられるでしょ？」

少々、ほんの少し寂しいような気がしないでもないが、確かにその方が効率的ではある。若干戦力に不安はあるが、それればかりはレアはどうしてやることもできない。

「じゃあ、これをあげよう」

インベントリからいつかの報酬でもらった地図を出し、ブランに渡した。

「え？　地図？　地図とかあるの？　伯爵の図書館にもなかったのに！」

「正確には、地図はありましたが古すぎて参考にならなかっただけです」

モルモンのひとり、レアには見分けがつかないため名前はわからないが、その彼女が補足した。

「ちょっとした伝手《つて》で入手してね。似たようなものを他に持っているから、それはブラン……にあげるよ。それがあれば、侵略の助けくらいにはなるでしょう？」

「……よろしいのでしょうか。命を救っていただいたのみならず、このような貴重なものまで……」

「かまわないよ、ブラン……はおと、フレンドだからね。ああ、それと」

鎧坂《よろいざか》さんの腰に佩《は》いてある剣崎一郎《けんざきいちろう》を鞘《さや》ごと外し、ブランに渡した。

「この剣も持っていくといい。そう見えて、魔物だからね。装備して振るうことができなかったとしても、勝手に敵を攻撃してくれる。次の街を落としたら、チャットか何かで連絡してくれると嬉《うれ》しいな」

「そりゃもちろん！　じゃあ……」

レアもブランも佇《たたず》まいを正す。いつまでも話していてもいいが、それは今でなくてもできる。

「ああ、頑張ってね。健闘を祈ってるよ」

「レアちゃんもね！　またねー！」

モルモンたちはコウモリに変身し、ブランは赤いスケルトン――スパルトイ三体に担がれて去っていく。

レアはその何とも言えないシュールな絵面を、視《み》えなくなるまで眺めていた。

◆◆◆

【祝】災厄討伐成功！！！【イベントボス撃破】

001：丈夫ではがれにくい
イベントボス撃破記念スレです。参加者は喜びを、不参加者は妬《ねた》みを書き込んでください

002：アマテイン
スレ立て乙

003：名無しのエルフさん
乙！　でもよく倒したのわかったね。立ってなかったら立てようと思ったけど、まさか死に戻りした人が先に立ててるとは思わなかった

004：丈夫ではがれにくい
いやあスキル画面見ててさ。いきなりあんな経験値入ったらそりゃ気づくよね

005：アマテイン

確かにあの経験値はすごかったな。リーダーには感謝しないとな

006：モンキー・ダイヴ・サスケ
>>005　それとギルにもな
あいつがあのスレ見てなかったら、たぶん集まれてねえ

007：丈夫ではがれにくい
名無しのエルフさんは生き残ってたの？　後衛だし
ドロップ報酬的なものはあったん？

008：名無しのエルフさん
生き残ってたよ
ドロップ品はあったけど、街じゅうに同じアイテムが落ちてた。そこそこ高ランクのアイテムだと思うけど、あれだけ数があるんじゃ金銭的にはそれほどでもないかも

009：アマテイン
まあ、アイテムに関してはな
イベント自体、経験値ロスト無しだし、おそらく経験値メインのボスだったんだろう

010：おりんきー
そうだね
まあ換金したとしてもそんなにだろうし、私は全額リーダー総取りでも別にいいかなあって

011：モンキー・ダイヴ・サスケ
いや、そりゃウェインが気にするだろ
こういうのは形だけでも分配しといたほうがいいぜ

012：カントリーポップ
サスケって今日初めて会ったけど、あれだよね

013：アマテイン
あれだな

014：モンキー・ダイヴ・サスケ
あれってなんだよ

015：その手が暖《あった》か
サスケさんはお顔に似合わず気配り上手ですよね

016：カントリーポップ
あーあ

017：モンキー・ダイヴ・サスケ
なんだよ
そんなんじゃねーよ

018：アラフブキ
すまん、このスレってネタスレか何かなの？
イベントボスって何？

019：アマテイン
>>018　このスレは、少し前に立っていた、イベントボス確定でヒルス王国王都集合とか、そんなタイトルのスレッドの打ち上げスレのようなものだな

020：アラフブキ
え？　は？　イベントボス？　マジで？　倒したの？　もう？

021：御御御付いてない
まーたトップ層総取りか

022：丈夫ではがれにくい
まあ、今回は場所もタイミングもかなりシビアだったからな
文句は運営にどうぞ

……

052：ギノレガメッシュ
やべーなあれ

053：ウェイン
みんな、ごめん

054：明太リスト
災厄がパワーアップして戻ってきた

055：名無しのエルフさん
>>054　え？　どゆこと？

056：明太リスト
文字通り、災厄がパワーアップして戻ってきた
ウェインが言うには、さっきのバトルはイベント戦はイベント戦でも、討伐戦じゃなくて覚醒《かくせい》イベントだったんじゃないかって。ボスの方の

057：ギノレガメッシュ
多分間違いねえな。確定してるとこだけで言っても
・謎の遠距離物理攻撃追加
・よくわからん範囲バフみたいな能力追加
・無言（発動キー省略）で魔法撃ってくる
・魔法の命中精度アップ（ほぼ回避不可）
・羽根が三倍に増量
・目が光る

058：ウェイン
>>057　後半おもちゃの宣伝みたいになってるけど、だいたい合ってる
二段変身じゃなくて三段変身だったみたいだ
魔法が無言てのが本当にきつい。予備動作なしで即死攻撃が飛んでくるみたいなもの

対策も立てれない

059：明太リスト
多分あの騎士たちに撃ってたちっちゃいブラックホールみたいな魔法だろうけどね
あまりに力の差がありすぎて、最後なんてもう抵抗する気さえ起きなかったよ

060：丈夫ではがれにくい
そんな魔法あんのかよ！
まじかー……

061：アマテイン
イベントはまだ一週間近く残っているからな……
さすがに二日目にボス討伐して終了、ということはないだろうと思っていたが
そうか新ボス追加のお披露目イベントだったか

062：モンキー・ダイヴ・サスケ
まじかよ結構アイテム使ったのにそりゃねーだろ

063：明太リスト

魂縛石ならたしかにキツイけど、貰《もら》った経験値を考えれば収支はプラスでいいかなと

064：モンキー・ダイヴ・サスケ
イカ墨玉はどうすんだよ

065：丈夫ではがれにくい
もっと安いだろあれw

066：ウェイン
あとすまない、ボスのドロップの金属を回収する前に死んでしまった
王都ももうだめだ
二回目に死んだときには王城でリスポーン出来なかった

067：明太リスト
王都は……仕方ないとしか
でも金属塊は王都の街なかに落ちてたやつを逃げながらいくつか回収しといた

068：ギノレガメッシュ
まじかよさすがだな！

……ていうか、どこにいんの明太

069：明太リスト
ウェルスだよ。キアーロって街。もともと拠点にしてたとこ
ウェインは？

070：ウェイン
……どこだろうここ
知らない場所だ……
またか……

071：カントリーポップ
リーダーもしかしてランダムリスポーン？
（半日ぶり三回目）

072：名無しのエルフさん
ええ……
ちょっとなんか、呪われてるんじゃないの？

◆◆◆

ゲーム内設定まとめスレ　Part5

053：森エッティ教授
まとめると、災厄については全世界に六体存在する
真祖吸血鬼・大悪魔・大天使・蟲《むし》の王・魚人の王・金色の龍
でいいかな

054：ハウスト
そこに追加で、アンデッドの天使だな。今回イベントの
もう討伐されたが、記録として残しておくべきだろう

055：蔵灰汁
いや、どうもそのアンデッドの天使だが、パワーアップして復活したらしい
それでヒルス王都に残っていたプレイヤー三名を殺害し、そのまま王都を制圧したとのことだ

056：ハウスト

えっ
ヒルス滅んだってことか？

057：蔵灰汁
そうなるな

058：森エッティ教授
では、ＮＰＣたちがどう呼称をするのか不明だが、暫定的にこのスレ内で呼び名を決めておこう

059：聖リーガン
ブレないなあんたw

060：ユスティース
アンデッドの天使なら、死天使とかどうよ

061：森エッティ教授
大天使とかぶっておるな

062：聖リーガン

空飛ぶらしいし、それにちなんで天空王とか
063：森エッティ教授
天空城とかぶっておるし、アンデッド要素がない
064：ハウスト
舞い降りる死
とかどうだろう
065：ユスティース
ポエマー
066：森エッティ教授
悪くない気もするけどちょっとそれ呼ぶの恥ずかしいから……
067：聖リーガン
キャラ崩れてるぅ
068：枕蓮《まくられん》

すまん、その災厄とかって今出た六体だけなのか？

069：ハウスト
七体だが、まあこれまでは六体だな
どの国でもそう言われてるが

070：枕蓮
俺が今いる村がある山のてっぺんにドラゴンが住んでるとかって伝説があんだよ
もうずっと誰も見てないらしいんだけど、昔はけっこうヤバい被害が出てたって

071：森エッティ教授
ドラゴンは北極のやつとは違うのか
他にもいたのか

072：蔵灰汁
どこの村なんだ？

073：枕蓮
ペアレのルートって村だ

074：聖リーガン
どこだよ

075：ハウスト
それより第七災厄の呼び名は？　俺の案でいいか？

076：森エッティ教授
そうだな、それを採用しよう
暫定呼称は「第七災厄」だ

◆◆◆

ラコリーヌでブランと別れたレアはスガルに命じ、この地に歩兵や工兵アリを空輸するよう手配した。今度は地下もしっかりと探索させ、他に忘れ物がないかきっちり確認しておくためだ。これでようやく、ラコリーヌに関してはクローズできるだろう。

その後王都へ『術者召喚』を利用して戻り、ようやくＳＮＳを調べた。

「……災厄は把握されているだけでわたしを除いて六体か」

主にＮＰＣの国に伝わる伝承などから拾い上げた情報らしく、その確度はどこまで信用できるものかはわからないが、別にそれはどうでもよい。

レアが確認したかったのはあくまでプレイヤーやNPC間における共通認識であって、真実ではないからだ。プレイヤーやプレイヤーに知識を与えたNPCが、新たに生まれた魔王が七体目だと認識しているのなら、レアがそのように振る舞ったとしても誰にも不審に思われないだろう。

「しかしやはり、NPCが把握している災厄の数は正確ではないと見るべきか」

真実はどうあれ、ヒルス王国首脳部が精霊王を自分たち寄りの存在だと考えていたところを見るに、精霊王は人類にとって脅威となる勢力とは判定されない可能性がある。

ではその場合、精霊王は「特定災害生物」とやらとしてアナウンスはされるのだろうか。

「その判定――というか設定をしたのはおそらく開発側だろうし、NPCがどう思っていようが関係ないだろうけど……。なんとかしてその、神託とかいうものが聞こえるスキルを手に入れられないものかな」

神託とか言われているくらいであるし、持っているとしたら宗教関係者だろう。どうでもいいと思っていたため、神殿や教会など気にも留めていなかった。おそらく今は王都のどこかでアンデッドに生まれ変わっているのだろうが、神託系のスキルは残っていまい。アンデッド化されると、生前のスキル等は一切引き継がれない。

「しまったな……。これからはもし宗教関係者らしき者がいたら、殺さずに支配してみなくては」

この国の他の都市に神託を受けられるNPCがまだ残っているかは定かではない。ヒルス国内でNPCから災厄の話を聞いたというプレイヤーは少なかった。

他の国では街角の説法ですら説かれていたということだし、自国内で発生した災害だったためヒルス国内では情報規制のようなものが敷かれていたのかもしれない。

「他国とリアルタイムで情報のやりとりをすることができるわけではないからね。……しかし、これからもそうとは限らないな。もしプレイヤーが騎士などになったりして、国の中枢に食い込んでいるような場合があれば、その国の情報収集能力は普通とはケタ違いになる」

そうしたロールプレイをしているのなら、その本人はＳＮＳに書き込んだりはしないだろう。レアと同じく、ただ情報を吸い上げるだけだ。

「そういう可能性もこれからは考えていかなくては。そんな尖《とが》ったプレイをしているプレイヤーに、例のアーティファクトなど使われては、また負けてしまうことになりかねない」

なんとなれば、ＳＮＳを利用して情報操作などをしかけてくる可能性すらある。

「この情報はふっ、フレンドと共有しておく必要があるな。さっそくフレンドチャットを……。いや、でも戦闘中とかだったら迷惑になるかな。国外に出てからでいいか……。でも早い方がいいかもしれないし……」

結局、この日はフレンドチャットは送らなかった。

◆◆◆

当初の、王都を廃墟《はいきょ》型の領域にしてみたいという目標は達成された。これ以降の動向を詳細に定めるためには、新たに計画を立てなければならないだろう。

「まずは大目標かな。これはもちろん大陸制圧でいいか。ジークを眷属《けんぞく》にした際に交わした残る五カ国を滅ぼすという約束を守るなら必然的にそうなる。人類側プレイヤーすべてと敵対することになるけど、まあこれはブラン、ちゃんみたいな子が他にもいるだろうし、そちらと協力プレイができれば対抗できないこともないかな」

しかしレア自身が災厄と呼ばれるレイドボスであることや、他にも公にしたくない情報などはたくさんある。利害が一致しているとはいえ、安易に協力してむやみに手を広げるのは危険だ。

「大陸制圧のための中間目標として、とりあえずはヒルス王国全土の掌握だ。この掌握の定義についてはよく考える必要があるけど……。すべての街や村の侵略とかになると、ちょっと数が多すぎるな。普通の戦争なら、首都を陥落させたんだから首脳部に降伏宣言を出させて、こちらに有利な終戦協定を飲ませて……ってするんだろうけど、交渉の余地がないからな」

精霊王の遺産とやらは、国家よりも重要なものだということなのだろう。他の災厄などに対抗するために必要不可欠なものであるため、敵に奪われるわけにはいかないということだろうか。

しかし今考えてもわかることはない。

重要なのは、この後残る国内の都市をどうすべきかである。

「まずは、落とした街の中央に世界樹の端末を植え、アリとトレントを放ち、緑あふれる廃墟街にできるか試してみよう。アリとトレントの楽園都市が実現可能なら、街をひとつずつ人類とアリ、家屋とトレントで入れ替えていけば、そのうち制圧も完了するでしょう」

そのためにはまず解決しておかなければならない問題がひとつある。

スガルの転生だ。

スガルを転生させる必要があると考えたのにはもちろん理由がある。

クイーンベスパイドが産み出せる眷属の数が最大数に達してしまったのである。

これまでは、正確に何匹のアリを擁しているのかはっきりとは把握していないものの、リーベ大森林、それから隣の草原の地下あたりで活動する分には問題なかった。

しかしこれがさらに外部に侵略するとなると、一気に数が心もとなくなる。

トレントも一定範囲内での増殖の数、つまり生存密度が制限されていたくらいであるし、これも似たようなものだと思われる。

となると、必要になってくるのは新たな女王アリだ。

スガルの産む卵は産んだ時点で成長先が決まっている。

であれば次の女王が生まれるとしたら、それは卵として生まれた瞬間からそう決まっていると考えるのが妥当だ。

つまり、現在のスキルツリーに次世代の女王などの卵を産むスキルがない以上、おそらく何らかのブレイクスルーが起こらなければ女王級のアリを生み出す事は出来ないのだ。

例えば世界樹の『株分け』では世界樹そのものを増やすことはできなかった。同様にスガルが同格のクイーンを産むことができないという制限がある可能性は十分考えられる。

ならばせっかくであるし、スガルを格上に転生させてそのブレイクスルーを狙ってやろうというわけである。

「イベントの取得経験値増加のおかげで、さっき使ってしまった分は王都の住民から回収できそうだし。今はデスペナルティによるロストがないから、昨日の昼間のプレイヤーとの戦闘もわたしが殺した分だけプラスになってるしね。ラッキー、ラッキーだよははは」

大丈夫だ。レアは落ち着いている。

「これならスガルの転生分は足りるだろう。もしものための貯金については……明日から貯《た》めよう」

しかしこうして使えば使うほど、それに比例して残しておかなければならない量も増えていく。

「……わたしが死んでしまえば全て台無しになってしまうけど、死ななければ問題ないだけだし」

そもそも死んでしまうリスクを減らす意味でも、ここは投資しておくべきだ。


スガルを目標に自分を『召喚』し、女王の間へ戻った。

女王の間では子狼《おおかみ》たちがじゃれあって遊んでいた。

そういえばディアスに子守りを任せていたのだった。都に来てしまってチビどもはどうしたのかと思っていたら、スガルが面倒を見ていたらしい。

忘れる前にと続けてディアスを『召喚』すると、ディアスは子狼たちにかまわれながら、壁際の定位置へ移動した。

「昨日はすまなかったね、いきなり死んでしまって。それと森の復旧作業ごくろうさま」

〈とんでもございません。……ディアス殿はまたずいぶんと精悍《せいかん》な御姿になりましたね〉

「はっはっは。これでも若いころは――」

やはり若干面倒くさい性格になってしまった。

アンデッドから人間に近づいたことで、性格的に人間味が出てきたというか、蘇《よみがえ》ってきたのだろう。この程度なら許容範囲ではあるが。

「すぐにスガルもかっこよくなるよ、たぶんね」

レアはさっそく、インベントリから賢者の石グレートを取り出した。

賢者の石はすべて王都に置いてきたが、グレートはすべて自分で管理している。通常の転生とひとつ飛ばし転生では新たに得られる情報が格段に違ってしまうからだ。

「さ、転生の時間だ。おいでスガル」

賢者の石グレートをスガルに渡す。

スガルの手から卵型の小瓶が光と化して消え、スガルの体に溶けていく。

《眷属が転生条件を満たしました》

《「クイーンインセクト」への転生を許可しますか？》

《あなたの経験値三〇〇を消費し「クイーンアスラパーダ」への転生を許可しますか？》

三〇〇〇というと、ついこの間のことだが、懐かしい数字でもある。

魔王、または精霊王へ転生するのに要求された数字だ。

つまりこれからスガルは、レアと同格の存在へと転生するということだ。

不死者の王の要求値は一〇〇〇と少なめだったが、これらのことから考えると、同様に災厄級とされる魔物であってもその潜在能力には差がある可能性がある。

「三〇〇〇を支払い、クイーンアスラパーダへの転生を許可する。でも考えてみれば世界樹なんて五〇〇〇とか要求されたしね。消費量だけで考えると世界樹が一番格上ということに……」

《転生を開始します》

「それにしても、アスラパーダってなんだろう。アスラ、パーダで分かれるのかな？　アースラ？　アスラー？　パダ……パーダア？　アースラ、パァダァ……あ、節足動物？」

光が収まると、以前より一回り小さくなったスガルが視《み》える。

「おお？　かっこいいじゃあないか！」

そのシルエットはかなり人間に近くなっていた。

スガルの顔は仮面のような、硬そうな皮膚に覆われていた。表情などは作ることが出来そうにない。節足動物の女王なら外骨格なのだろうし、甲殻と言えばいいのだろうか。

その甲殻は口のあたりで上下に分かれており、上顎《うわあご》側と下顎《したあご》側でそれぞれ別の仮面をしているようにも見える。

頭部には髪が生えているようにも見えるが、非常にフワフワとした質感をしており、ヤママユガなどの頭部に似ている気もする。触角もある。

目は複眼になっており、仮面のような顔より少し奥まったところに丸みを帯びて存在している。

これも人間の目のような位置だ。

身体も関節ごとに分かれているが、やはり硬そうな外骨格で覆われており、一番近いイメージは球体関節人形だろうか。

しかし人間に近いシルエットだったのはそこまでだった。

まず、腕が三対ある。脚も入れれば八肢あるということだ。人間とは程遠い。

それから脚の付け根の後ろ、人間で言えば臀《でん》部《ぶ》の位置からアリやハチのような腹部が伸びている。一見すると太い尻尾《しっぽ》を生やしているようにも見える。

人間で言う腹の部分も球体関節人形よろしく分割されているが、これは昆虫で言うなら腹柄節ということなのだろうか。ではその下から脚が生えているのはどういうことなのだろう。

腕三対と背中の翅《はね》二対は有翅体節、昆虫で言う胸部から生えているので、そこまでは昆虫であり、そこから下は別の節足動物が融合している、とかそういうことなのだろうか。

《災害生物「蟲《むし》の女王」が誕生しました》

《「蟲の女王」はすでに既存勢力の支配下にあるため、規定のメッセージの発信はキャンセルされました》

「なんか欲張りセットみたいな……。まあ、かっこいいからいいけど」

〈ありがとうございます。非常に……非常に大きな力を感じます。なるほど、ボスが今回お出かけになられた理由がよくわかります〉

「え？　どういうこと？」

〈このような力を持ってしまえば、試してみたいという誘惑を抑えきれません〉

「あー……」

レアは別にそういった理由で自ら出陣したわけではなかったが、今になって言われてみれば、そういうところがなかったとは言えない。

〈ディアス殿は、そのような力強いお姿になられたのに、落ち着いておられますね〉

「儂《わし》にはもっと優先すべきことがありますからな」

「しかし、システムによる呼称が特定災害生物じゃなくて、ただの災害生物だったね、スガル。アンデッドとか魔王とかと違って、特定の勢力に対して特に災害級ってわけじゃないから……とか？逆に全方位に対して厄介だからとかなのかな。ニュートラルな災害というか」

その見解で正しかった場合、もしアナウンスされていたら、全勢力の特定のスキルを持ったキャラクターに発信されていた可能性がある。それは単純に狙ってくる敵が多くなるということだ。

「それはもう今さら言っても仕方ないことだね。それより、あたらしく取得可能になったスキルを見てみよう」

スガルの『産み分け』に連なるツリーにはとくに新しく取得できそうなスキルはなかった。

しかしまったく新しく、『繁殖：蟲』というツリーが開放可能になっている。

このツリーの最初のスキルは『蟻《あり》の女王』であり、字面から言っておそらくこれがクイーンを産むスキルだろう。早速取得させた。

しかしこちらは普段のアリたちの卵を生む時と違い、スキルの使用コストが経験値の消費であった。トレントたちの『株分け』と同様のシステムだ。

しかしコストを考えても、ここで新たに女王級を殖やせるというメリットは大きい。必要な経験値を支払い、使わせてみた。

〈いつもの卵よりかなり大きいですね。それに孵化《ふか》までの時間も少しかかるようです〉

通常のアリの兵であれば、これよりふた回りほど小さい卵だったはずだ。それに産んで程なく孵化していた。

対してこの卵は、孵化まで何日もかかるというわけではなさそうだが、秒で生まれるという感じでもない。

「まあ、気長に待てばいいよ。それよりツリーの他のスキルだけれど」

『蟻の女王』の後、というか平行した位置に『蜘蛛《くも》の女王』や『甲虫の女王』なども並んでいる。

「蜘蛛はたしか、社会性のある種もあったと思うけど、甲虫って女王とかいるのかな。また、保険分の経験値がたまってから考えよう」

そうして色々と確認しているうちに、やがて卵の被膜が敗れ、中から見慣れた女王アリが姿を現した。

クイーンベスパイドだ。

「これで、とりあえず戦線拡大の目処《めど》は立てられそうだね。王都周辺はジークのアンデッド兵団に、トレ、ルルド周辺は世界樹とトレントたち、エアファーレンはこのままスガルの支配下でいいかな。そこでこのリーベの森だけど、最寄りの街もなくなったことだし、現在はわたしたちにとってかなり安定した拠点と言えるよね。だからこれからはこの森を管理職の教習所として利用し、慣れさせるようにしようと思うんだ」

今後どこかの街などに喚び出して管理させるにしても、産まれてすぐにそのようなことができるかはわからない。あらかじめ慣らしておくならば、比較的安全なこの森はうってつけだ。

〈よろしいかと。ではもう数匹、産み出しておきますので、並行してやらせておきましょう〉

クイーンには『眷属《けんぞく》強化』などを取得させなければならないし、素の能力値も高ければ高いほど全体の強化につながるため、経験値の投入は不可欠だ。

女王級をこれから増やしていかなければならないことを考えると、もっとたくさんの経験値がいる。

「キリがないな……」

レア自身の強化も、まだできることはある。転生したディアスたちも同様だ。スガルも他にもアンロックされたスキルもあるだろう。

「その前に、まずラコリーヌをきちんとしておこう。あの街は王国の主要な街道のいくつかが通じている場所だ。非常にアクセスのいい領域になるはず。あそこを暫定的に、あらたな初心者ダンジョンにしよう」

〈でしたらラコリーヌの管理は私におまかせください。慣れておりますし〉

「そうだね……。それと世界樹に種をひとつもらって、世界樹の端末になるようなエルダーも育てよう。なにしろ今は瓦礫《がれき》の丘になっていて、とても殺風景だからね。お客さんがぜひまた訪れたくなるような自然あふれる領域にしようじゃないか」

本気でテーマパーク化を目指すのであれば、他にも気にしなければならないことはある。宿泊場所だ。

プレイヤーのリスポーン地点に設定できるようなエリアがなければ、客を張り付けておくことはできない。

「でも、もしもそういうデメリットを飲み込んでも攻略したくなるような魅力があれば、それはプレイヤーが勝手に考えるのかな。まさかこの先、常に攻略するエリアの側に街があるとは限らないだろうし」

なんなら運営に「攻略したいエリアの側にログアウト可能なセーフティエリアがない場合はどうしたらよいですか」などと質問してもいい。質問内容と回答は公開されるが、質問者は匿名だったはずだ。レアがやっても問題ない。ＦＡＱにピックアップされ実用可能な回答が示されれば、それを見たプレイヤーが勝手に何とかするだろう。

「さて。じゃあスガル、ラコリーヌへ行こうか。先行して送り出したハチとアリたちはもう着いたころかな」

〈まだのようですね。着いてから『召喚』などで移動しますか？〉

「……いや、スガルのその飛行性能とかも試してみたいし、せっかくだから二人で飛んでいこう。ディアス、子守よろしくね」

「陛下、わかっておられるでしょうが」

「ひとりで戦ったりはしないよ。スガルもいるし」

レアはスガルを連れ、ラコリーヌに森パークを建設するため飛び立った。

◆◆◆

ケリーたちはリーベ大森林より南、白魔《はくま》たちの足で三日ほど下った場所にある、コネートルという街で、プレイヤーとして防衛戦に参加することに決めた。手伝うなら人間の方で、というのがボスの指示でもある。

あの時。ケリーがレアに伝えた「ボスになってほしい」。

あの一言からすべてが始まった。ケリーたちの人生は、ボスに出会ったことで大きく変わった。

そのボスを害した者がいる。到底許すことは出来ない。

だが、腹に据えかねるとしても、今自分たちに出来ることはない。ボスに言われた通り、この街で様子を見るしかないというのが結論だった。

〈というわけで、あたしらは防衛戦に参加するから。白魔たちはどうする？〉

〈そうだな……。攻防戦に参加する、ってわけにゃいかねえしな〉

〈ボスは白魔たちについては何も言ってなかったけど……。もともとはボスが『召喚』ですぐに移動できるように火山に向かうって計画だったからね。あんたらは先に行って火山までの道筋をつけといてもいいんじゃない？〉

〈そうだなあ。そうすっかな。じゃ、こっちは任せとけ〉

〈頼むよ〉

この街に泊まった時、ケリーたちは宿をとったが、巨大な狼である白魔たちはそうはいかない。彼らは街道から外れた場所で寝床を作り、二匹で休んでいた。周辺に脅威となる魔物などは居なかったためか、彼らのリスポーン位置はその仮の寝床だったようだ。

フレンドチャットを終えたケリーは、レミー・ライリー・マリオンの三人に向き直った。


「白魔たちは予定通り、火山を目指す。あたしらは指示通り、この街を守る」

「わかったよ。で、今朝は結局見ないで出ちまったけど、この街は一体何に襲われてんだ？」

街を見た限りでは、そう深刻な戦況という感じはしなかった。

少なくとも現時点で外壁の内側まで敵に入り込まれているという風には見えない。

単純に、相手側に外壁や門を破壊するだけの能力を持った魔物がいないというだけのことかもしれないが。

「なんだろうね。傭兵《ようへい》組合とかに行きゃあわかるだろうけど。そうヤバいって感じには見えなかったけど」

「でも少なくとも外部とのやりとり……特に商業というか、物資のやりとりは出来てないはずだよね」

　レミーの言う通りだ。

　レミーは特にエアファーレンで店舗を経営していたため、そういうことも気にかけられるようになっている。

「敵が何であれ、プレイヤーのおかげで戦力的には心配ない。しかしプレイヤーはこの街の行く末そのものにはあまり興味がない。だから物流なんかがストップしてるからといって、積極的に相手の親玉を倒しに行く気はない。それどころかあたしらが森を出た……えーとその次の日か？　そっから一〇日間はいべんととかいう期間で、手に入る経験値が増える。だからプレイヤーはその間は敵の親玉を生かしておきたい、と。そういうことかい」

　この街の人間にとってはなんとも救いのない話だ。

「あたしたちがプレイヤーを装うってことは、おんなじようにするってことでいいんだよね？　適当に襲ってくる雑魚を殺して、そうしながらプレイヤーの実力を探る」

「そうなんだけど……。そうだね、ライリーには別の仕事をやってもらいたいんだけど、いいかい」

「いいけど、何？」

「プレイヤーたちが雑魚と遊んでる間にさ、ちょいと領域に分け入って、親玉の姿を確認しといてくれないか。いべんとの後か、あるいはうちらのボスの手が空いた時かはわかんないけど、いざどうするって決まった時までに、得られる情報は全部網羅しといて悪い事はないだろ」

「あんたらも保管庫持ちの傭兵さんかい？　守ってくれるのはまあ、ありがたい限りなんだが……。なんとか、根本ていうか、そもそもアンデッドが夜に襲ってこないようには、出来ないもんなのかねえ……。国の方には鳩《はと》は飛ばしてるんだがね……。どうも反応が鈍くてさ」

翌日になり、傭兵組合で防衛の詳細について尋ねに来たケリーに、組合の受付に立っている、くたびれた中年の男性がため息交じりにそうこぼす。

昨夜話し合った通り、やはりプレイヤーたちは積極的に解決するつもりはないらしい。

そこへロビーにいた、男性の傭兵らしき人物が声をかけてくる。

「それはまあ、俺たちだってなんとかしてやりたいとは思うけどさ。俺たちもみんなが同じ考えってわけでもないし、一人や二人がアンデッドの本拠地に向かったところでよ……」

傭兵の男性は悔しそうにそう言う。口ぶりからすると彼も保管庫持ち——プレイヤーのようだ。

ケリーはその男を値踏みする。

この程度の傭兵がいくら集まったところで敬愛するボスに傷をつけられるとは思えない。

「それはそうかもね。ところであんたは？」

「あー。俺はその、ギルガメッシュっつーんだけど」

ずいぶんと歯切れの悪い自己紹介だ。

偽名だろうか。しかしプレイヤーが、プレイヤーだと思われているであろうケリー相手に偽名を名乗る理由が思い当たらない。

ケリーの不審な視線を感じてか、男は慌てたように弁解を始めた。

「いや、言いたいことはわかるぜ。人違いだ。俺の方が先にキャラクリが終わったみたいで名前が取れたんだけどよ、今は向こうの方が有名になっちまってな。肩身が狭いのなんのって」

彼はケリーの視線の意味がわかっていないようだ。ケリーも彼の言いたいことがよくわからなかったのでお互い様だが。

そういえば以前、ボスが名前の被《かぶ》りがどうのと言っていた気がする。

もしかしたら彼らプレイヤーは、別々の人物が同じ名前をつけるということができないのかも知れない。

ここでケリーが名乗るのは簡単だが、ケリーという名を持つプレイヤーがもし存在した場合は面倒な事になる。

「あたしのことはケリーでいいよ。こっちはライリー、レミー、マリオン。みんな愛称だけど、それで呼ばれ慣れてるから」

「普段から四人でプレイしてんのか？」

そういうことにしておいた。

「そう……だね。これからこの、ライリーだけは用事があるから戻るけど」

宿の部屋で寝《ログアウトし》ている、ということにして、こっそり出かけさせればいい。

ライリーは隠密行動や周囲の観察などに向いたスキルなどを多く取得しているため、人目を忍んで行動することなど造作もない。敵の親玉の調査に当てるのもそれが理由だ。

「じゃあ三人か。よかったらだけどさ、今夜襲撃があったら、一緒に行動してみないか？　この街の防衛は初めてだろ？」

ウェインもそうなのだが、このプレイヤーとかいう者たちはなぜこのように親切にしたがるのだろうか。

これまでケリーたちに近づいてきた者たちは、みな奪うか殺すかが目的だった。そのためこの彼らのように一見善意に見える態度をとられても、目的がわからないため不信感しか抱けない。

だが腹に一物抱えているのはケリーたちも同じだ。

「それは助かるね。いろいろと、知っておきたいこともあるし」


ギルガメッシュとはいったんそこで別れた。

アンデッドが動き出す夜まではまだ長いし、街の住民たちの様子を見ておきたかったためだ。

それに敵が活動するのが夜ならば、ライリーが潜入するのは昼間の方がいいだろう。

「じゃ、行ってくる」

そう告げて雑踏に消えるライリーを見送り、三人で再び街に出た。

商店街を見渡したところでは、それほど深刻な物不足という印象は受けない。

いべんとが開始されて確かまだ三日目だ。本格的に影響が出始めるというほどには至っていないのだろう。

「ポーションは……ちょっと値上がりしてるかな。これからも入荷がない状態が続くようなら、素材が用意できるならひと儲《もう》けできるかも」

「今夜の感触次第だけど、防衛戦が余裕そうならレミーには生産に回ってもらった方が効率がいいかもね。路銀も無限にあるわけじゃないし」

値上がりしているということは素材か生産者かのどちらかが不足しているためだと思われる。つまり魔物を恐れて外に出ていかないか、街なかに生産者がそもそも少なかったかのどちらかだ。

だがどちらにしても、レミーならば稼げるはずだ。


そして夜の帳《とばり》が下り始める頃。

ギルガメッシュと合流したケリーたちは、外壁の外に出て、戦闘の準備をする。

ケリーたち以外にも何人もの傭兵や街の衛兵たちがいる。見ただけではわからないが、このうちの何割かはプレイヤーなのだろう。

「さて、日が落ちる……落ちかけた時間帯くらいから、敵が湧き始める。そろそろだぜ」

「すまない。湧き始める、とは具体的にどういうことだい？　地面の下から出てくるのかい？」

「ああ、いや。あっちにちょっとした岩場と、あと木々なんかが密集した林みたいのがあるだろ？　あのあたりから出てくるんだよ。ほら。来たぜ」

ギルガメッシュの言う通り、林の中から数体のアンデッド、おそらくスケルトンナイトと思われる魔物が這《は》い出し、街へ向かってくる。

しかし待ち構えていた傭兵たちによって、すぐに狩られ、死体となって辺りに散らばってしまう。

「……することがないんだけど」

「今のうちはな。効率厨《ちゆう》のプレイヤーたちが湧き狩りっつーか、まあすぐに倒しちまうから暇だけど、もっと暗くなってくりゃ倒すスピードより出てくる数の方が増えてくるからな。そうしたら忙しくなるぜ」

聞くところによれば、このやる気満々のプレイヤーたちはどうやら昼間は別の街に行って狩りをしているらしい。一日に一度使える、転移サービスとかいうものを利用して、二人ひと組で往復して効率よく稼いでいるとのことだ。半分以上は何を言っているのか理解できなかったが、話された内容だけは覚えておいた。後でボスにそのまま伝えれば、ボスなら理解できるはずだ。

しばらく見学していると、次第に討ちもらしのアンデッドが抜けてくることが増え始め、ケリーたちにも出番がやってきた。

まずはレミーが弓で牽制《けんせい》し、マリオンが魔法でなぎ払う。そのリキャストやMP回復を待つ間にケリーとギルガメッシュが接近して倒す。

おおよそそういうルーチンで狩りを進めていった。

敵が弱すぎるため、作業のように防衛は進む。

「まあ、だいたいこんな感じだな。日によって多少の波はあるが、経験値ボーナスも含めりゃおいしいイベントだ。敵がアンデッドばっかりだからあんまり金にはならねーが」

「なるほど。よくわかったよ」

総評としては、この街の衛兵もプレイヤーも、この街に攻め入る魔物も、大した脅威ではない。

ケリーたちのように特別に手を抜いていたとかそういうことでもない限り、アリやアダマンたちの軍を使えるなら数でまとめて圧殺できるだろう。

マリオン

あとはライリーの報告次第だ。ボスの見解ではディアスたちのような存在は大陸中に散らばっている可能性があるため、この国付近にばかり団長クラスが眠っているとは考えづらいが、念のため首魁《しゅかい》となっているアンデッドは確認しておく必要がある。

それが達成できれば、あとはこのプレイヤーたちに交じって適当に時間を潰《つぶ》しておけばいい。

◆◆◆

ラコリーヌの街——元ラコリーヌの街の緑化は順調だ。

丘の中心部に世界樹の端末となる『株分け』されたトレントを植え、そこからさらに『種子散布』などで増やし、すでにちょっとした森のようになっている。

ただ『種子散布』で増やしたトレントは元のトレントと同じ種族だが、端末としての機能は有していなかった。世界樹の端末として活動出来るのは、世界樹から直接『株分け』された個体だけのようだ。

端末からもたらされる『大いなる祝福』によりトレントたちは異常成長し、中心の端末はすでにエルダーカンファートレントになっている。

緑化が進む旧ラコリーヌ市街では、先行させておいたアリたちが地下に巣を掘り進め、上空では航空兵が警戒のため旋回している。

「これだけ木があるなら、もっと立体的な戦術がとれそうだけど。アリは地上メインだし、ハチは大きすぎて森の中では機動性を発揮できないし。クモでも増やしてみようか」

〈本格的にまた戦闘が始まる前に、使える手札を確認しておくのはよろしいかと〉

全くその通りだ。

今が一時の平穏と呼べるなら、今のうちにやっておいて損はない。

「ではそうしよう。この街は広いし、森として育てるならもっと広げてもいい。なるべく色んな種類の魔物がいたほうがよいだろうし、『甲虫の女王』とかも後で試してみよう」


ラコリーヌの緑化運動を推進している間にも、王都にはどこからか抵抗勢力が攻めてきているようだった。

一夜明けた程度の時間でNPCたちに情報が伝わっている可能性は高くはないため、攻めてきているのはSNSを見たプレイヤーたちだろう。

死んで終わりの傭兵《ようへい》NPCでないのなら、なるべく何度も来てもらう必要がある。

王都の外周には弱いスケルトンなどを配置させ、王城が見えてくるあたりでアダマンたちに確実に狩らせるよう指示をした。昼間であればアンデッドは弱体化しているためさくさく倒せるだろうが、アダマンには陽光は関係ない。

「リーベ大森林では専用の輜重兵《しちょうへい》アリに手伝わせてお客さんの経験値計算調整とかさせてたけど。でもジークにはそんな部下いないよね……。王城でテイムしたメイドゾンビや文官ゾンビにINTを振ってやらせよう。INTやMND特化のゾンビにしてから賢者の石とか使えばその方向の転生先とかも出るかもしれないし」

なかなか悪くない手のように思える。

現在は少し、蟲《むし》よりに戦力が偏っている傾向にあるため、このあたりでアンデッド勢の強化をしておいてもいいだろう。

プレイヤーたちには天使のアンデッドなどと思われているようだし。

「じゃあ少し、王城へ跳んでくるよ。こちらはよろしくね」

〈お任せ下さい。お気をつけて〉


この日はおおむね、こうして自陣の強化に努めた。

ふた回り以上も大きく改造された王都の玉座に腰かけて明日以降のことを考える。

王都の防衛体制はおおむね確立できたと言ってよい。

その防衛、ひいては都市型ダンジョンアトラクションの管理を行う文官たちは、ＩＮＴなどの上昇用に経験値と、それから賢者の石を与えることで「ワイト」に転生させることができた。

この時の選択肢は意志ある死者《レヴナント》という魔物と二択だった。全員ＩＮＴを上げてから転生させてしまったので、どちらが正規のルートなのかはわからない。

一方メイド型のゾンビたちはレヴナントの方にしておいた。別に同じでもよかったのだが、それぞれの転生先が違ってくるなら確認してみたいという程度の好奇心だ。役割としてワイトたちは都市部の管理、レヴナントたちには城内の管理をさせることとした。

今もメイドレヴナントがレアに紅茶を淹《い》れてくれている。

「さて、明日からはどうしようかな……。どちらの方向の街を攻めたものか」

王城にあった王国地図を眺めながら考える。

ブランに地図を譲ったのはこれを発見していたからだ。見たところ、運営にもらったものとほぼ同じ内容だった。

なお、本来こういう作業は謁見の間で行うものではない。わざわざ地図を置くためのサイドテーブルを用意したり、メイドレヴナントがワゴンで茶器を持ってきていたりしているが、だったら最初から執務室のような場所でやればいい。椅子も妙に大きいし。

ただ執務室に行くと再びここに戻ってくるのに時間がかかるため、メイドたちに一式を持って来させたのだ。単純に合理性の観点からそうしているのであり、決して迷うからではない。


そうしていると、フレンドチャットが届いた。

〈ばんわー！　今よかった？〉

ブランだ。レアは姿勢を正した。

〈もちろん。いつでも構わないよ。どうしたの？〉

〈SNS見たよー！　おめでとう！　おつかれさま！〉

何のことだろう。昨夜別れてから、特におめでたいことも、お疲れになることもなかったのだが。

〈ありがとう？　いや、よくわからないのだけど、何のことを言っているの？〉

〈またまたー。ヒルス王国を征服したんじゃないの？　SNSに書いてあったよー。六大国が五大国になったって〉

危うく、手に持っていた紅茶のカップを落としてしまうところだった。

〈どういうこと……？〉

　確かにヒルスの王都は完全に掌握している。国内有数の商業都市もだ。加えて辺境の都市も二つ陥落させているし、内地の街もブランが二つ滅ぼした。

　しかしこの国の王族は国外に亡命してしまっているらしいし、まだ落としていない街はあるはずだ。

〈それは……いつのことなの？　五大国になった、というのは〉

〈あれ、知らなかったの？　えーっと……。たぶん今日、ゲーム内で今日の夕方くらいかな？　詳しくはSNSのけんしょう？　スレッド見た方が早いかも？　わたしはヒルスが滅亡したぞーってタイトルのスレッド見てただけだから〉

〈そうなんだ。ともかく、情報ありがとう。調べてみるよ。やっぱりブラン……とフレンドになってよかった。こういうの教え合えるのって大きいよね〉

〈そう？　そうだよね！　へへへ。いやーお役に立てたようでなにより！　あ、夜になったからこれから街、えーと、もらった地図によるとエルンタールって街を攻めるんだー。また終わったら連絡するね！〉

〈がんばってね。終わってなくても、危なかったら連絡くれていいからね〉

　剣崎《けんざき》もいるため、そう危険なことにはならないだろうが。

〈ありがとー！　じゃーまたね！〉

「ふう……。さて」

レアの行動によってヒルス王国が滅びた。

ということであれば何も問題はない。

しかしレアの中では、王族がまるごと生き延びていたということが気にかかっていた。

それに昨日の深夜でなく、今日の夕方というタイムラグも不可解だ。

「SNSか。調べてみる必要があるな。ヒルス滅亡に関するスレッドを追いかけて……。ソース元をたどっていけば、最初に情報が書き込まれた時間も特定できるかな？」

◆◆◆

【仕様？】謎の現象報告スレ【不具合？】

563：ウェイン
報告はここでいいのかな
俺はもともとヒルス王国を選んで開始したプレイヤーなんだけど、拠点が壊滅してランダムリスポーンを食らった。
今朝まではそれで飛ぶのは王国内の街の近くだったんだけど、今飛ばされたのは違う国の街だった。
他に同様の現象が起きた人いる？

564：オーシャンティ

>>563　ヒルス王国って災厄とかいうボスに滅ぼされたんじゃないの？
もう国がないから最初の選択からリセットされちゃったってこと？

565：ウェイン
>>564　それが今朝まではちゃんと王国内と思われる街に飛んでたんだ。
災厄が王都を滅ぼしたのは昨日の夜中だから、リセットされるとしたらそのタイミングのほうがありそうだと思ったんだけど

566：アンディ
>>563　俺もヒルスのヴェルデスッドって街で細々とやってたんだけど、イベント初日の夜にデスってそれからずっとランダムリスポーンの旅だよ。
今どこにもリスポーンポイントないから、試しに死んでみるわ

567：平太郎
>>563　>>566　ランダムリスポーンするやつって結構いるんだな。初めて見たわ

568：オーバー坊主
>>567　いやいねえよ。こいつらが特殊なだけだ。俺も初めて見たわ

…

…

590：アンディ
ただいま。結構歩いたから遅くなってゴメン
ヒルスじゃない街だった。俺も最初ヒルスで選択したから、もうヒルス国内にランダムリスポーン
しないのは間違いないと思う

591：オーシャンティ
>>590　おかえり。じゃあヒルス滅亡ってことでＦＡ？
滅亡した国はシステム的にもう国として判定されないってことかな

592：ギノレガメッシュ
横からすまん
今公式サイト見てきたんだが、大陸の説明が最初の六大国から五大国に修正されてる
各国家の説明からもヒルスが消えてる

593：明太リスト
本当に滅亡したんだ。ウェインは正確にいつまではヒルス国内に復活してたかわかる？

594：ウェイン

>>593　二人ともこっちのスレ来たのか。ありがとう
今朝……いや昼過ぎくらいになってたかな？　昼食とってないから定かじゃないけど
とにかく正午前後くらいではまだヒルス王国内の街だったよ。

◆◆◆

レアはスレッドを閉じ、いつの間にか温かいものに交換されていた紅茶を飲んだ。

問題なのは、少なくとも今日の昼まではヒルス王国は存在していたということだ。そして夕方以降には公式サイトからさえ抹消されている。

「バグ、というのは考えづらいな。それだったら、なんらかの条件が満たされたから国家が滅亡したと判定され、自動的に更新されたと考えた方が近い気がする。どうせサイトの更新なんてＡＩがやってるんだろうし」

だとしたら、その条件とはなんだろう。

少なくとも滅亡した都市の数などではないはずだ。現時点で王都も含めれば六つの都市が壊滅しているが、ＳＮＳを見る限り、プレイヤーが常駐している街でそれ以外に滅んだ街はない。

また王都をレア率いる勢力が制圧したせいだというのも考えづらい。昨夜の時点で王城がレアの支配下にあったのは確認しているし、それが理由だったらその時点で滅亡判定が出ていたはずだ。

今朝になってからウェインがリスポーンできたことと矛盾する。

となれば、国家が国家として存続できなくなる条件が他にあるということになる。それにいかに

も合致しそうなものといえば。

「王族の進退かな……。王族一行の亡命が成功し、亡命先の国で主権を放棄した……とか？」

ありうる話だ。ヒルスという国の主権を放棄するという要求を飲むことで亡命を受け入れてもらった、などの場合は正式に国が滅んだと言っていいだろう。

「しかし半日……いやわたしが王都に最初に攻めてきたときから数えれば丸一日程度か。その時間で到着できる範囲内の、それも他国の街だ。そんな、その国からすれば国土の端っこの街に、それほど高度な政治的判断ができるようなＮＰＣがいるものかな……？」

他国の王族に対してそこまでの条件を飲ませることができるとしたら、同じく王族くらいだろう。

「あと考えられる可能性としては……。ヒルス王族が、まとめて死んだ、とか」

こちらの方が話が早い。おそらくまとまって行動していただろうし、そこを襲えば解決だ。

「でもだとしたら、一体誰がやったんだろう。王族直属の近衛《このえ》騎士団がついていたはずだし、これを漏れなく壊滅させようと思ったら相当の戦力が必要だ。今のわたしでさえ、可能かどうかは置いておいても一人で行こうとは考えない」

戦力的にはおそらく一人で十分可能だろうが、思わぬ落とし穴や討ち漏らしなども考えれば、一人でやらないほうが賢明だ。

「死んでいるのか、亡命に成功したのか。どちらのほうが可能性が高いかな」

現時点では情報が少なすぎて断定できない。

それよりも、どちらのほうがレアにとってより悪い事態か。それを考えたほうがいいかもしれない。

「亡命に成功していた場合。問題は持っていたであろうアーティファクトだ。その亡命先の国には現在、二カ国分の戦術兵器があると考えなければならない」

残されているアーティファクトが例の心臓と比べてどれほど違いがあるのか、あるいは心臓が複数あるのか不明だが、あれひとつで十分にレアを殺す道筋をつけることができるアイテムだ。

制限は大きいとはいえ、攻め入る際には最大限の警戒が必要となる。

だがここまでは、亡命したと宰相から聞いた時点で想定していたことだ。

「もう一つの可能性。誰かが一行を全滅させたとして……。その場合に問題となるのはなんだろうか。まず、戦力的にそれが可能な存在がいるということかな。この王都から馬車……か何かは不明だけど、そういう大人数が移動できる手段で、かつ一日で到達可能な範囲内に、近衛を含む王族一行を撃滅せしむる戦力を用意できる何者かが存在する。これが事実なら警戒の必要がある」

そんなものが近くにいるなら、現在の王都の防衛能力では完全とはいえない。落されるとまでは思わないが、少なくとも王城内まで侵入を許してしまう事態は考えられる。

「それに加えて、その存在が現在アーティファクトを所持しているという事実だ。あれを起動できるのが各国王都の敷地内ということを考えると、防衛に関してレベルを上げる必要がある」

ただこれに関しては攻められる分にはあまり心配していない。数も範囲も効果時間も限定的だ。いかに強力な効果と言えど、数で押しつぶしてしまえば対抗のしようはある。

大事な宝物を守りながら王城まで侵入するなどという、失敗の許されない高難度ミッションをいきなり企むとも考えづらい。

「この場合、アーティファクトを新たに所持したのが既存の国でないだけ、亡命が成功した場合よりもマシ……なのか？　どうなんだろう。

そもそも国に属する勢力じゃないとしたら、一体何者がそんなことをしたんだろう。野盗とかかな。いや野盗にできる芸当じゃないか。イベントで各地を襲っている魔物勢力が一番ありそうかな。まあ戦力的なことだけで言ったらプレイヤーの集団とかの方が可能性が――」

ひやり、とした。

あのアイテムをプレイヤーが手に入れたとしたら。

「……いや、さすがにそれはないだろう。まず襲う理由がない。人類側のプレイヤーたちなら、厳重に騎士に守られた一行なんて、護衛こそすれ襲うことなど考えられない」

しかし人類側のプレイヤーでなかったとしたらありえないでもない。

「……魔物側プレイヤー集団か。そんなものがいるならわたし並に敵も多そうだし、いきなりこっちに攻めてくるってのは考えづらいか。まあ警戒はしておくべきだけど」

今ある情報で考えられるのはこんなところだろうか。

総評としては、どこかの国が二カ国分のアーティファクトを所持している場合の方が厄介に思える。国であれば攻撃にも防御にも使えるだろうが、国でない勢力なら攻撃にしか使用できない。

「いや、どっちも厄介だな。とにかく、失われたアーティファクトの行方がわからないというのが痛い。それを特定すべきという意味では、方針としては当初とかわらないな。まあ、王都の防衛を強化はしておくべきだけど。それと情報の共有をしておかなければ……」

◆◆◆

王都やラコリーヌの強化は配下に任せ、レアは『迷彩』で姿を消してケリーたちの元へ跳んだ。

「攻めてきている敵はアンデッドか……。それで、ここの親玉はなんだったんだい？　見てきたんだろう？」

ケリーの采配《さいはい》でライリーがひとり偵察に行っていたという話だ。実に頼りになる配下たちである。

「はい。種族まではわかりませんが、ディアスやジークたちとは全然違う雰囲気の、どちらかといえば魔法が得意そうな骸骨《がいこつ》でした。禍々《まがまが》しい杖《つえ》と薄汚れたローブを装備していました」

有名どころで言えばリッチやワイトとかだろうか。魔法使い系ならＩＮＴも高そうであるし、もしディアスたちのように旧国家時代から生きているのなら話を聞いてみたい気もする。

「いえ、それほど賢そうにも……。なにせ毎晩、夜になったら配下のスケルトンたちを突撃させるだけですので、何も考えていないのではないかと。それでしたら、突撃する部隊にときおり混じっている、妙に戦い慣れた個体のほうが賢そうですが」

「妙に戦い慣れた個体？」

「はい。傭兵《ようへい》の……おそらくぷれいやーという者たちではなく、街に元からいたであろう衛兵などを優先的に狙う個体がいるのです。何体かいるようですが、ぷれいやーや我々が攻撃しようとすると接敵する前に逃げてしまうので、一度も倒せておりません」

突撃しか指示しない指揮官がそのような命令を出すとは思えない。そしてＮＰＣの雑魚アンデッドが命令にない奇抜な行動をとるとも思えない。

だとしたら、それはおそらく魔物側のプレイヤーだろう。ブラン以外に初めて見るが、何体かいる、ということは複数人が協力してイベントに臨んでいるのかも知れない。

魔物側のプレイヤーであればレアから協力を持ちかけてもいいが、あまり手を広げるとそれだけ情報漏洩《ろうえい》のリスクは高まる。ブランにはつい魔王であることなどを明かしてしまったが、そのあたりの情報の取り扱いについては約束してある。言いふらすようなことはないだろう。

それにもっともレアが知られるのを恐れている「NPCでもインベントリが使用可能である」という事実に関わることはブランにさえ明かしていない。

「……まあ、今この街にいるのは災厄とは関係のない獣人プレイヤー四人という設定だし、今は接触しなくてもいいか。ライリー、その親玉はひとりでも倒せそう?」

「奇襲であれば問題ありません。昼間は奴《やつ》の配下と思われるアンデッドもほとんどが土の下ですし、奴自身も洞窟《どうくつ》などに潜んでいるというわけでもなく、木陰で休んでいるだけです」

その魔法使い系アンデッドがプレイヤーでないのは間違いない。プレイヤーならリスポーン可能なセーフティエリアで休憩するはずだ。

「その間、プレイヤーと思われるアンデッドたちがどこにいるのかは気になるけど。下手に探ろうとしてライリーの存在に気づかれるよりは放っておいたほうがいいかな。

ライリー、イベントの終盤、そうだね、あと五日ほどしたら、昼のうちにその魔法使い系アンデッドを始末しておいてくれ。片付いたら……火山には白魔たちが向かっているんだよね。じゃあもう大森林に一旦《いったん》戻ろうか」

「かしこまりました」

「始末がついたら連絡をくれ。それまでは通常通り、昼間はえーと、ポーションを売ってるんだっけ？　それで夜は迎撃か。忙しいね。まあ根を詰めすぎないように適当にね」

アンデッドの軍勢ならばディアスたちの同僚という可能性もあるかと考え、詳しく話を聞いてみたのだが、どうもそうではないようだった。

レアはケリーたちが迎撃に向かうのを見送り、大森林へ帰った。

◆◆◆

女王の間で玉座に腰掛けながら一息つく。

「こっちでも誰か紅茶とか出してくれたらいいんだけど」

「やれと申されるならば、やりましょうが……」

「え？　ディアス淹《い》れられるの？」

「やったことはありませぬが、できんことはないでしょう」

「……いや、いいよ」

そういう場合、たいていろくなことにならない。

「それよりディアス、もし辛《つら》くなければだけど……。精霊王、について少し聞かせてもらえないかな」

以前はともかく、現在はディアスはレアの配下だ。そして精霊王の遺産はレアを脅かす数少ないファクターのひとつである。辛い記憶を思い出させるようで忍びないが、そろそろどういうものなのかはっきりさせておく必要がある。

「精霊王陛下という方はどういうお力を持っていたんだい？　あの遺産というアイテムは本当に彼《か》のお方が作製したのかな」

「そうですな。あの遺産を実際にお作りになられたかどうかはわかりませぬ。しかし精霊王陛下は物作りに関しては飛び抜けたお力を有しておりましてな、特別なアイテムをいくつも作っておられました」

もともと生産系ビルドのNPCだったということだろうか。

製作で経験値を稼いで、精霊王にまで至った。有り得ないことではないだろう。

「精霊王陛下は手先の器用さもさることながら、その肉体の素晴らしさも他に類を見ないほどのものでしてな。素材も確かに誰かに集めさせることもありましたが、難易度の高いものなどはご自身で取りに行かれておりました」

若干引きそうになったが、ディアスに限ってそのようなセクハラ発言をするとは思えない。ならば肉体の素晴らしさというのは、おそらく筋肉のことだろう。だとしても異性に対して使うとも思えないため、男性であると思われる。

「ドワーフみたいだな……？」

「言っておりませんでしたか。精霊王陛下はもともとはドワーフであったと聞いております」

「えっ」

精霊王とはドワーフからでもなれるのか。

確かに、ゲーム外知識ではあるがドワーフも元は精霊だとする伝承もある。

「そうか、ドワーフも……」

てっきりエルフから精霊王に至ったものだとばかり考えていた。

ドワーフでも可能だとすれば、かなり裾野《すその》が広がることになる。確率が低くても分母が大きくなれば、再び精霊王が誕生しレアの前に立ちふさがる危険性は高まると言える。

現代のＮＰＣがそこまで至るかどうかはわからない。すでに前例はいるのだが、その前例が大陸統一国家の元首だったことを考えれば、容易に出来ることではないというのはわかる。

ではプレイヤーだったらどうか。

プレイヤー人口の内訳でもっとも多いのがエルフであり、次いで獣人だ。そしてヒューマン、ホムンクルスと続き、ドワーフなどスケルトンやゴブリンと同程度の数しか居ない。ゲームの中でくらい見目麗しい姿でいたいという者が多いせいだろう。

「そこから考えれば、魔王や精霊王ルートの開始地点にドワーフが追加された程度では、プレイヤーに関してはそうリスクが上がったという気はしないな。

まとめると、精霊王陛下はドワーフ出身だったから生産系のスキルが豊富で、その中の何か飛び抜けたスキルであれらのアイテムの制作が可能だったということか」

そういうことならば、これ以降あの手のアイテムが新たに制作される危険性についてはもうそれほど考えなくてもいいかもしれない。

生産系から精霊王に進むプレイヤーがいるとは考えづらいし、ＮＰＣであればそうした兆候があった時点で有名人になっているはずだ。その方向で名の知れたNPCがいたら積極的に取り込むか、無理なら殺せばいいだけだ。

「ありがとうディアス。実に参考になった」

「それはようございました。もしよろしければ、精霊王陛下が日頃よくやっておられた筋肉トレーニングの」

「いらない」

「でしたら、より肉体を美しく魅せるポージングの」

「いらない」

◆◆◆

〈街の制圧おわったー！　あ、こんばんわ！　今良かった？〉

〈おめでとう！　お疲れ様。無事に済んだようで何よりだよ〉

〈レアちゃんのおかげだよ！　あ、おかげっすよ！　剣崎《けんざき》さんだっけ？　超強いね！　敬語になっちゃうレベル！〉

〈役に立ったようで良かった〉

レアの方も、今は一段落ついている。

問題ないようならブランの元へ『術者召喚』で飛び、直接話してもいいだろう。それに絡んで、『召喚』系スキルの有用性について解説してやりたいところでもある。

すでに『使役』を取得しており、また協力体制を敷いているプレイヤーであることだし、『召喚』『死霊』『調教』に関する各種使えるスキルは教えておいて損はないだろう。

〈今からそっちに行ってもいいかな。色々話したいこともあるし〉

〈全然おっけー！　でも遠いよ？　多分走っても半日くらいかかるよ〉

あのあと半日も走ったのか。

途中SNSについての情報もくれたくらいにはよそ見していたようだし、実際に走っていたのはあのスパルトイたちだろうが。

〈大丈夫。一瞬で行くから〉

〈そんなーまたまた……〉


「――といった具合に、『召喚』や『調教』ツリーには有用なスキルが多くあるんだよ。それと、そのルートから『使役』を得たのではないのなら、『使役』があった専用のツリーがあったと思うんだけど、そちらの方も伸ばしていけば類似したスキルがあるかもしれないね。それらのスキルはどうやら効果が重複するようだし、経験値が残っているなら積極的に試してみるといいよ」

「ふむふむ……。いやーでもまさか、本当に一瞬でこられるとは……。てっきりリップサービスかと」

「いや、わたしあんまりリップサービスとか得意じゃないからね。

それより。けっこう建物とかはそのまま残してあるんだね。ここ再利用するの？」

見れば街の住民だった者たちはゾンビとなって徘徊《はいかい》している。

「再利用するってほどのことは考えてないけど。せっかく滅ぼしたんだし、わたしのものーって感じで全部眷属《けんぞく》で埋めとこうかなってくらい」

「そうなんだ。ＳＮＳなんかを見てた限りだと、もうここの隣の街がふたつ滅ぼされてるって話はプレイヤーたちにも知られてるみたいだし、新たな狩り場としてイベント期間中に稼ごうとするプレイヤーがやってくることもあるかもしれないんだよね。

なんならおんぶしながら二つ三つ街を越えてくるプレイヤーもいるみたいだし、すぐにでもあらわれてもおかしくない」

そういうプレイヤーが大挙して現れては、ブランたちの戦力ではもたないだろう。

「もしわたしを殺したプレイヤーなんかが混じってた場合、剣崎を見られるとわたしとブランの関係が疑われるってなんかワイドショーみたい！　有名人の仲間入りだ！　あでもその場合わたしは一般女性枠になるのかな」

「関係が疑われる可能性もあるね……」

ブランが何を言っているのかちょっとよくわからないが、とりとめのない会話、というのもいかにも女同士の友達らしくて素晴らしい。

「ブランが構わないならまあ、別に構わないんだけど」

「構わない構わない！　だって魔王の右腕になる予定だからね！　あ、四天王とか作っちゃう？」

四天王ならケリーたちがいる、といえばいるのだが、現状魔王軍というよりはスパイ活動のほうが仕事が多い。人類の内情を探るという意味でも、ケリーたちはあの方向の方が良いだろう。

「だったらスガル、ディアス、ジークあたりかな？　そこにブランも入るかい？」

「入る入る！　なんかすることある？　任命式的な？」

任命式をするとしてもお互いの眷属しか参列者はいない。自己紹介も兼ねてやってもいいが、レアの眷属は現在王国西部にかけてかなり広くに分散している。実際にやるのはかなり難しいだろう。

「任命式は難しいかな……。ひとまず今は、プレイヤーたちがここに来るかってことだけど……。よし、では軽く偵察に飛ばしておこう」

オミナス君を『召喚』し、方角のみ伝えて空へ放った。

「あー！　そっか、そういう方法もあるのか。でも向こうの街についたとしてどうやって報告受けるの？　またこっちに戻ってきてもらうの？」

「さっきの『召喚』の派生で、わたしの視界だけを眷属に乗せることができるスキルがあるんだよ。それ使ってちょいちょい覗《のぞ》き見《み》すればいい」

「はえー。やっぱレアちゃんの言ったスキルは早急に取得を目指す必要があるなぁ……。ちょっと見ててもいい？」

「もちろん。わたしはSNSでものぞいてプレイヤーの動向なんかを見ておくから」


イベントの全体の雰囲気がつかめるようなスレッドをいくつか斜め読みしてみる。

SNSに常駐しているようなプレイヤーの間では、とりたてて大きな動きなどはないようだった。

ほとんどのプレイヤーは辺境というか、魔物の領域が近い街などに張り付いて狩りを行っているらしい。

そのため街が常に臨戦態勢になり物流が滞り、食料品や消費アイテムなどの値段が徐々に上昇傾向にあるようだ。

ただ多くのプレイヤーはそれを経験値取得の代償というか、経験値が多くもらえる代わりに金銭的な出費が増えるという風にしか捉《とら》えておらず、積極的に解決しようとする動きは少ない。

だが街によっては、街の抱える騎士団などが解決に乗り出し、魔物の領域にいる今回の首魁《しゅかい》と思われる魔物や集団をすでに討伐しているところもある。イベント的にはおいしくなかろうが、街に住むNPCにとっては良い統治者だと言えるだろう。

「まあ、いずれにしてもわたしが気にしてやることではないな。おっと、オミナス君が向こうの街へ着いたようだよ」

「マジっすか！　はやい！」

「飛んでるからね。空が飛べることの優位性はすさまじいよ。さて、どれ……」

視界をオミナス君のもとへ飛ばし、上空から街を偵察する。

プレイヤーがいるとすれば、宿屋などの拠点の周辺か傭兵《ようへい》組合付近だろう。

「あ、それっぽい奴いるな。魔物の領域に接しているわけでもないこんな街にそんなにたくさんNPCの傭兵がいるとも思えないし、あれたぶん全部プレイヤーだな」

魔物の領域に接していないとはいえ、それは昨日までの話だ。

現在はこのエルンタールにはブランの産み出したアンデッドが大量にいるため、その隣街はもはや最前線と言ってもいい。

もしかしたら彼らが元々目指していたのはこのさらに隣の街、アルトリーヴァだったか、あるいはラコリーヌの街などだったのかもしれない。

しかし今日、転移サービスでレアたちのいるエルンタールが選択できなくなっていたことで気付いたはずだ。そこがすでに最前線であることが。

「プレイヤーがたくさん来たらやばいかな……」

「どうかな……。ここから見る限りでは彼らの実力はわからないし、何とも言えないけど……。昼間戦うならゾンビたちはほとんど戦力にならないよね？」

「うーん……。家の中にいて、入ってきた人を攻撃するとかならなんとか……。『闇の帳《とばり》』とか『霧』を使えば戦えるだろうけど、街じゅうを覆うのはさすがに無理かなー……」

「『闇の帳』ならわたしも使えるから、手分けすれば少しだけ範囲広げられるかな。あ、ディアスも呼べば『瘴気』とかでもっと広げられるかも。あれ確か味方のアンデッドを強化する効果もあったはず。どうやって敵味方判別してるのかは不明だけど」

「ディアスさんってさっき言ってた四天王の一人ですな！　やべー四天王が二人もいる街だって！もうラスダン手前じゃん！」

「その理屈だと、わたしも様子見るためにいるつもりだから事実上ラスダンと言ってもいい勢いだね」

「序盤で出てくるラスボスは戦況悪くなったら逃げるやつだね！　コミックで読んだことある！」

「……うーん、逃げるくらいなら全部殺すかな」

「負けイベントの方だった！」

〈というわけで、少しフレンドの手伝いをしてもらおうと思う〉

〈……まずその街にお一人で向かわれたことに言いたいことはございますが〉

〈……おっと〉

〈まあそれは、戦闘前に儂《わし》を呼んでいただけるということで不問にいたしましょう〉

〈ごめんね。それと、インベントリが使えるということは相手が誰であっても秘密だから、絶対に使わないように〉

〈心得ております〉

「『召喚：ディアス』」

レアたちの目の前に、空間から滲《にじ》み出《で》るようにして一体の迫力あるアンデッドが現れる。

「おお、イケオジ！　……意外と地味だね、エフェクト」

「まあ、こっそり『召喚』したいときなんかもあるかもしれないしね」

目の前のレアとブランを認識したディアスは姿勢を正し、その場に跪《ひざまず》いた。

「──『召喚』に応じ、憤怒のディアス、罷《まか》り越しました、陛下」

「やばい！　かっこいい！」

「えっ。普段そんなの言わないじゃんディアス」

「……ご友人もおみえだとのことでしたので」

「ああ、気を使ってかっこつけてくれたのか。ありがとう」

気の利く配下を持ててありがたい限りである。台無しにしてしまったが。

「あっ！　わたしはブランといいます！　吸血鬼です！　このたびレアちゃん四天王の末席？　に

加えていただきましたのでよろしくおなしゃす！」

「……四天王？　ご友人……なのでは？」

怪訝《けげん》そうな顔をするディアス。こうした表情は以前ではまったくわからなかったので、今は助かっている。眷属ゆえになんとなく感情はわかるのだが、表情に出ているほうが雰囲気が出る。

「ああ、まあ。そういうロールプレイ……うーん、なんて言ったらいいんだろう。なりきりというか、ごっこ遊びみたいなものだと考えてくれればいいよ」

「承知いたしました。陛下がよろしいのでしたら」

「彼女もこう見えて、すでに三〇を超える配下を持っている勢力の頭領だからね。これからわたしが色々教えたりしてもっと強化していくから、まあ気長によろしく」

「こう見えてって何さー！　どう見てもデキる女幹部じゃない？」

ちらり、とモルモンたちに視線をやれば、つい、と目を逸《そ》らされた。触れない方がよさそうだ。

「それは素晴らしいことです。恥ずかしながら儂などはいまだ眷属の一人もおりませんで……」

「そうなんだ！　じゃあいろいろ教えてあげましょう！」

ともかく、仲良くはできそうで何よりである。

プレイヤーたちのパーティがこの街、エルンタールに到着するまで、それからしばらくの時間を要した。

日もすっかりと昇り切り、アンデッドにとってはつらい時間帯だ。しかしイベントのメインの敵がアンデッドであることを考えれば、彼らがこの時間に攻めてくるというのは理にかなっている。

同時に、ケリーたちのいる街と違い、これ以上の侵攻は許さないという意思も感じられる。そうでないなら隣街で待っていればいいだけだからだ。

「そろそろこっちからも見えてくるんじゃないかな。まぁわたしは肉眼では見られないけれど」

プレイヤーたちの追跡をさせていたオミナス君の視界から自分の視界へ戻し、『魔眼』を発動する。

「それ便利だねぇ。わたしも空飛べるアンデッドとか仲間にしてそれ覚えよう」

「空が飛べるアンデッドか……」

「あ、でもスケルトン鳥とかになったら羽なくなるから飛べないか」

「どうだろう。少なくともわたしや配下のスガルなんかは、『飛翔《ひしょう》』というスキルで飛んでいるだけだからね。取得さえしてしまえばもう翼は関係ないけど。でもオミナス君は『飛翔』なかった……というか取ってないけど飛んでるからな。彼は自力で飛んでるってことかな」

この理屈が正しければ、仮に足などに重度の損傷を負ったとしても、たとえば『歩行』のようなスキルがあれば普通に歩けるということになる。

「検証してみたいな……。でもみんな足生えてるけど歩行なんてスキル見たことないしな……」

「レアちゃんてけっこう変なこと気にするよね！」

「変⁉　変かな……」

「変だよ！　面白いけど」

面白い。というのはどう取ればよいのか。褒められているのだろうか。

見る限りでは否定的な感情は読み取れない。

「あ、見えてきた！」

現在レアたちがいるのはおそらくもとは領主館と思われる建物の、バルコニーのように外に張り出している場所だ。この街は城壁がないため、ここからならば街の入り口付近はよく見える。

「じゃあ、そろそろスキルを発動させておこう。街の入口あたりはわたしが姿を消して飛んで行って、上空から暗くしてくるよ。この街の戦力のほとんどはブランの配下だから、この戦闘はブランが負けたらこちらの負けだ。ここにいて、直接戦闘には加わらないように。一応領主館の門扉のところにディアスを控えさせてるから、ここまで敵が来ることはないと思うけど」

そう念を押し、バルコニーから飛び立った。

「ではね。またあとで」

◆◆◆

「……すげーかっこいいな。あの羽ばさぁ！　ってやつ」

たった今、レアがブランの目の前で三対六翼を広げバルコニーを飛び立っていった様子のことだ。

「さきほどのレア様のお話からすると、飛行に際して翼は必要ないようでしたので、単純にかっこいいから行ったものかと思われます」

「プレイヤーの皆様というのはそういうところが似ているのでしょうか。ご主人さまもそういうところありますよね」

「えーあるかなぁ。羽無いからなわたし」

「あったらやっていたでしょう」

ブランに生えるとしたらコウモリや悪魔のような翼だろう。そういう翼をばさり、と翻し、闇をまとい空に舞う。

「……なるほど。やるなたぶん。かっこいいから」

あとでレアに、どうやったら翼を生やせるのか聞いておく必要がある。

「経験値が足りないなぁ。このプレイヤーさんたちがたくさんくれるといいんだけど」

「レア様が手伝ってくださるのなら、安全に狩りができるのではないでしょうか」

「そうだねぇ。ってもレアちゃんは経験値の分散？　を避けるために闇を撒《ま》くくらいのことしかしないって言ってたけど」

レアの話では、戦闘に関する貢献度などの差によって経験値の分配がされるとのことだ。そのためレアは攻撃などは一切行わず、実際にプレイヤーを倒すのはスパルトイたちの仕事になる。

「ってか、上空から暗くするだけなら別にアザレアたちでもできるんじゃないの？」

「……よくお気づきになりましたね」

「そうしたいのはやまやまなのですが、わたくし達は『闇魔法』を取得しておりませんので」

そういえば、『闇魔法』は微妙な使い勝手の魔法しかなかったために取得はさせていなかった。

「……経験値余ったら取っておこうか。わたしの羽は……その次の機会で」

領主館から見えるかぎりでは、戦況は悪くないように思える。

プレイヤーに倒されているのはゾンビばかりで、スパルトイへの被害はまだない。

「あんまり、強くないプレイヤーなのかな」

「……いいえ、時おりレア様が何かをしているようです。よく見えませんが、敵が不自然に動きを止めることがあります」

「経験値というものの増え方などを気にされておいた方がいいかもしれません。あのレア様の援護によってどの程度減少するかは、今後の連携に重要な意味を持ってくる可能性があります」

カーマインの言う通りかもしれない。ぼうっと戦場を眺めている場合では無かった。

「むむむ……。お、入ってる入ってる。けっこうもらえてるな！　てことは格上のプレイヤーなのかな？」

「スパルトイやゾンビよりは、ということでしょうね」

「あ、半分くらいしかもらえない時ある。これがレアちゃんの援護の影響ってことかな」

「直接のダメージはなくとも確かに戦況を左右する一手ではありますから、そういったところも含めての貢献度ということなのでしょうね」

そうでなければ、支援系のプレイヤーなどは戦闘に参加してもまったく旨《うま》みがないということになりかねない。どうやって判定しているのかは不明だが、よく出来たシステムだと言える。

「……することないなこれ。レアちゃんは飛び回ってるのにいいのかな」

「むしろ何もされないほうが貢献になるかと」

「でしたら、先日やってらしたように、えすえぬねす？　とやらをご覧になっていたらどうでしょう」

確かに、先程レアも空いた時間で覗《のぞ》いていたようだし、多くのプレイヤーに敵対しているレアたちにとって、そういう情報はどんなものであれ役に立てるかもしれない。

◆◆◆

【ヒルス】事件は辺境で起きてるんじゃない！　内地で起きてるんだ【滅亡】

012：ラスク
ヒルス王国のヴェルデスッド、アルトリーヴァ、エルンタールの三都市がもう壊滅してる
まあヴェルデスッドとアルトリーヴァは都市ってほどの規模の町でもないけど

013：カントリーポップ
知らない間にひとつ増えてる

014：ラスク
エルンタールはアルトリーヴァの西？　にある都市らしい
おれのいる街の領主の騎士に聞いたから多分間違いない

015：タロウズ
ああ、なんかプレイヤー集まってると思ったらそのせいか
エルンタールって俺のいる街の隣だわ

016：タロウズ
防衛失敗しただとか、逆に新興勢力の大本ぶっつぶしたとかかと思ってた

017：タロウズ
>>016　侵攻

018：カントリーポップ
あー、実際どうなんだろ
ギル兄貴のとことか一日目にして防衛完了したとか言ってたけど、街渡り歩いてボス級倒しまくるのとボス見逃して雑魚狩りまくるのとどっちが効率いいの？

019：明太リスト
ボス狩りのほうが効率いいと思うよ
問題は毎日のようにそんなエリアに移動できるのかって点と、そもそもボスクラスを倒せるのかって点かな

020：カントリーポップ
明太リストきた

リーダーのおもりはいいの？

021：明太リスト
おもり言うなw
ごうりゅうできない……
多分近づいてはいると思うんだけど

……

030：ミッ平
でもなんでいきなりそんな辺境から遠いとこが落ちたんだろな？

031：明太リスト
王都とかいう内地オブ内地もすでに陥落してるんですがそれは

032：カントリーポップ
ああ……なるほど
これも災厄の差し金の可能性高いってことか

033：ギノレガメッシュ

なんでもかんでもってわけじゃないだろうけどな
同じ王国内だし、アンデッドらしいしこれはさすがにな

◆◆◆

「レアちゃんへの熱い風評被害！」

「どうされました？」

「わたしの落とした三つの街がレアちゃんのせいになってる！」

「……結果的に間違っていないのでは。手を組まれたわけですし」

「……ならいいのか。いいのか？」

◆◆◆

038：ユスティース
そういえば、関係ないけど私のいる街の騎士が、ヒルスが滅亡した事知ってたみたいだったなー

039：カントリーポップ
そりゃこんだけ有名になってたら知ってるだろ

040：明太リスト
えっ。おかしくない？
だって有名になってるのはSNSとかプレイヤー間だけで、NPCはまだ知ってる人自体ほとんど居ないと思うんだけど

041：ユスティース
そうだよね？　私もおかしいと思って
私も王都が壊滅したことは知ってたからそのことかなって思ったら、国そのものがもう消えたって聞いた時間的に考えて、公式サイト更新のタイミングと同じくらいかどうかなんだけど

042：ギノレガメッシュ
俺たち結構色んな街毎日移動してるけど、少なくともNPCからは聞いたことないぞ

043：明太リスト
僕も聞いたことないし、検証班でもそんな話出てないと思う
一部の重要NPCにはそういう情報が届くってことかな？
ちなみにどこの街なの？

044：ユスティース

オーラルのヒューゲルカップって街。多分オーラルで二番目くらいに大きな街かな
王城並の城もあるから近くに来ればすぐわかるよ

045：明太リスト
ああ、ここか
位置的にはちょっとヒルス寄りなのかな

046：ラスク
なんでわかるんだ？
地図あるの？

047：明太リスト
検証スレに有志が作った簡易地図、スゴロク盤みたいなのがあるんだよ
距離とかはわかんないけど、スゴロクのマスみたいに街の位置関係だけが書いてある奴
色んな街にいるプレイヤーの話を統合して作ったみたい

048：カントリーポップ
まじかよ頭いいな

049：ユスティース
あの、スゴロクって誰ですか？　有名な人なんですか？

◆◆◆

「ただいま。視《み》える範囲では、たぶんプレイヤーはもう残ってないかな。何してるの？」

ブランがSNSをチェックしている間に、侵攻してきたプレイヤーたちはすべて撃退されたようだ。

「ああ！　お帰り！　いやーすることないから暇でさ。ぼーっと見てるのも悪いから、SNSでもチェックしておこうかと思って。あと経験値の増え方とかも見たよ。レアちゃんがなんかしてくれたときだけ減ってたよ。半分くらいかな」

「ああ、そんなところまで見ていてくれたのか。ありがとう。プレイヤーの中に何名か、数の暴力では押し切れなさそうな者がいたからね。ちょっと『自失』とかで軽く妨害しながらサポートしてみたんだよ。しかしあれだけで半分も分配されてしまうのか。気をつけないといけないな」

礼を言われてしまったが、もともとはマゼンタの提案である。若干バツが悪い。

「えーと、それとあのあれ、SNSなんだけど。なんかスゴロク？　盤を作った人がいるんだって！　すごくない？」

「……双六《すごろく》盤？　作ったというのは……。ええと、ゲーム内で製作して販売したとかそういうこと？　こんな殺伐とした世界で娯楽品なんて売れるの？　というか、サイコロとかあったっけ？」

「さいころ？　関係あるの？」

「えっ」

「えっ」

話がかみ合っていないように思える。お互いの認識に相違があるせいだろう。

「んと、この大陸の街同士の位置関係をおおざっぱに書いた簡易地図みたいなのを作った人がいるらしいのね。それがスゴロク盤ていうのに似たような感じになってるんだって話なんだけど」

「……ああ、そういう。確かに今なら、隣接している街の名前だけなら転移サービスによってわかるという話だったね。それとSNSなどでの口コミなんかを統合すればそういうものの作成も可能だということか。すごいな。それって誰でも見られるの？」

「見れるんじゃないかな？　えとねー、見てたスレッドは――」

さきほどのスレッドを教えると、レアはブランに断ってSNSのチェックに集中しはじめた。その間に今の戦闘のリザルトを確認することにする。

「全部、とはいかないけど、強化系のは取れそうかな。あと『召喚』のは最初からとっていかないとだめだから結構経験値使っちゃうけど……。えーと、あと『空間魔法』だっけ。お、視覚とかいけそう。精神とか自分とかもとれそうだけど、これってなんだっけ」

「『術者召喚：精神』が眷属《けんぞく》の肉体を遠隔操作するスキルですね。自身というのが確か眷属の側にご自身を『召喚』させるスキルだったかと」

「あそうなんだ、便利そう。全部取っちゃえ」

「えっ」

「よろしいのですか？　翼を生やすとか……あとわたくし達の『闇魔法』とか。わたくし達の」

「あっ」

そういえばそのような話をしていた。しかしもう取得してしまったし、今さら手遅れだ。

「翼はまあ……どのみち聞いてみないとわからないし、しょうがない……。『闇魔法』はそんなに高くないから、なんかあったらすぐ取れるよきっと」

もうどうしようもない事は考えても仕方がない。それより未来のことを考えるべきだ。

さしあたって今欲しいのは、航空偵察が可能な眷属である。

「ていうか、きみたち飛べないの？」

「飛べますが……。長距離を飛行して偵察を行うのは無理ですね。街なかなどの偵察だとしても、それほど高くまで上昇できませんから、広範囲を索敵と言われても難しいかと」

「そのかわり、狭いところや暗いところでも入り込めますが」

それはそれで有用なのだろうが、街全体にアンデッドを放ち、掌握している現在ではわざわざやる意味は薄い。

「……吸血鬼関連のツリーから伸びている『使役』だと、吸血鬼に関連しそうなコウモリとか狼以外はゾンビになっちゃうけど、もうそれしか選択肢ないな……」

運よく鳥型の魔物を発見した際に考えた方がいいのかもしれない。

「お待たせ。スレッド教えてくれてありがとう。おかげでいろいろわかったよ」

レアが現実に帰ってきたようだ。いや、現実からゲームに帰ってきたというほうが正しいのかもしれないが。

「いろいろわかったの？　すごいね！　わたしはスゴロクさんが誰なのかすらわからなかったのに」

「すごろく、というのは人名ではないよ。古い、まあボードゲームの一種だよ。バックギャモンを子供向けにしたようなものなんだけど」

「ばけ……ぎゃも……？」

「知らないならいいや。それより、もっと興味深い書き込みがあってね」

レアは変なことに興味を持つことがあるため、あのスレッドのどこに興味を惹《ひ》かれたのか全く分からない。

「オーラルの、ヒューゲルカップという名前だったかな。その街の騎士が、どうもすでにヒルスが滅亡したという事を知っていたみたいなんだよね」

「あー。なんか書いてあったね。それがどうかしたの？」

「ヒルスが滅んだのは三日目の夕方だから、つまり昨日だね。ただしこれは運営が判定した滅亡であって、現地のNPCがどう考えているのかはわからない。王都壊滅は二日目の夜のこと、つまり二日前になるんだけど」

「二日前の事なのにもう知ってるっていうのがおかしいってこと？」

「それもあるけど、実はその時点で王都壊滅の可能性について他国が知っていても不思議じゃない理由はあるんだ。ヒルスの宰相はヒルスの王を他国に亡命させていたんだよ。

　だから王都壊滅の時点で周辺国家に宰相から、王都壊滅と王族の亡命について連絡が届いていたとしてもおかしくはないわけだ」

「ふむふむ？」

なんかあったら王族は亡命させますから、生きている前提で受け入れてくださいね、とあらかじめヒルス王国宰相から連絡が回っていたという事だろう。

「しかしこの、ユスティースというプレイヤーの話では、王都壊滅ではなく国そのものが滅亡したというニュアンスの事を話していたとある。騎士ということはおそらく貴族と繋《つな》がりがあるのだろうけど、公式の更新と同じタイミングですでにそれを知っていたというのはおかしい。

その騎士がヒルス宰相からの亡命の打診の件を聞いたとして、亡命の話からヒルス王都壊滅の可能性を察したのだとしても、それが国家滅亡に直結するかはわからないはずだからね」

確かに、例えば現代日本でいうと首都はトーキョーという事になっているが、あそこが壊滅したとしても日本という国が無くなるわけではない。

このゲームのヒルス王国のように、王政国家であるなら王都の重要性はもっと高いのかもしれないが、それも王都に王様がいるからこそだろう。その王様を始めとする王族が逃げ出しているのなら、王都の安否は国家存亡には直接関係ないとも言える。

「この……明太子さんが言ってるみたいに、一部のＮＰＣにはそういうアナウンスがあったっていう可能性は？」

「それなら他の街の騎士たちも知っているはずだ。けど、このプレイヤーのこの書き込み以外は見つからなかった」

あの短時間でよく探したものだと思うが、何かコツでもあるのかもしれない。翼の件とあわせて後で聞いてみることにする。

とりあえず今はとても楽しそうに解説してくれているので、邪魔しないほうが良いだろう。

「だとするなら、まずこのプレイヤーがそういう嘘《うそ》を意図的に流しているという可能性が考えられるけど、まぁでもその可能性は低いと思う。もしそうなら他の類似のスレッドでも同様の発言をするだろうし、あるいは協力者を募ったりして複数人で書き込むだろうし」

「……そうかも。それに何のためにやるのか意味分かんないし」

「そうなんだ。動機がまるで見当たらない。だからこれは考えなくてもいいと思う」

アザレアたちが街の周辺の見回りに出かけるようだ。退屈しているのだろう。

彼女たちは一応ブランの護衛のためにここに残っていたのだが、レアがいる限り、バルコニーの安全は保証されていると考えていい。

「もうひとつの可能性は、この騎士たちが、亡命するつもりだったヒルス王族を全員殺したため、ヒルス王国が滅亡したということを誰より早く知っていた場合だ」

「なるほど！　……でもなんでわざわざそれをプレイヤーに言ったのかな？」

「そこは全くわからないけど……。

わたしは実は、そのヒルスの王族という者たちの行方を探していてね」

「あ、そうなんだ。完璧《かんぺき》主義ってやつ？　取りこぼしは気持ち悪いみたいな」

「いやもっと実利的な……。彼らが持ち逃げしたアイテムに用があるだけだけど、どっちでもいいか。それで、亡命先はどこかもわからないし、いきなり他国にノックもなしにお邪魔するのは危険だし、どうしようかなって思ってたところにこの情報というわけなんだよ」

それでこのテンションの高さというわけなのだろう。

「うーん……。でもなんか、怪しくない？」

「怪しくないといえば嘘になるけど、でもまさかわたし——イベントボスの災厄がＳＮＳを見てるなんて思わないだろうし、仮に何かの罠《わな》だとしてもわたしを狙ったものじゃないはずだ。

それなら一度確認してみて、わたし以外の誰かを狙った罠だとしたらそのまま叩《たた》き潰《つぶ》せばいいし、罠でないなら新たな情報になる」

「ものすごーく怪しいと思うんだけどな……。うまく言えないけど。うまく言えないけど！」

「うーん……、そんなに言うなら、ブランもついてくるかい？」

「いくぅ！」

レアの方が遥《はる》かに強いのだが、見ていて心配で仕方ない部分がある。世間知らず感があるというか。おそらく、こういう人物を世間ではポンコツというのだろう。大変失礼なため本人には絶対に言わないが。

これまでブランはレアには与えてもらってばかりである。護衛をすることでそれを少しでも返せるなら願ったりだ。

「ああ、でも飛べないか。どうしようかな……」

「あ、それなんすけど、その、よかったら羽とか生える方法とか教えてもらえないかなーって」

「ああ、じゃあ、とりあえず今取れそうなスキルには何があるのか教えてもらっていいかな。あ、こういう情報は非常に重要だから、本来他人に言ったりしちゃだめだよ」

「言わないよ！　何だと思ってるんだよ！」

その後、なんとか羽が生えそうなスキルを発見したが、経験値が足りなかったためもう一日この街に逗留《とうりゅう》し、翌日現れたプレイヤーをキルして稼ぐ事にした。

そうしてなんとか、無事羽を生やす事ができた。想像通り、コウモリの羽だった。

「出かけるのはいいんだけど、明日以降もプレイヤーが遊びにくる可能性が高いな。そうだ、リーベで遊んでいる甲虫の女王を一体『召喚』して、実地テストもやらせておこう。ブラン、いいかな?」

「いいよー!　てか、気使ってくれてありがとう!」

そしてレアと連れ立って、問題のヒューゲルカップという街へ飛び立ったのだった。

レアはディアスから何やら言われていたようだが、最終的に女友達二人旅で押し切っていた。

イベント開始から五日目、折返し地点のことだった。

第七章　再会

隣とは言え他国の都市なだけあり、ヒューゲルカップという街は非常に遠かった。

ブランに合わせてそれほど速度を出さずに飛んでいるとは言え、丸一日ほどかかってしまった。

ということは伝書鳩《ばと》が使える距離を超えていると言える。隣国にまで鳩を飛ばしている国はあまりないと考えていい。

「へー。でも鳩を『使役』している人とかいたらそうとは限らないんじゃない？　死んでもまた飛ばせばいいだけだし、ある程度危険でもやらせられるんじゃないかな」

「それは……。なるほど、ありえないとは言い切れないな」

伝書鳩、というイメージから、勝手に現実の伝書鳩のスペックに当てはめて考えてしまっていた。

しかしこの世界は剣と魔法のゲームの世界。街や国家の進退がかかっているとなれば、そのくらいやる人物は居てもおかしくはない。

「ブランはすごいな……」

「いやーへへへ」

レアでは、というより一人で考えていたのでは見落としがちな点をよく指摘してくれる。そのお蔭《かげ》で助かっているのは確かだ。

「やはり付いてきてもらって正解だったかな」

「いやー！　ばっちり守りますよ！」

「頼もしいよ」


やがて、大きな城のようなものが見えてきた。

これほど大きな城があるとなれば、よほど中央に近い貴族か、大きな功績を上げた貴族でも治めているのだろう。

だとすれば最初にレアが考えていた、王族が亡命に成功して、その代償に主権を放棄したという可能性はあるだろうか。

（いや、そうだとしたら早すぎる）

ここまで空を飛んでエルンタールから一日かかったということは、一日で陸路で来るのは不可能だ。

一方で、仮にここの騎士がヒルス王族を殺していた場合。

王都壊滅と同時くらいにこの街を出発し、王族を殺し、すぐさまこの街に取って返し、あのプレイヤーに告げたという事になる。

これを可能にするには、ヒルス王都が壊滅した事実をリアルタイムで知っており、かつ王族が亡命のために街を出た事も知っていなければならない。

どういう手段であればそれが可能だというのか。

また、それを一人のプレイヤーに伝える事に何の意味があるのか。

「とりあえず、目立たないように街の端っこに降りて、適当な住民を『魅了』で洗脳して聞き込みしよう」

「いやーレアちゃんそのビジュアルで目立たないようにって無理じゃない？　あとそれ聞き込みって言うのかな？　カテゴリ的には薬物による自白の方に近いんじゃないかなーって」

「ああ、『光魔法』に『迷彩』というのがあるから、姿は隠せるよ」

「ならいっか。じゃーさっそく最初の犠牲者を探そう！」

「最初の協力者をね」

◆◆◆

色々あった結果、聞き込みが終わった協力者を『火魔法』で灰に変え、後片付けを済ませた。

「犠牲者で合ってたじゃん！　用が済んだら始末してんじゃん！」

「そりゃ、別に『魅了』中の記憶がなくなるわけじゃないし」

効率を考えれば仕方のないことだ。自主的に協力してもらうか、選択肢が無いかの違いでしかない。

「しかし、この街においてはかなり周知の事実のようだね。一般の住民までがヒルス滅亡を知っていたとは。あれから一日余計に経過しているとしても、この規模の都市の末端まで情報が知れ渡っているとなれば、何者かが何らかの目的で言いふらしているとみて間違いなさそうだ」

「やっぱり罠じゃん」

「まあまだ一人目だし、たまたま今の彼が知っていただけという可能性もある。次の犠せ、協力者を探そう」

「……うんソウダネ」

しかし気をつけなければならない点もある。

それは犠牲者、でなくて協力者の選定だ。

手当り次第に捕まえて、ＮＰＣと間違えてプレイヤーなどを引っ掛けるわけにはいかない。

『魅了』された経験のあるブランの話によれば、この状態であっても意識ははっきりしており、単に金縛りなどのような感覚で動けなくなっているだけだったとのことだ。

ＮＰＣには『魅了』をかけてこちらの望む情報を吐かせることができたが、プレイヤー相手にそんなことが出来るとは思えない。

「でもプレイヤーっているのかな？　ここも辺境の街じゃないっていうか、内地っていうんだっけ？」

「そうだね。でも少なくとも、ＳＮＳに書き込みをした人物はこの街にいるはずだし、イベント期間だからと言って居ないとは限らないからね」

ただ歩いているだけのプレイヤーとＮＰＣを見分けるのは難しい。

ではどうするかと言うと、買い物をしている人物を狙うのだ。

何かを買おうとした場合、物々交換でもなければ普通は金貨が必要になる。ＮＰＣならどこかにしまっている財布を取り出すだろうが、プレイヤーなら財布を持っている方が珍しい。金貨はインベントリにしまっておけるからだ。

もちろん一〇〇％の精度で見分けられるわけではないが、目的はＮＰＣとプレイヤーを見分けることではなくプレイヤーを避けることであるため、少しでもその危険がある人物を除外するだけでいい。

よほど念を入れたロールプレイをしているプレイヤーでもなければ、財布など持っていない。

「それにそこまでのガチロール勢なら、話せば協力してくれるかもしれないしね」

「協力してくれるかな……？　現状わたしたちがしていることと言えば、街の住民を攫《さら》って洗脳して殺害して証拠隠滅してるだけだしな……。てかレアちゃん協力者って言葉好きだな……。結構寂しがりやなの？　一人っ子？」

「……どうかな」

姉妹にはあまりいい思い出がない。

しかしそれはレアの問題であって、ブランに話すようなことでもない。おそらく空気が重くなるだけだ。あるいは笑われるかもしれないが。


二人はそれからさらに数名の協力者から話を聞いた。

全員が、というわけではなさそうだが、やはりこの街のかなりの割合のNPCがヒルス滅亡の事実を知っているようだ。口コミなどで広がった印象を受ける。

「誰かが噂《うわさ》をばらまこうとしていたのなら、よほどの人数のNPCをサクラとして使ったということかな」

「うーん、それもあるかもだけど、この都市って辺境ってわけじゃないじゃない？　城壁もないし。街の外には何かの、あれ大麦かな？　畑が広がってるし、商人みたいな恰好《かっこう》の人とか馬車も多いし、たぶん農業とか商業で栄えてる街なんじゃないかな。だったらさ、その経済の流れをよく知ってる人なら、最小限の手配で最大限の拡散を狙ったりもできるんじゃないかなって」

ブランにそう言われ、改めて街を見渡してみる。

「……すごい。すごいなブラン！　頭よくないって嘘《うそ》でしょう！　着眼点もそうだし、知識もすごい！　大麦なんて実物が生えてるの初めて見るし、言われなかったらわからなかったよ！」

「いやー八割受け売りっていうか、うちの子たち賢いからさー。いろいろ教えてくれるんだよ。大麦はたまたま、つい最近見たばっかりだったしね」

「眷属《けんぞく》のあのモルモンたちかい？　彼女たち、デキそうだったからね、雰囲気が。眷属の能力も主君の力のうちだよ」

「そう？　そうかな。いやーでへへ」

「しかし、だとすれば近隣の他の街などにもすでに情報が流れていたとしてもおかしくはないな。さて、そろそろ騎士とかの核心に近い者に当たった方がいいか」

しかしそこらの住民と違い、騎士は死なない。これまで通りの聞き込み方法ではこの街を統治する貴族のもとへすぐにこちらの情報が上がってしまうだろう。

「どうする？　もうあのお城に突撃する？」

「好戦的だね。でもまあ……結局ブランの案が一番手っ取り早いような気もするな」

「え？　ほんとにやるの？」

「えっ」

「いや、いいんだけど。レアちゃん慎重そうに見えるけど、なんかめんどくさくなると全部ぶん投げる癖あるよね。わたしは面倒だから最初からぶん投げるけどさ」

「そうかな？　……そうかな」

その方向でいくなら夜を待った方がよいだろう。


「さて、これだけ暗くなれば『闇の帳《とばり》』を併用すればわたしたちの姿を視認することは難しいよね」

「目立つもんねレアちゃん。昼間みたいに『迷彩』じゃダメなの？」

「『迷彩』は激しく動くと輪郭がブレて見えるからね。戦闘には向かないんだ。お話するだけならいいんだけど」

「でも洗脳するときも解除してたよね」

「そりゃ、わたしの姿を見せないと『魅了』の効果が下がるからね。あと洗脳じゃなくて協力要請だけど」

宿の屋根から静かに飛び立つ。

レアたちの周囲だけがまわりと比べても不自然に暗くなっているのだろうが、夜闇の、それも上空のことだ。気がつく者がいるとも思えない。

「城のどこを目指せばいいのかな。宝物庫のようなものを探すのか、それともいっそ領主に直接聞きに行った方が早いか」

「……ねえその、領主とか貴族の人がさらに誰かに『使役』されてるとかってことはないの？　レアちゃんとこの四天王のジークさんとかってそうなんだよね？」

その可能性は考えたこともある。『使役』したい側からしてみれば十分に旨《うま》みのあるやり方だろう。

しかしされる側の貴族、中間管理職にさせられる方からしてみれば何のメリットもない。自分は配下を養わなければならないのに、自分のところには一切経験値が入ってこない。配下の分まで含めた経験値を上役に請求する必要がある。しかし上役にしてみれば配下の配下など捨て駒にすぎず、わざわざ経験値を与えてやることさえ惜しく思えるだろう。お互いによほどの信頼関係がなければ成立しない。

「――だから、仮にあったとしても、権力の縦割り構造に直接関係しないような、親戚《しんせき》や友人関係に限られるんじゃないかって思うんだ」

「なるほどー。だとしたら、こんな大きな城に住んでるくらいだし、仮にそういう関係の貴族がいたとしてもここの領主がそのトップって可能性が高そうってことだね」

「そうなるね」

ブランは一般常識などに不安な場合もあるし、深く考えずに行動するきらいもあるが、本質的にそう頭の回転が悪いようには思えない。

「じゃあ、なるべく高いところで、かつ明かりがついている部屋とか目指せばいいのかな？　偉い人ってそういうイメージ」

「まあ、なんの指標もないし、それでいいかな。これだけの規模の都市を生産や商業活動で維持しているほどの統治者だし、暗くなっても明かりをつけて執務をしているというのはありそうだ」

城の中腹辺りに大きく張り出したバルコニーがある。そのバルコニーのある部屋からひときわ明るく光が漏れている。それより上の階には明かりを灯《とも》している部屋はなさそうだ。

ならばこのバルコニーを目指すのがいいだろう。

バルコニーのカーテンは開いており、外から見る限りでは室内には誰もいないようだった。これは『魔眼』で確認しても人らしき反応は見えないため間違いない。

そっと、音もなくバルコニーに降り立つ。

『識翼結界』を発動して詳しく調べたいところだが、せっかく隠密行動をしているというのにあの純白の羽根吹雪は目立ちすぎる。

レアには『魔眼』があるし、ブランは『暗視』で夜目が利くようなことを言っていた。ならばこのまま『闇の帳』を発動した状態で行動したほうがいいだろう。

本来薄暗くなる程度の効果しかないが、こうして二人分の効果を重ねれば中心部はかなり暗くすることができる。

バルコニーの窓をそっと押してみる。鍵《かぎ》はかかっていない。

普通に考えてこの高さの窓まで昇ってくる賊など想定していないのだろう。

部屋の中に入ってみると、甲冑《かっちゅう》の置物というか、西洋をイメージした屋敷などで見かける全身鎧《よろい》が壁際にいくつも置かれている。

常識的に考えて、執務室をこのような殺伐としたインテリアにするとは思えない。この部屋は執務室ではなかったようだ。

しかしだとしたら、なぜこの時間に明かりがついていたのか。

「っ！　窓が――」

ブランの声に振り返ると、ちょうどバルコニーの窓が閉まるところだった。

しかも最初にあったガラス窓ではなく、鉄でできたものだ。本来は窓の外側の、板戸として使うものだろう。

窓を閉めているのは、壁際に立っていた全身鎧だ。しかもご丁寧になんらかの生産系スキルで鉄の戸を溶接している。

『魔眼』では、ピンク色の霧がそこだけ薄まって見える。ただの障害物と同じだ。この視界を信じるならば、何の魔力も持たない全身鎧がひとりでに動いて窓を溶接しているということになる。

「やっぱり罠《わな》……」

ブランの読み通りだったというわけだ。


「――たしか、災厄とは会話が可能だという話だったかな?」


部屋の扉近くの、ひときわ立派な甲冑が喋《しゃべ》り出した。

といっても別にリビングメイルが声を出したというわけではない。普通に中に人が入っているのだろう。

くぐもって聞こえるが、声からしておそらく中身は女性だ。

「ええと、君が災厄で合っ『ている』んだよね？　いささか、こちらへ来るのが早すぎる気もするが、話が早いのはいいことだね。『こん』ばんは。災厄くん」

《抵抗に成功しました》

《抵抗に成功しました》

「ふむ。会話には応じるつもりはないのかな。それとも災厄ではないのか。タイミング的には早すぎるが、襲撃してくるとしたら災厄だと考えていたんだが……」

元々ここへは領主に質問するために来ている。会話をするのはやぶさかでない。ないのだが。

「私はこの街の領主をし『ている』ものだ。『こん』な夜中に私の城に何の御用かな?」

《抵抗に成功しました》

《抵抗に成功しました》

先ほどから、何らかの攻撃を受けている。抵抗しているのでわからないが、『精神魔法』か何かだろうか。

目の前の自称領主がやっているのか、周りの甲冑のどれかがやっているのかはわからない。

それ以前に、まずこの甲冑たちが何者なのかもわからない。なにせ、魔力が感じられない。

さらに問題なのは、この自称領主がレアを迷わず「災厄」と呼んだことだ。今日、ここに「災厄」が訪れることをわかっていたということになる。

レアがここへ来たのはSNSのあの書き込みを見たからだが、災厄がSNSをチェックしているなど、領主にわかるはずがない。今の会話から考えても、この領主は災厄をプレイヤーだと思っているわけではない。

この迎撃態勢から言って、災厄がここに来ることをわかっていたというよりは、災厄をここへ誘導したと考えるのが妥当だ。

「……ううん。まったく通らないな。これは無理だな。しょうがない」

領主のその言葉を合図にしてか、甲冑たちが一斉に襲い掛かってきた。

ここまで来たら隠密も何もない。『識翼結界』を発動し、襲い来る甲冑たちを『フェザーガトリング』で押し返す。

しかしこれで倒せるとは考えていない。

「『サンダーボルト』！」

ブランの魔法が飛んだ。

室内での誤爆を恐れてか単発の魔法だ。出が早い『雷魔法』は、確実にダメージを与えるにはいい選択と言える。それに全身金属鎧の彼らにはさぞ通りがいいだろう。

「あれ？」

ところが魔法を受けた甲冑にはまったく効いている様子がない。

ダメージをこらえて立ち上がる様子を見せているが、それは魔法を受けていない他の甲冑たちと同様だ。つまりレアのガトリングのダメージしか通っていないように見える。

「『フレアアロー』！『アイスバレット』！『エアカッター』！」

ブランは続けざまに狙った一人に魔法を連射したが、そのどれもが効いているようには見えない。

どうやら魔法全般に対して高い耐性を持っているようだ。『魔眼』で魔力が感じられないのもこのせいかもしれない。

「『フェザーバレット』」

ヒルス王都でこのスキルの有用性を体感したレアはＤＥＸにも経験値を振っていた。ＤＥＸをあげることで全体の威力も向上したが、それ以上に恩恵の大きかったのは命中率と精密性だ。

ガトリングではそうはいかないが、単発である『フェザーバレット』なら隙を見て甲冑の繋《つな》ぎ目《め》に羽根を撃ちこむことも不可能ではない。

ガトリングで体勢を崩し、バレットでクリティカルを狙う。うまく直撃した甲冑は崩れ落ち、二度と動かない。

うずくまるなど、体勢的に狙うのが難しい者はガトリングを斉射し続けてLPを削りきった。これを受けた甲冑は原型を留《とど》めていない。

甲冑たちがやられている間、領主は動こうとしなかった。こちらを観察しているようにも見える。レアの目的は領主からの情報収集である。余計なことをせずおとなしくしているのであればどうでもいい。

やがて甲冑たちは羽根の弾丸によりすべて倒れ伏した。もう、レアたちと領主以外に生きているものはいない。

この倒れた甲冑たちが領主の騎士だったとして、どこかで復活し、再びここへやってくるまで一時間の猶予ができたと見ていいだろう。

「――なるほど。ヒルスでは傭兵《ようへい》たちが一旦《いったん》は退けたということだったし、『恐怖』なども通じたということだったからいけると思っていたが。これは無理なやつだな。失敗した」

すでに領主を守るものはいないというのにこの余裕はなんなのか。

ブランではないが、何ともいいようのない、モヤモヤするような嫌な予感がする。

「仕方ない。自分でやるか」

言うが早いか、領主は凄《すさ》まじいスピードで突っ込んできた。その左手には剣を構えている。いつの間に抜いたのか。

全身に甲冑を着込んでいるとは思えない速さだ。『魔眼』で行動の出足を捉《とら》えることができないというのは痛い。

「下がって！」

ブランを後ろに押しやり、ぎりぎりで右足を引き、身を捻《ひね》って躱《かわ》す。

「ふっ」

こちらが初手の突きを躱したと見るや、領主はすれ違いざまに空いていた右手をレアの胸に伸ばす。

超至近距離からの抜き手だ。

さすがにこれは躱せない。

「『翼撃』」

「――ぅぐはっ！」

相手の手がこちらに触れる直前、翼を振り抜いて領主を弾《はじ》き飛ばした。

追い打ちをかけるように羽根を飛ばし、衝撃でさらに遠くへ押し返す。先ほどの騎士のようにそのまま殺しきれればと考えたが、どうやら領主の鎧は騎士のものより性能がいいようだ。

「『フェザーガトリング』」

しかし距離を開けることはできた。戦闘スタイルから言って、領主は接近戦が得意とみえる。距離をとっておけばそうそう不覚はとらないだろう。

「『フェザーバレット』」

甲冑の隙間を狙い、羽根を放つ。

だがこれは躱されてしまう。この速度を避《よ》けられるとは思っていなかった。相当なＡＧＩの高さだ。

貴族というものは構造的に経験値を貯《た》めやすい。

もしかしたらこの領主は、経験値を自分の騎士ではなく、自分自身に投資しているのかもしれない。

「『目潰《めつぶ》し』」

反撃のつもりか、領主が何かスキルを発動したようだ。

知らないスキルだが、名前からして視界を奪うものだろう。目を閉じているレアには無意味だ。

『闇の帳《とばり》』は惰性で発動したままだったが、こちらの顔が見えていないらしい。

その瞬間、領主の姿が消えた。

と、思ったら目の前に移動してきた。

見覚えがある。この動きは『縮地』だ。

スキルの起動キーワードを変更していたということだ。

（そんなアップデートもあったなそういえば！　でもＮＰＣにも可能なことなのか⁉）

領主は今度は右手に剣を持っている。それを低い位置から突いてきた。

左足を跳ね上げ、つま先で領主の手元を蹴《け》り上げる。剣が領主の手を離れて飛んでいく。

しかしそれは想定内だったようで、そのままレアの足の下に肩を潜り込ませ、足を抱き込むように捕まえられた。膝《ひざ》に違和感を覚える。折る気だろう。

身体《からだ》を回転させ、かけられている力の向きと関節の向きを合わせることで技を外す。

常識的に考えればまず間に合わないが、この世界なら能力値の差によって不可能なことでも可能になる。どうやらレアのほうが敵よりＡＧＩが高いようだ。ギリギリで間に合った。

「『翼撃』」

翼を振って領主の首を狙う。しかし領主は抱えていたままのレアの足を勢いよく持ち上げることでレアの体勢を崩し、翼の軌道から逃れた。

攻撃は外してしまったが、かわりに抱えられていた足を引き抜くことができた。

「『フェザーバレット』」

牽制《けんせい》に羽根を放つ。躱される事はわかっている。

領主が躱した隙を狙って蹴りをお見舞いする。硬い。いったいこの鎧は何で出来ているのか。

ダメージは与えられなかった、というよりむしろレアの足の方にダメージが入った感覚があったが、蹴りの反動で領主を再び引き離すことに成功した。

仕切り直しだ。

「……接近戦もやるようだけど、魔法のほうが威力が高い。そう聞いていたんだが、どういうことなんだ。まず魔法なんてまったく使わないじゃないか。まさか本当に人違いなのか？」

領主も仕切り直しのつもりのようだ。

負ける、というほどの危機感はないが、少なくとも今まで戦った敵の中では飛び抜けて強い。少なくとも弱体化していた時のレアよりは強いだろう。

それはつまり、もしこの領主があの時のアーティファクトを使用してきたとしたら、おそらくレアでは勝てないという事だ。

しかも、装備の性能だと思われるが魔法を受け付けない。魔法使いの天敵のような存在といえる。そしてあの鎧《よろい》の強みは魔法耐性だけではない。おそらくレアが装備している、大森林産の革を使って作ったブーツよりも遥《はる》かに高い防御性能を持っている。

レアの蹴りでレアの足の方がダメージを受けたのがその証拠だ。そのような仕様は今初めて知ったが、レアのVITと革ブーツの防御性能の合計値より相手の防御性能の方が高いため、こちらにダメージがきたのだと思われる。

もうこちらの手札は割れているし、『闇の帳』を展開したままでいるメリットは薄い。こうしている間にもじわじわとMPが減っている。

あの鎧がどれだけの魔法をはじくのかはわからないが、まさかレアの手札のすべてを無効にできるとまでは思わない。最悪の場合は魔法の出力でゴリ押しすることになるだろう。

レアは魔法を解除し、目を開いた。部屋の隅まで退避していたブランも同じく魔法を解除した。

あれだけ暴れたというのに部屋の明かりはついたままだ。松明などではなく、なんらかの魔法のアイテムによる明かりのようだ。この甲冑《かっちゅう》やこの明かりは何とかして持ち帰り、洞窟《どうくつ》で活用したい。

明かりに照らされた領主の全身鎧は、マナを通して間接的に見ていた姿よりもかなり上等に見える。

結構攻撃していたはずだが、ほとんど傷もついていない。

「――ははは」

　すると突然、領主が笑い出した。

「はは、あはははは！　あーっはっはっは！」

「……ええ……。レアちゃん何かどっかヤバいとこ殴っちゃったんじゃ……」

「……殴ったり蹴ったりはしたけど、ほとんどダメージは通っていないはずだよ。こいつがヤバいとしたら、最初からのはずだ。わたしの責任じゃない」

　ひとしきり笑い、落ち着いたと見える領主は油断なく構えていた姿勢を崩し、だらりと楽な姿勢を取りながらこちらを見た。

「ははは……。いやあ。タイミング的に運営が用意したＮＰＣだと思っていたんだけれど。まさかイベントのボスがプレイヤーだったとはね。想定外だった！」

「プレイヤーって言った？　レアちゃんこいつもプレイヤーだよ！　領主って嘘だったんだ！」

「おっと、そちらのお連れもプレイヤーだったか。でもひとつ訂正しておくと、私が領主だというのは嘘ではないよ」

　それより問題なのは、なぜこれだけのことでレアがプレイヤーだと見抜くことができたのかということだ。

　外見や行動からそれを判別するのがおそらく不可能だろうということは、未だにウェインたちをはじめとするあの時のレイドパーティメンバーの誰も気づいていないらしいことから明らかだ。

　先ほどまでは、この領主自身も災厄をイベントボスだと考えていたはずだ。

「どうして私がプレイヤーだってことに気付いたのかって顔をしているね。レアちゃん、というのか。なるほど、ひねりのない名前だけど、人のことは言えないな」

ひねりのない名前。

一体誰の名前と比べてそう考えたのか。

心臓を鷲掴《わしづか》みにされたような気分になる。

(こいつは、まさか)

「じゃあ教えてあげようか。これが答えだよ」

領主——目の前のプレイヤーは頭部を覆う兜《かぶと》をゆっくりと脱ぎ去り、床に放った。

「……えっ。えっ？　えっ⁉」

ブランが混乱したようにレアと領主を見比べている。

そこにはレアとまったく同じ造形の、レアの髪と瞳《ひとみ》を黒くしただけのような顔があった。

「プレイヤーだとわかった理由は簡単だ。何かすごく白くなってるけど、あと多少、ゲームのシステムの効果で美化されちゃっているみたいだけど、私が、えーとレアちゃんだったかな？　の顔を見間違えるなんてありえないからね」

「えっ？　ふ、ふたご？」

「おっと嬉《うれ》しいことを言ってくれるじゃないかお友達のきみ。でも残念ながら私の方がいくらか年上だよ」

なぜこんな所に、なぜこんな罠《わな》を、プレイヤーなのに領主とはどういうことなのか、いやそもそもこのゲームをやっていたのか、今どこに住んでいるんだ。

聞きたいことはたくさんあるが、聞くべきことなのかどうかがわからない。レアは混乱している。

「聞きたいことはたくさんあるけどどこから聞けばいいのかわからないって顔をしているね」

「え？　そうなの？」

「……ちがう」

「違うんじゃん！」

「いやたぶん違わないよ。まぁいいや。時間もあるし、戦闘の続きって雰囲気でもないし。どのみち今日のところは明らかに私の負けだしね。なんでも答えようじゃないか」

負け。

明らかに、というほどには勝敗は決定的にはなっていなかったと思うが、ここは譲られたとみるべきだろう。ともすれば負けるよりも悔しい気持も湧いてくるが、必死に心を殺し、平静を装う。この顔を前にそれをするのは慣れている。

「……名前は？」

「おっとそうだった。私はライラという。見ての通り、人類アバターでプレイしているプレイヤーだ。普段はこの街の領主をしている。ええと、そっちの君は？」

「……なんかめっちゃどっかで聞いたような名乗りだ。えーと、わたしはブランって言います。スケ……おっと、その、吸血鬼です」

「……ライラ、は、何の目的でこんなことを？」

いろいろと聞きたいことはある。しかし、まずはゲームだ。ブランもいる。ゲームに関することを聞くべきだ。

「それだけじゃどれのことを指しているのかわからないな。でもまあいいよ。答えてあげよう。こんなこと、というのは、レアちゃんをおびき出してここに閉じ込めたってことでいいかな？」

レアは頷《うなず》いた。

「その目的は、イベントボス『舞い降りる死』を『使役』してやりたかったからだよ」

初耳の固有名詞がある。

もしかしてそれはレアのことを言っているのか。だとしたら恥ずかしすぎる。

「その顔！　いやごめん、今のはその顔が見たかっただけでね。一部のプレイヤーが勝手にそう呼んでいるだけで、別に正式名称じゃないから安心しておくれよ」

「……ライラは『使役』が使えるの？」

「その言い方、驚かないということはレアちゃんも使えるんだね。まあ当然か。私が『使役』を取得できたのはヒューマンから上位種族へ転生したからだよ。私の今の種族は『ノーブル・ヒューマン』という。いわゆる貴族階級だね。

上位種族には種族スキルとして『使役』が開放される。あとはそもそも貴族階級に転生できた理由だけど、最初から説明するとけっこう長い話になるけど、いったん休憩する？」

「大丈夫。他にも聞きたいことはあるし、続けて」

「それじゃ続けよう。ふむ、とは言ってもどこから話したものかな。まあ時系列順に行こうか。まずは最初のクローズドαテストに私が受かったところからだけど」

「そこから⁉　最初すぎないすか⁉」

「……待って、本当にそこが最初なの？　クローズドαテストのキャラクターデータは、次のテストには引き継がれないはず……」

「そうだよ。そこが最初だ。……ていうか本当に長くなるから、ちょっと休むってほどでもないけど、椅子とか飲み物とかを用意させてもいいかな？　警戒しないでいいよ。今さら騙《だま》し討《う》ちなどしようとは思わないから。それと悪いんだけれど、鎧《これ》脱いでいいかな」

第八章　アルフ・ライラ・ワ・ライラ

　ふう、開放感。

　全身鎧というのは本来あくまで斬撃に対する防御のために生み出されたものであって、格闘戦をする時や、解説する時に着ていていいものではないんだ。全身鎧というのは――、いやこれは後で説明しよう。まずは先ほどの続きからだ。


　ええと、私がクローズドαテスターに応募したところからだったかな。

　ゲームの内容に関する一切を口外できないとか、誓約は厳しかったけど、それはαテストなら割と普通のことだしね。

　だからこの時点では私は、ちょっとだけ先に触らせてもらって、正式サービス開始時にスタートダッシュを決められるように方向性だけでも固めておこうかなと、その程度のつもりだったんだ。

　そしてこの世界の大地を踏んだ。
　この街、ではなかったけれど、この国の王都に入り、空気を感じ、ＮＰＣと触れ合い、時に殺し
……そうして一日を過ごした頃。
　私はこのゲームを本気でやろうという気分になっていた。いわゆるハマったってやつだね。こん

なことは久しぶりだったよ。

でもどれだけそう思ったとしても、所詮《しょせん》はαテストだ。頑張ったところでそのアバターのデータはテストが終わればデリートされる。意味はない。

だけど、それはあくまでテスターのアバターの話だ。

レアちゃんも聞いたことくらいあるんじゃないかな？　このゲームがワールドシミュレーターの技術を流用して作られているという噂《うわさ》を。これだけ作り込んである世界だ。仮にこのテストでシステム的な不具合が見つかったとしても、それを修正するためにマップやオブジェクトを全てリセットしたりするだろうか。こんなにも作り込んであり、こんなにも必死に日々を生きているＮＰＣがいるというのに。

だから私は、一つ賭《か》けをしてみることにした。なに、どうせ駄目だったとしてもデータが消えるだけだ。元々の予定となんら変わりがない。なら、試すだけなら何の損もしない。

その後、私は残ったαテストの全時間を使って、あらゆる手段で資金を集めた。

主に行ったのは富豪と言われるようなＮＰＣへの襲撃だ。

夜、寝静まった頃に屋敷や店舗に忍び込み、金庫ごとインベントリに入れて脱出する。これを一晩にやれるだけやった。

翌日、誰にも見られないような場所で金庫を破壊し、中身を取り出す。どうしても鍵《かぎ》が必要なものなどはとりあえずそのままにした。

テスト終了間際までこれを繰り返し、最終日なんかには貴族の屋敷に忍び込んで、家宝っぽいものなんかを片っ端からインベントリに放り込んだ。

そうして得られた財産を、あらかじめ当たりをつけておいた、魔物の領域内のセーフティエリアの隅に埋めた。

私が賭けに勝ち、これらのオブジェクトがリセットされずに残っていれば、次のテストでも好スタートを切ることが出来るし、そのバトンを正式サービスまで繋《つな》げることが出来れば、そのアドバンテージは計り知れない。


次のテストにももちろん応募し、テスターになることができた。

比較評価をしやすいためかわからないが、一度テストに受かったテスターは次も優先的に選択される。

逸《はや》る気持ちを抑え、私は、まずはあの日宝を埋めた場所を目指した。

この頃のテストでは基本的に全員各国の王都か、王都に次ぐ大都市にスポーンしていたから、移動自体は問題なかった。

ただその分テスターの密度も高かったから、後をつけられたりしないようにだけ気をつけた。

辿《たど》り着いた場所は間違いなく埋めた場所だったはずだった。

でも誰かが何かを埋めた跡というようなものは一切なく、そこには草木が生い茂っていた。

私は絶望したが、念の為《ため》、そこを掘ってみた。するとそこには、かつて私が埋めたはずの財宝が眠っていた。

その時に確信した。

このゲームがワールドシミュレーターなのかどうか、それはわからないが、しかし少なくともそれに近しい技術を用い、本当に世界を作るつもりで開発されたものであるのは間違いないと——

◆◆◆

「長い！」

「本当に長いっすね……。いや話は面白いんですけど。あとＮＰＣが必死に日々生きているとか熱弁した数秒後には商会襲撃してるとか、そこはかとなくヤバいヤツ感あるっていうか、ああこの人レアちゃんの関係者なんだなって」

「それでライラは結局の所、何が言いたいんだよ」

◆◆◆

まぁ、話はここからだよ。ほら、うちのメイドが淹《い》れてくれた紅茶でも飲んで落ち着きたまえよ。タルトもあるよ。これは私が焼いたんだ。おっと、慌てなくてもまだあるよ。これ好きだったものね、レアちゃんは。


さて、そうして私はこの世界の真実の一端と、莫大《ばくだい》な資金を得たわけだ。

当然、このときのテストでも同様に、アバターを成長させても大した意味はない。引き続き私は資金稼ぎに奔走した。

ただし、この時に行ったのは前回のような犯罪行為ではない。

前回得られた資金を元手に商売を興したんだよ。

そしてこの時、いざ商会を立ち上げようとした時になって気がついたんだけど、前回のテストからゲーム内では実に一〇年が経過していたらしいんだ。

私が埋めた場所が草木に埋もれてしまっていたのはオブジェクトが変化したわけではなく、単に経年によるものだったんだ。

なので思いついた。

かつて奪った貴族の家宝を、賊を倒して取り返したと言って返し、貴族にコネクションが作れないかとね。

要はマッチポンプで恩を売ろうと考えたわけだ。

そしてこのコネクションを使い、何か他に残せるものはないかと考えた。

金はもう良いだろう。使い道も思いつかない。

となれば、アイテムだ。持ち越せるのは形のあるものだけだし、特別なアイテムなどをこのコネクションを使って入手できれば、それを持ち越すことでボーナスを得ることが出来るとね。

幸いな事に、私が盗ん——取り戻した家宝の中には、どうやら時の王より賜った特別なアイテムもあったらしくてね。その功績で、王城に招かれたわけだよ。

正直、これは運が良かった。と、この時は思った。

そこで王に提示された褒美というのが、金か、地位かだった。

地位などもらっても意味はないのだけど、この時点ですでに金をもらっても仕方ないなというレベルではあった。

だったらって事で試しに地位を要求してみたんだよ。そうしたら、代わりに王に忠誠を誓えときたものだ。

この時点では忠誠を誓うという行為が何を意味するのか、私はわかっていなかった。だから適当に頷いておいた。

そして手に入れたんだよ。

ノーブル・ヒューマンへの転生に必要なアイテム。「蒼《あお》き血」をね。

このアイテムは受け取った瞬間、使用方法がわかった。

王の話によれば、アーティファクトとか呼ばれる一部のアイテムにはそういう機能がついているらしい。つまりマニュアルだね。

そしてこの時、もうひとつわかったことがある。

私が取り戻した――事になっているあの貴族の家宝だ。王城に招かれる原因となったアイテム。あれはアーティファクトだ。そしておそらく、ここでもらうはずだった金は口止め料だろう。ならばそれを選ばずに地位を選んだ際に要求される忠誠とやらにも、私の口を縛る何かがあるはずだ。

私は受け取った蒼き血をインベントリに仕舞い、何かをされてしまう前にその場で自害した。

せっかく立ち上げた商会だったが、こうなってしまっては仕方がない。

商会の自室でリスポーンした私は、国に商会が接収される前にと商会の金庫を全てインベントリに仕舞い、姿をくらませることにしたんだ。

ついでと言ってはなんだが、姿をくらませる前に王城へと渡りをつけてくれた貴族の屋敷に忍び込み、家宝や財産は根こそぎ頂いておいた。まあ、迷惑料だね。

そして迎えたオープンβ、いやもうアーリーアクセスだな。

このときばかりは困ったよ。なにせ初期スポーン位置がランダムだ。だが別に急ぐことでもないし、王都付近までは普通のプレイというか、経験値なんかを稼ぎながら移動した。

そこで私は貯《た》め込んでいた資金を回収し、一緒に隠してあった蒼き血を使用しノーブル・ヒューマンとなったわけだ。


当時この街は統治者の居ない、要は王家の直轄地というやつでね。城もかっこいいし、私はこの街が欲しくなった。

この時も実は、前回のテストからいくらか年代がジャンプしていた。

調べたところによれば、あの時世話になった貴族は没落し、その血筋は断絶していたんだよ。ただ最後まで王家に忠誠を示していたとかで、なんとなく美談としてその没落話は伝わっていた。

私はこれを利用できないか考えたわけだ。

ノーブル・ヒューマンという種族は、ノーブル・ヒューマン同士の結婚からしか生まれないらしい。

ヒューマンと交配して生まれた雑種は全てヒューマンになるんだ。

だからこの時点で、王家の管理する「蒼き血」を使用した履歴もなくいきなり存在していた私は、どこかの直系の貴族であることは間違いないが、その正体は不明という立場だった。

かつて賜った「蒼き血」はどうやら賊の死体とともに消滅したという事になっていたらしいし、

どちらにしてもこの時の私がそれを使用したという証拠もない。その疑いさえかけられなかった。今回は本プレイだし、アバターはフルスキャンのものを使っていたから顔も違うしね。私この顔大好きだし。

で、名乗り出てみたんだ。私こそがその没落した貴族の直系だと。私が持っていたこの、家紋の入った短剣がその何よりの証拠だとね。

というわけで私は晴れて復興貴族として認められた。しかしもうかつての領地は他人のものだ。それを本来は私の先祖のものだからと言って横から掻《か》っ攫《さら》うわけにはいかない。

だから王家に願い出たんだ。

直轄地の都市をひとつ、私に下賜していただけませんかとね。

◆◆◆

「なんていうか、めちゃめちゃそっくりな姉妹っすね……」

「……全然似てないけど?」

「いや似てるよ。外見もそうだし、行動もそうだし、ヤバい言動もそうだよ。ゲームとは言え人間そっくりの生き物を指差して『雑種』なんて普通言えないよ。『協力者』とベクトルは逆だけど同じ匂いがするもん。あと、説明するときの超楽しそうな顔がそっくりだよ」

「我ながら長い話でどうかと思ったけど、楽しんでもらえたようで何よりだよ。それで次は全身鎧《よろい》の成り立ちの話でよかったんだったかな?」

「いらない」

「いらないっす」

「それより、次はわたしをここへ導いた手口だ。それと、あの魔法耐性のある甲冑《かっちゅう》の事と」

「ていうかレアちゃん、根本的な事忘れてない？　わざと？」

「何が？」

「ここに来た目的だよ！　ヒルスの王族の行方探してたんじゃなかったの？」

「なんだ、そんなことか。いいよ、じゃあ次はそれをまとめて説明してあげよう。長くなるけど」

「えっ」

「えっ」

◆◆◆

そうだな、じゃあまずはレアちゃんをここへ導いた手口からかな。

といっても実はこれは失敗したと言っていい。

正確には私が画策していたのは「災厄」をこの街へ呼ぶことだ。だから私はこの街の周辺の流通網を利用して、ある情報を流そうと考えていたんだ。

もう知っているだろうが、それはヒルス王国がすでに消滅したという噂だ。

これは貴族になってから知ったんだが、この大陸の共通認識としては、国家の象徴として重要視されているのは国土と王家らしい。実は王都も重要なんだけど、それを知っているのは王家や国の中枢だけだ。ああ、もしかしたらレアちゃんもそれは知っているかもね。

だからＮＰＣの貴族たちに「国が滅亡した」と言えば、普通は「国土が失われたか、あるいは王家が滅んだのか」と考える。

ヒルスの貴族に関しては今後の進退にかかわる重要な問題だし、他国の貴族であっても外交に直結する重大事項だ。

そして貴族と取引のある商人にとっても物価や経済に直接影響を与える大問題と言える。事の重大さをわかっている貴族や商人たちはあらゆる手段をもって情報の裏を取ろうとする。その行動こそがさらに噂《うわさ》を広める結果になる。

広まった噂は、ほどなく「災厄」の耳にも入るはずだ。なぜなら「災厄」はＮＰＣたちの噂や情報に意識を割いているはずだからだ。

どうしてそう思うかって？

「災厄」もまた消えたヒルス王族を探しているからさ。

一旦《いったん》は退けられた「災厄」だ。あっ痛い、翼をしまってくれよ。もう言わないから。とにかく、この時「災厄」はプレイヤーたちに使用されたアーティファクトによって辛酸を舐《な》めさせられた。しかし、その直後に滅ぼした王城からはすでにアーティファクトは消えていたはずだ。王族とともにね。

となれば「災厄」は王族を探すだろう。ただでさえ警護が厳重になるだろう王族に、国宝の全てだ。どうやったって目立ってしまう。彼らが人々の噂に上るというのは想像に難くない。ＮＰＣを適当に捕まえて拷問でもして話を聞けば、すぐにわかるだろう。

おそらくそう考えているんじゃないかと私は考えた。

そしてそんな中、「ヒルス滅亡」なんて噂が出たらどうするだろうか。

誰が何のためにこんな噂を流したのか。

滅亡が事実ならば、それを知っている噂の発信源が王族を滅ぼしたということに他ならない。

滅亡が事実でないならば、何のために嘘の噂を流したのか。これをされて一番嫌がる存在は逃げた王族だ。彼らをおびき出すために噂を流したと考えるのが妥当だ。

どちらにしても、「災厄」にしてみれば噂の出所に行ってみるのが手っ取り早い。

出所を探るのはさして難しい話ではない。こちらは隠していなかったからね。

早晩それを特定し、この街へと現れたはずだ。

端的にまとめると、滅亡していないはずなのに、滅亡したとか吹いているやつがいる。

どういうことなのかと、気になってはくれないかということだね。

一人で来てくれるかどうかは私にとっては賭《か》けではあったが、「災厄」の目的はあくまで情報であり、この街の壊滅ではない。大々的に侵攻してしまったら、また逃げられてしまうかもしれない。

それに前回一人で戦って不覚をとったのはアーティファクトのせいであり、王都でもないこの街でそれを使用される恐れはない。

となれば一人か、少人数での夜襲になるのではないかと、まあそういうことだよ。

◆◆◆

「……いくつか聞いてもいいかな？」

「どうぞ。いくつでも」

「まずは最初に、失敗した、って言ったのは？　わたしはこうしておびき出されたわけだから、その意味では成功なんじゃないの？」

「ああ、それか。噂を聞いてやってきたにしては襲来が早すぎたからだよ。むしろ私が聞きたいところだよ。どうやってこの街を特定したの？」

「SNSで見た」

「クーポンかよ！　なんかレアちゃん、いつもと雰囲気違くない？　無表情だし口数少ないし。いや、たまたまこの街にいたプレイヤーらしき人の書き込みで、騎士から滅亡の話を聞いたっていうから、それでですよ」

「ああ、なるほど。それでか。たしかにSNSなら噂なんかとは比べ物にならない伝達速度だね。でもそれならやはり、災厄がここに来たのは偶然てことだね。私の作戦は失敗だ」

「でもなんかずいぶん、偶然というか、不確定な情報と推測に基づいた作戦ですよね？　何も起こらない可能性のほうが遥《はる》かに高かったと思いますけど」

「まあそれはね。災厄を『使役』してみたかったってだけだし。別に今回の災厄でなくてもいいんだけど、情報がないからね。どうせ私がすることといえば噂を流すだけだし、コストとリターンを考えれば、やるだけやっといて損はないでしょう。

まあ一応、私が災厄が来ると想定していたのはイベント終了後とかだったから、デスペナルティのリスクだけは相応にあったんだけど」

「……わかった。じゃあ次に、国家にとって王都が重要である理由。これは一部のアーティファクトの発動条件に関わっているから？」

「そうだよ。ついでに話しておくと、この街はね、その昔、栄えていた国の王都だった場所なんだよ。知っているかもしれないけど、その時治めていた王は精霊王という人物でね。私はこの街でも発動できるんじゃないかと考えたんだよ。まあそのアーティファクト自体は私は持っていなかったのだけど。

ただ、そのアーティファクトに込められているのは、精霊王のおそらく呪詛《じゅそ》とかそういうもので、どうやら後の世の王家に対する怨念《おんねん》によって発動するらしいんだよね。だから後の世、つまり現代の六王家が治める王都でしか発動しないんだ。この街は関係がなかった。

精霊王にとって悲劇だったのは、最後の力で作成した呪いのアイテムが、質が良すぎてアーティファクトになってしまったということだ。触れれば使い方がわかってしまうから、逆にそれらのアイテムが現在の各国王家の権威と安全を守るものになってしまったんだ。

そういう理由なものだから、もしかしたらヒルス王家が断絶した今、レアちゃんのいるヒルスの王都ではもう発動条件を満たさない可能性があるね。これは検証の必要があるな。よかったら――」

「させるわけないでしょう。

じゃあ次。これはたぶん、同じことを指しているからまとめてもいい。まずヒルス王都が滅んだ時、王族もアーティファクトも無かったはずって言ってたけど、どうしてわかったの？　それから、王族は今どこにいるの？　あと、アーティファクトを『私は持っていなかった』って言ったけど、じゃあ今は持ってるの？」

「まあそうだね。すべて同じことを指している。私が配下に命じてヒルスの王族を始末し、アーティファクトを手に入れた。今はこの城の宝物庫にしまってある。本当はここに用意しておくつもりだったんだけど、どうせ発動できないからね。

　本当は最初、噂を手配した時点ではアーティファクトを利用するつもりだったんだ。でもここじゃ発動しないいって後から分かったんだよね。もし発動していたら今頃レアちゃんを私のものにできていたかも」

「気持ち悪い事言わないで。プレイヤーを『使役』するには本人の承諾が必要だから絶対にあり得ない。でも配下に命じたって言ったけど、時系列的に考えて、ヒルス王都が襲撃された時点で王族の亡命を確信していたってことになる。だけど王族の亡命はＮＰＣのオコーネル宰相が提言したことだから、さすがに予測できるはずがない」

「え、自国の元首に亡命を勧める宰相なんているのか。とんでもない発想力だな。要注意だ」

「……始末したからもういない」

「そうなのか。ならいいけど。どうしようかな。これに関しては、今回の一連の事件に直接関係しないというか、他のことにも関係してるというか、少しサービスしすぎな気もするんだけど。ああ、レアちゃんがひとつお願いを聞いてくれるなら答えよう」

「じゃあいい」

「ちょ！　聞くだけ聞いてみようよ！　大したこと無かったらやってあげればいいじゃん！」

「……お願いって何？」

「レアちゃんのフレンドカードをおくれよ。私のも渡すから。たしかそれでフレンド登録できるんだよね」

「じゃあいい」

「ちょちょちょ！　いいじゃん！　渡してあげようよ！　ほら出して！　ここまで聞いたらわたしも気になるし！」

「……はいこれ」

「おお、ありがとう。ブランちゃんはいい仕事をするね。さて。王族の亡命だったね。

宰相がそんなことを言ったというのは想定外だったけど、王族が亡命という選択肢を選ぶというのはそれなりに確度の高い推測だった。

そもそもだよ。この大陸には現在六つの国が存在しているが、一度も戦争などが起こったこともなければ、国が滅んだこともない。じゃあ亡命なんて、彼らが自分で思いつくわけがないよね。

私は貴族になってから、商業政策と外交に力を入れていてね。その一環で、ヒルスの王家やそれに近しい血筋の方々と交流も持っていたんだよね。だからお話する機会もそれなりにあって、もしもの時には我が都市へお逃げになればよろしいですよと、王族に提案してあったんだ。この街は魔物の領域から遠いし、旧統一国家の王都だけあって大陸のほぼ中央にあるからね。どこの国からでも逃げ込みやすい立地だ。

そこにあの騒動だよ。人類の敵が生まれたとかいう。あれってレアちゃんのことでしょう？

ＳＮＳで『ヒルス王都に災厄が来るからレイドパーティを募集している』みたいなスレッドを見かけた時点で、うちの虎の子の騎士団を向かわせておいたんだよ。私が調べた限りだと、いくらプレイヤーを集めたところで災厄に勝てるわけない。なら間違いなくヒルス王都は壊滅する。

　災厄に襲われ、王国の未来に絶望したのなら、王族の方々はきっと私の事を思い出してくれるだろう。そう思ってね。騎士団を送り出したんだ。見つけたら全員殺してアーティファクトを奪って来いって命令してね」

「悪魔かよ……ですかよ」

「……ふうん。なんで亡命なんて入れ知恵しておいたの？　アーティファクトが欲しかったから？　それと、ヒルス以外の王家にはそういうことを言ったりしていなかったの？」

「ヒルス王家に亡命の入れ知恵をしたのはアーティファクトがほしかったからだよ。あれは現在の技術では作れない。この都市で起動できないとしても、持っておいて損はない。

　それにもしかしたら、その王族の血が絶えたときに、アーティファクトの所持を理由に私が王家の末裔《まつえい》を主張できる時が来るかもしれないからね。まあこれは、王族が全員死んだ時点で公式サイトで国家滅亡が認定されてしまった事でやりにくくなったんだけど。

　それからヒルス王家以外にも、交流が持てた王家には言ってあったよ。鼻で笑われたけど」

◆◆◆

　この、おそらくレアの姉と思われる人物と邂逅《かいこう》してから、彼女の様子は少しおかしい。

いつもより表情が乏しいし、口数も少ない。ブランから見ても、それは明らかだった。まるで自分の感情を抑えて、表に出さないようにしているかのようだ。

「……ねえ、大丈夫？　どこか具合悪いの？」

「大丈夫。いつもと変わらない」

「……。さて、あとは騎士たちのあの甲冑《かっちゅう》だけど、あれは万が一『精神魔法』がはじかれた時にそのまま押さえてもらうつもりで用意したんだ。あの甲冑には魔法は通らないから、ヒルス王都の時のようにまとめてなぎ払われたりはしないだろうからね。

あれは実はいわくつきのアイテムでね。かつて精霊王を討った際に、当時の貴族たち、今の王族になるのかな。その彼らが着ていたものだとされている。精霊王の放つ魔法から身を守るためにね。本当かどうかはわからないが。

しかし魔法耐性は確かみたいだから、とりあえず金にあかせてかき集めた。王族が着ていたのが本当だとするなら容易に手放すはずがないし、たぶんレプリカか何かだろうけど。

ああ、でも始末したヒルスの王族の持ち物にはなかったな。レアちゃんの宝物庫にも残っていないのなら、この話自体が眉唾《まゆつば》か、この鎧《よろい》が本当に本物かのどちらかだね。もう私の着ていたオリジナルっぽい一着を除いてすべてスクラップだけど」

これで聞きたいことはすべて聞くことができただろうか。

当初予定していたことも聞くことができたし、新たに生まれた謎も解決した。

残念ながら、レアの役にはまったく立てなかったが、またその機会はあるだろう。

あとは雑談などをしてもいいはずだ。どう見てもレアには、ゲーム以外に何か聞きたいことがありそうだし。

「……じゃ、もう用は済んだから」

「え？　もう帰るの？　もっとお話したりしないの？　お姉さんなんじゃないの？」

「……他人だよ。関係ない人」

無表情で言いきった。

レアの翼は落ち着きなく揺れている。

ライラを見てみれば、困ったような、諦《あきら》めたような、何と言っていいのかわからない表情をしていた。

どんな感情なのかはわからないが、ただひとつ言えるのは、これは見た者すべてが切なくなるような表情だということだ。

レアと同じ顔でそのような表情をされては、ブランの胸も締め付けられる思いがする。

「……だめだよ。それは」

「……ブラン？」

「帰っちゃだめだよ。さっき、ふたりともすごくびっくりしてたでしょ？　会うの、久しぶりだったんじゃない？　家庭の事情はわからないから、あんまり言えないけど……。ここで別れたら、次はいつ会えるかわからないんじゃないの？　もっと、お話したほうがいいんじゃないの？

レアちゃんさ。話し方、ちょっと独特だよね。それってさ、お姉さんの影響なんじゃない？　だってそっくりだもん、話し方。お姉さん見て育ったんだなってすぐわかったよ。

お姉さんが焼いてくれたタルト、おいしかったよ。レアちゃんの好物なんだよね。お姉さんこれ

ライラ

毎日焼いてたんじゃないの？　毎日ゲームの中でまでタルト焼いて、レアちゃんの――」

「あの、もうやめてもらってもいいかな。こっちが死ぬよ。恥ずかしくて」

ライラが両手で顔を覆っている。

しかしここで引いてはこの姉妹が仲直りできないかもしれない。

「……べつに、二度と会えないわけじゃないけど。フレンド登録もしたし」

「あっ」

そういえばそうだった。なんならブランとライラもしている。

ここで別れたとしてもブランがセッティングをして会わせてやることも不可能ではない。

少し冷静になってみれば、他人の家庭に少々口出ししすぎたかもしれない。

ブランも友達というのにあまり慣れていないので、普通に話したりする分には豊富な知識――主にコミックの――で雰囲気はつかめるが、こういうときにどこまで踏み込んでもいいのかわからない。

これはやっぱり、やりすぎだったかもしれない。

「あの、余計なこと言ってごめんね。でも……」

「……いいよ。わかった。ちょっと話す。まあ、フレンドカードも、このままブラックリストに入れるつもりだったし。ブランは――」

「あ、わたしはひとりで帰れます！　『召喚』もあるし！　じゃあ先に帰ってるから！　『術者召喚』！」

「あっばか――」

「『召喚』？　『召喚』に何かあるの？　帰る？　どうやって――」

「あっ」

◆◆◆

視界が暗くなっていき、次に明るくなったときにはエルンタールの領主館だった。

目の前でディアスとクワガタの王様みたいな魔物が紅茶を飲んでいる。

給仕はアザレアがしているようだ。アザレアをターゲットに跳んだので、部屋にいるのは当然だが。

「よくお戻りになられました、ブラン様。して、陛下は？」

「あー、レアちゃんはその、ちょっと、えーっと、なんて言ったらいいんだろ。むこうでフレンドになった人とお話があるってことで」

「左様ですか。まあ、往路と違い復路は一瞬ですからな。ご友人と一緒にいるということであれば、心配はいらぬでしょう」

「ソウダネ」

しかし失敗してしまった。

テンパっていたために、よりによってライラの目の前で『召喚』による移動を見せてしまった。

眷属《けんぞく》や自分自身を距離に関係なく移動させることができるなどと知れば、あのライラならばどんな恐ろしい悪だくみを思い付くか見当もつかない。何しろレアの姉なのだ。

「……まぁ、いいや。やってしまったことはどうしようもないし、帰ってくるのを待とう。ところでそっちのクワガタさんはなんて名前なの？」

「固有の名前はありませぬ。ブラン様でいうところの、あの三体以外のスパルトイと同格の立場だと思っていただければ。種族名は確か、クイーンビートルでしたかな」

クワガタが体全体で頷《うなず》いた。

「あそっか、首がないから……」

クイーンビートルというからには女王なのだろうが、立派なアゴがあるのはなぜなのか。

「クイーンビートルさんはこの都市の防衛を手伝ってくれるんだよね。昼間はどうだった？　プレイヤーとか来た？」

「いらっしゃいましたよ。昨日と同じくらいです。クイーンビートル様が生み出された巨大なクワガタがだいたい真っ二つにしてましたね」

マゼンタが優雅に紅茶を飲みながら答える。

こいつはなんでちゃっかり座ってお茶しているのかと思ったら、給仕は交代制らしい。

「こちらのことは心配いらぬでしょう。それで、女友達二人旅というのはどうでしたかな。成果はありましたか？」

「成果ね！　あったよ！　まずは、ヒルスの王都から逃げ出した王族がどうなったのかはわかったよ。あとその王族が持ってたらしいアーティファクトの行方もね。だから旅の目的は達成したと言えるかな」

「それはようございましたな。陛下もさぞお喜びでしたでしょう」

「……そうだね。——そうなってくれたらいいな」

◆◆◆

「今の、あの子が消えたスキルと『召喚』との関連性については後で聞くとして。せっかくだから先にあの子の気持ちを汲《く》んで、ちょっと、お話しておこうか。

——元気だった？」

「……見ればわかるでしょ」

「いや、それアバターだし。ゲームの」

「……まあ。それなり」

「私がいなくてさみしくなかった？」

「……別に。あんまり。……考えないようにしてたし」

「そう……」

「……お母様とかお婆《ばあ》様の事は聞かないの？　元気だったかとか」

「え、うん。会ってたし」

「は⁉　なんで⁉」

「なんでって……。家族だし、そりゃ時々は会うよね」

「そっちじゃない！」

「ええ、じゃあどっちなの……？」

「……もういい」

「あ、お母様とかには会ってるのになんで自分には会いに来てくれなかったのってこと？」

「もういいって言ってるでしょう！」

「……だって、なんか怒ってたみたいじゃない？　あ、今のことじゃないよ。私が進学するときのことね」

「……怒ってはいない。失望してただけ」

「私が跡を継がないって言ったから？　それともそれをお婆様が承諾してたから？」

「……わたしより、■■■《ライラ》の方が才能がある。わたしは一度も勝ったことがない。なのに■■■《ライラ》は跡を継がないで、どこかの大学に逃げた」

「あの時は私の方が強かったかもね。でも今はもう、■■■《レアちゃん》のほうが強いんじゃないかな。それに逃げたわけじゃないよ。私は私でやりたいことができたんだよ」

「そんなことない！　同じように鍛錬してたら、わたしが■■■《ライラ》に勝てるはずが――」

「そんなことあるよ。同じように鍛錬なんて、出来るわけがないからね。人には誰にでも出来ることと出来ないことがあって、私は■■■《レアちゃん》みたいには鍛錬出来なかった。そのかわり、特に何もしなくても大抵のことは出来ちゃうんだけど。だからいつかは絶対、■■■《レアちゃん》に追い抜かれるってわかってたよ」

「……だから身を引いたっていうの？」

「合理的判断ってやつだよ。だって私はなんで自分が強いのかわからないからね。最初から出来たから。でも■■■《レアちゃん》は違うよね。最初は私に負けてばっかりだったけど、今はお婆様でも貴女《あなた》には勝てないんでしょ？　毎日毎日、ちょっと引くくらいの鍛錬をして、[redacted]《レアちゃん》は強くなった。だったら、どんな人にでも、どうすれば強くなれるのか教えることが出来るってことじゃない？」

「……[redacted]《ライラ》が出ていくのにお婆様が何も言わなかったのも、合理的判断なの？」

「さすがにお婆様が何を思っていたのかまでは知らないよ。

　でもどちらかと言えば、[redacted]《レアちゃん》が楽しそうに鍛錬してたからじゃないかな。

　私が人に物を教えるのに向いてないっていうのはかなり早い段階から知ってたみたいだよ。中等部の頃に言われたからね。もっと考えてから動くようにしないと先はない、って」

「……別にわたしは、鍛錬が楽しくてやってたわけじゃ」

「そうかな？　私の目から見ても楽しそうだったけど。いつも私に負けて泣いてたけど、そのあ――痛い！　羽しまって！」

「……じゃあ、どっかの大学に行ったのもお婆様もお母様も了承済みだったってこと？」

「それはそうだよ。私が自分で生活費と学費払えるわけないし。働きながら勉強するようなタイプに見える？」

「……ぜんぶほっぽってにげたのかとおもってた」

「そんなわけないでしょう。なんの理由で何から逃げるのさ。……ほら、泣かないで」

「……泣いてるわけじゃないけど」

「わかってる。なんだかよくわからないけど涙が出てきちゃうだけなんでしょ。いいからほら」

「だって急に家出るとか大学行くとか言い出すし」

「急ではないよ。ちゃんと話してたよ」

「聞いてない」

「聞かないようにしてただけなんじゃないの？　まあ進路の話なんて、わざわざ妹を交えてするものでもないし、お婆様とかお母様が何も言わなかったんなら、もしかしたら聞かせたくなかったのかも知れないけど」

「……わたしはいつまで経《た》っても■■■《ライラ》に勝てないし、でも急にお婆様が跡取りはお前だとか言うし、なんで■■■《ライラ》がいるのにって思ってたらどこかの大学に行くから無理とか言うし」

「……ああ、そういう。いや、跡取りが嫌で逃げたわけでは。まあやりたいかって言われたらちょっと向いてないかなって感じだけど、■■■《レアちゃん》が嫌だっていうなら私がやってたよ多分」

「……お母様は何も言ってくれないし」

「お母様はまあ……。教育方針っていうか、教育の分担が違うよね。家元はお婆様だから、そっちについてはお婆様に一任してるってだけだよ」

「……お母様は何も言ってくれないくせに、わたしがゴボウを残すと怒る」

「……まだ食べられないの？　いくつになったんだよもう」

「歳《とし》は関係ないでしょ。お婆様だって残してるよ」

「……いくつになったんだよもう」

「……わたしはそういう愚痴を言える相手もいなくなった」

「ああ……。それは、悪かったよ。でもなんか、さっきも言ったけど、私が家出るとき怒ってるみたいだったし。お母様とかに近況を聞く限りじゃ、落ち着いてるって言ってたから、じゃあいいかなって。時々私服姿とか道着姿とかのデータもらって――」

「は⁉」

「うわびっくりした！　急に大声出さないでよ」

「データ⁉　だれの⁉」

「そりゃ[redacted]《レアちゃん》のだよ。キリッとした顔してるやつ」

「消してよ！　おかしくない⁉」

「え、やだよ。今ＶＲモジュールの起動画面に設定してあるし」

「もうやだ！」

「あ、ほら泣かないで」

「泣いてない！　……もういいやそれは。それより、やりたいことってなんなの？」

「何が？」

「さっき言ってたでしょう。逃げたわけじゃなくてやりたいことができたって」

「ああ……。うん。[redacted]《レアちゃん》がさ、楽しそうに鍛錬してるの見てさ。私にはそういうのないなってずっと思ってて。

それで、今私が一番楽しいのってなんだろうって考えて、[redacted]《レアちゃん》の観察かなって」

「おかしくない？」

「観察かなって思って、家元にならないとしても、なんとかして観察し続ける方法はないかなって考えてて。そうして考えたのが、ＶＲをリハビリに応用する技術の研究なんだよね。これをうまく利用できれば、いまウチが力を入れてるＶＲ空間上での鍛錬と合わせて、相乗効果を狙ったりできないかなと思って。理学療法士とかの資格取ろうって、医学部保健学科に」

「……頭おかしい事言いだしたのかと思ったけど、おかしいのは最初だけで意外とまともでびっくりした。だから家から出たの？　リハビリ専攻なら実地研修もあるだろうし、全部ＶＲ通学ってわけにはいかないから」

「いや、家から通える距離だよ」

「なんなの⁉」

「今は後悔してるよ。ちょっとその、[redacted]《レアちゃん》と気まずいからってだけで家出てっちゃったことは。まあ私も若かったし、いや今も若いんだけど」

「てっきりもう会えないもんなんだと思ってたのに。なんだったんだよもう……」

「ええと、じゃあその、結局怒ってないってことでいいの？」

「……わたしを捨てて出てったってわけじゃないならいい」

「捨ててないよ何も。跡取りは[redacted]《レアちゃん》だっていうことはずいぶん前に決めてたし。ていうか、もうそれ知ってるもんだと思ってたから、普通に進路決めたんだけど」

「聞いてなかったよ！　大学進学するって聞いた時に初めて知ったよ！　だから……ぐ」

「はいこれ、ハンカチ。そっか。じゃあもう怒ってないの？　家帰ってもいい？」

「……それはわたしに聞かれても。てか、部屋もう無いよ？」

「無いの⁉　なんで！」

「お母様が片付けてた。それもあって、わたしももう帰ってこないのかと」

「ひどくない……？」

「ひどい……かなあ？」

「……じゃあ、[redacted]《レアちゃん》の部屋に住まわせてよ。ＶＲモジュール二つくらい置けるでしょ」

「わたしの部屋にそれしかないと思ってるの？」

「ぬいぐるみとそれしかなかったと思ったけど。何か増えたの？　服とかは別の部屋でしょう？」

「……ないけど」

「じゃあお願い。またそのうちお母様に頭下げて部屋用意してもらうから。それまでの間」

「……怒ってはいないけど、失望してたのも取り消すけど、新たに失望したよ……」

「イベント終わったら引っ越しかな。いやあ、本当に久しぶりにリアルの[redacted]《レアちゃん》に会えるね。録画だったら毎日ゲーム開始時に会ってるんだけど」

「動画だったの⁉」

ふたりきりになったレアとライラがどのような話をしたのかはわからない。

しかし帰ってきたレアの表情を見た限りでは、きっとあの時のブランの行動は間違ってなかったのだと思う。

第九章　マルチプレイ

「――いいことだと思うんだけどね。よかったと思うよ本当に。レアちゃんも毎日楽しそうだしさ。ライラさんともよくチャットとかするし、たまにお城にお邪魔してお茶会とかするし」

ブランは先日得た『飛翔《ひしょう》』を使い、オーラルという国の王都を上空から見下ろしていた。

長かったイベントももう、今日と明日の二日を残すのみだ。

この『飛翔』や『召喚』、『調教』関連のスキルに大量に経験値を振ったことで、いつのまにか「上級吸血鬼《グレーターヴァンパイア》」になっていたブランは、ついに完全に日光を克服したのである。

このオーラルという国は他国より騎士が多く、しかもその騎士も強めであるらしい。

ゲーム的に言ってしまえば、中・上級者向けの国であると言えるだろう。

ブランの眼下では今、騎士たちが街中で剣を交えている。

別にそういう祭りや行事というわけではない。彼らは真剣に戦っている。

人類の騎士同士が争っているのだ。

争う騎士たちは、王城へと向かおうとする騎士たちと、それを阻止しようとする騎士たちに分かれている。

もう言うまでもないことだが、この王城を目指し攻め込んでいる騎士たちはライラの配下だ。

ライラの治める街はここから北にあるヒューゲルカップだが、オーラルの一都市だ。

つまりこれは、端的に言えばクーデターである。

「仲直りはよかったと思うんだけどね。よかったと思うけど……」

もともとは、二人はおそらく仲のいい姉妹だったのだろう。

だから仲直りすれば、協力プレイをしたくなるというのもわかる。

そもそもレアにはブランしかプレイヤーのフレンドがいなかったし、ライラもその独特すぎるプレイスタイルから、狙っているわけではないようだが周りからはＮＰＣだと思われているようだ。

ライラが言うには、もともと「災厄」のような超戦力を手に入れたかったのはクーデターを起こすためだったらしい。

動機はたいしたものではなく、単にアーティファクトが欲しかったからだとか、この国の王家には借りがあるから一〇〇倍返しをしてやりたいだとか、その程度のことだ。

たいした動機はないけど苛《いら》ついたからとりあえずクーデターを起こしてやろうとか、もう本当に姉妹だなというか、歳を重ねているぶんやばみがアップデートされているなという感想しかない。

しかし、プレイヤーがまともにプレイしていて国家を転覆させるのは容易ではない。

ライラによれば、このゲームで国家を滅亡させようと思ったら、王族を根絶やしにするか国土を奪うかのどちらかの条件が必要らしい。

そこへ現れたのが、ヒルス王都を滅ぼしたイベントボス「災厄」である。

この「災厄」をなんとかして従えることができれば、オーラルを滅ぼすことも可能かもしれない。

先日のあれはそういう思いつきによって仕掛けられた一件だったということだ。

しかし今となっては、「災厄」の力を利用したいならば無理に従える必要などない。

「災厄」がプレイヤーであるなら、交渉して協力を仰げばいい。しかもそのプレイヤーはお互いに数少ないフレンドであり、長年のわだかまりが解けた姉妹の関係だ。

「でも仲直りの結果がこの惨状なんだよなあ」

この騎士たちの目的は城下の混乱であり、王城を目指して侵攻しているのは王城に圧力をかけるためでしかない。

そもそも王都の騎士たちとライラの騎士たちでは数に大きな差がある。正面からぶつかり合っては勝てないし、地の利もあちらにあるだろう。今なんとか混乱を維持していられるのは、イベント期間で各地の魔物が活性化しているため、王都の騎士たちもいくらかは辺境へ出張しているからだ。

国土の全てに注意を払わなければならない王国軍と、とりあえず王都を混乱させられればいいライラの軍とでは、たとえ地力に大きな差があったとしてもどちらが有利に立ち回れるのかなど考えるまでもない。


そのライラは今、ケリーやライリーというレアの眷属《けんぞく》たちを伴い、王城内にいるはずだ。

このクーデターはあくまで、人類によるものだと示さなければならない。

対外的には国を憂いた若き貴族によって保身に腐った王家が倒され、新たな国が樹立されるというシナリオになっているからだ。成功すればだが。

王城の中では今頃、ライラが先日王家に献上した剣崎《けんざき》さんをターゲットにレアが出現している頃だろう。


作戦の流れはこうだ。

まずライラが騎士に扮《ふん》したレアの配下を連れ、王城に入る。先日献上した剣について追加の情報があるとか適当なことを言って王へ取り次ぎを願う。

そして謁見の間へ向かう途中の通路の窓から、上空を飛んでいるブランたちへ合図を出す。

それを見たブランが城下町に待機しているライラの騎士たちに伝え、蜂起させる。ライラの騎士たちは王都の騎士を軍事的に刺激しながら王城へと向かう。

城下で戦闘が行われているというプレッシャーによって王城を実質的に封鎖し、王族の逃亡を牽《けん》制《せい》する。ライラ配下の騎士たちの主な仕事はこれだ。

城下町でそれを確認したレアが、『術者召喚』で宝物庫に飛び、アーティファクトを奪う。

そしてブランとアザレアたちは上空から手分けして街を見張り、王城から脱出しようとする者がいれば速やかに捕らえる。

城外の騒ぎはすでに城に伝わっているのだろう。

城はにわかに慌ただしくなっている。

いや、あるいはライラが行動を起こしたのかも知れない。

王家の喉元《のどもと》、王城内深くまで入っていけるのはこのメンバーではライラだけだ。

可能な限り王の近くまで行き、そこに領地で待機している虎の子の襲撃部隊を『召喚』する。

そうなればあとは仕事を終えたレアとライラがひそかに連携し、城内の王族を片付けていくだけだ。

「……城から誰も出てこないね。残らず狩れたのかな？　わたしもちょっとは仕事したかったんだけど」

「ご主人様」

そこへアザレアがやってきた。

エルンタールに攻めてきているプレイヤーを倒して貯《た》めた経験値で、彼女たちにも『飛翔』や『闇魔法』を取得させている。

「王子と思《おぼ》しき者達を始末しました」

「えっ。いつの間に」

「城の北側、おそらく物資の搬入などを行う通用口かと思われますが、そちらからみすぼらしい馬車と、それを護衛する騎士たちが出てまいりましたので、騎士は始末して馬車は制止しました。中には豪奢《ごうしゃ》な服装の若い男が二人と、侍従と思われる者達が乗っておりましたが……」

「おりましたが？」

「申し訳ありません。馬車を無理に止めた時の衝撃で、死亡させてしまいました」

「えー。わたしも活躍したかったんだけど。まぁ、そういうことなら仕方ないか。いいよ、わかった。お疲れ様」

「ライラ様のお話では、あと王女が残っている可能性があるのですよね？　国王と王妃はこれからライラ様がお会いになられるはずですし」

「そうだね。引き続き王女を探して警戒だけしておこう。もう残りは王女だけだから、見つけたら殺さずに教えてね」

「かしこまりました」

◆◆◆

宝物庫の中のすべてのアイテムをインベントリに放り込んだレアは、ホクホクとした顔で廊下へ出た。

宝物庫のあるフロアへ続く扉には魔法的な鍵《かぎ》がかけられているため、開くことはできない。それは内側からでも外側からでも同じだ。

しかしひとたびこのフロアへ入ってしまえば、その内部の扉にはたいしたセキュリティはかけられていなかった。

〈終わったよ。そっちはどうかな〉

〈お疲れ様。実に順調だよ。いや、なかなかよくできた配下じゃないか。うちの騎士より優秀かもしれない。今はさっき呼び出した襲撃部隊と連携して、城内の王族や貴族を探してもらっている。私の側についてくれているのは……ケリーというんだったかな〉

〈わかった。じゃあケリーを目がけて飛ぶとしよう〉

レアは剣崎を手に握り、『迷彩』で姿を隠し『召喚』を発動した。

謁見の間だろう。

辿《たど》り着《つ》いた先は豪華なレッドカーペットの敷かれた広い空間だ。

しかしゲートから何も出てこなかったためにすぐに視線をライラに戻していた。

『迷彩』は『召喚』時のエフェクトまでは消してはくれないらしく、何人かがこちらを見ている。

「……また、騎士などを呼びつけたのかと思ったが、どうやら不発に終わったようだな」

謁見の間の中央の床に座らされている、いかにもな男性が蔑《さげす》むように言い放った。状況から見て、彼が国王なのだろう。他にも三名の王侯貴族らしき者たちが座らされており、その周囲を剣を抜いたままの騎士が固めている。

〈真ん中の四人は何？　一人は王様？　他の三人は？〉

〈その他だよ。側近かな。宰相と王妃と農務大臣とか言ったかな〉

〈王妃は王族枠じゃないのか。え、農務大臣？　なんで？〉

〈王妃は別に王家の血は引いていないからね。農務大臣がいたのは……なんでかはわからないけど、まあなんでもいいよね〉

公式サイトの更新とライラが王族を始末したタイミングがおよそ合致していることから、王族が滅ぼされた事でヒルスという国家が消滅したことは明らかだ。

しかし常識的に考えて、歴代王家の血を引くものが王家の中にしかいないとは考えづらい。王弟などが新家をたてて公爵となったり、王女が降嫁して臣籍に入ったり、あるいは誰かの隠し子がいたり、そうしたこともあったはずだ。

だが公式にはすでにヒルス王家は滅んだことになっている。

ということは、王家とは厳密には血筋ではなく何か別の条件、例えば王位継承権を国に認められたとか、そういう事情を持った者のことなのではないだろうか。レアとライラはそう推測した。

であれば、オーラルの王位継承権を持つすべての者をどうにかすれば、クーデターは完了のはずだ。

「ええと、確かあとは第一王子と第二王子、それと第一王女で全部だったかな。宰相、他にはいないよね？」

レアにはどれが宰相なのかわからないのだが、誰も口を開こうとしない。

「……しょうがないね、『魅了』」

しかし変化はない。

ライラが不快げに眉《まゆ》をひそめた。

「……通らないか。やれやれ、最近私の『精神魔法』は全く振るわないな」

「通るか、痴《し》れ者めが！　仮にも我らは一国を治める身よ、真っ先に精神力を鍛えておくのは当然だ！」

国王らしき男が吠《ほ》える。

言っていることはもっともだ。トップが精神を握られてしまう恐れがあれば、国家運営など安心して行えない。

〈わたしがやろうか？　たぶん、ライラよりは得意だよ〉

〈……どうしようかな。レアちゃんの姿を見せるなら、確実にここにいる四人は始末しなければならなくなるけど〉

〈それははじめからそのつもりでしょう？　一人だけ残しておけばいいなら、まあ王女あたりを探して生かしておけばいいんじゃない？〉

当初、ライラは王族はすべて殺してしまうつもりだった。クローズドテスト時の別人《アバター》ではあるが、自分に自決を選択させたこの国を許す気がなかったからだ。

しかしその場合、国を簒奪《さんだつ》したとしても、ヒルス同様に公式にはオーラル滅亡と判定されてしまう恐れがある。

なるべく無害でありそうな王族をひとりだけ生かしておき、そのキャラクターを『使役』する。そうすることで公式サイトからオーラルが消えるのを防ぎ、プレイヤーたちにクーデターはシナリオ的に予定調和だったのだと思わせる。

〈王子と王女がもし逃げてしまっていて、それでブランちゃんが全員キルしちゃってたら困ったことになるな。王女は真っ先に逃げるような性格じゃなかったから大丈夫だとは思うけど〉

〈そしたらもう全部ぶっ潰《つぶ》して、生き残った王族のフリでもしてアーティファクト持って他の国に亡命したら？〉

〈私の顔けっこうＮＰＣの王族に割れてるからどうかな……。レアちゃんのところで養ってくれてもいいけど〉

せっかく人類国家の貴族であるのだし、その立場は最大限利用して立ち回ってもらいたいところだ。

〈まぁ仕方ないか。出てきてもいいよ〉

『迷彩』を解除した。なるべく目立たないよう、全ての翼はたたんで身体に巻き付けてある。

突然現れた純白の存在に、四人がどよめく。

「⁉」

「なん、何者だ！」

「ヒューゲルカップ卿《きょう》と……同じ顔……⁉」

「お、鬼……？　ヒューゲルカップ卿は魔物と関係があるのか⁉」

翼がなければ、レアは鬼にも見えるらしい。角のせいだろうか。

「……まあいいか。先に仕事を済ませてしまおう。『自失』、『魅了』」

姿を見せるというリスクを負ったにもかかわらず、失敗するわけには行かない。念の為『自失』で下準備をした。

かかった。という確信があった。国王と思われる男性はぼうっとし、濁った眼《め》でレアを見つめている。

「っ陛下？　陛下！」

傍らの王妃が国王を揺するが何の変化もない。その程度では『魅了』は解けない。

「……ライラの質問に答えよ」

国王に近づき、耳元でささやいた。

「……ありがと。

これで落ち着いてお話ができるかな。さて、国王陛下。この国の王位継承権を持つ者をまずは教えてくれたまえ」

「……王妃アウグスタ、第一王子ギュンター、第二王子ルドルフ、第一王女ツェツィーリア。だ」

「え、王妃にも継承権あるのかい？」

「王妃。は余の従妹《いとこ》にあたる、ためだ」

ケリーしかここに居ないということは、他の三人はライラの騎士に協力して城内を捜索しているのだろう。フレンドチャットを飛ばしておく。

〈ライリー、レミー、マリオン、目標は第一王子ギュンター、第二王子ルドルフ、第一王女ツェツィーリアだ。それっぽいのを見つけたら謁見の間まで連れてくるように。生死は問わないが、最低でも一人は生かしておいてくれ〉

「ええと、そうだな。宰相と農務大臣はもういらないかな」

ライラが目配《めくば》せをすると、周りを固めていた騎士が四人動き、おじさん二人を両脇からかかえて別室へ連れていく。どこかで始末するのだろう。

レアならこの場でやってしまうかもしれないが、王妃の精神状態に配慮したのだろうか。

ライラはレアよりほんの少しだけ長く生きているぶん、そうした部分で配慮が細やかだ。

〈ボス、第一王女と思われる人物を発見しました〉

〈ありがとう。首実検をしたいから謁見の間へ丁重にお連れしてくれ〉

王女に姿を見られるのはよろしくない。再度『迷彩』を発動させておいた。

「失礼します」

謁見の間の扉を騎士が開け、ライリーが入ってくる。メイドのような服装をした女をひとり連れている。

「お？　おかえり、ええと君は、ライリーだったか。その娘は……メイドの格好をしているが、顔はツェツィーリア王女かな……？」

「はい、王女と思われます。侍女と服を交換していたようです」

ライリーの返事に、ライラが驚いた。

「……よくわかったね。顔を知っていたわけじゃないでしょうに」

「王女の服を着ていた女の手が荒れておりましたから。そしてこのメイドの手はきれいなままです。念のため侍女も連れてきておりますが」

後ろにはライラ配下の騎士が王女の格好をした女性を連れている。

〈ええ……。すごいなこの子〉

〈でしょう〉

「――ライラ様！　どうしてこのようなことを！」

メイド服の王女が突然、ライラに駆け寄ろうとした。しかしライリーに腕を掴《つか》まれ、それはかなわない。

「……ツェツィーリア王女、私もこのようなことはしたくなかった。しかし仕方なかったのです！」

〈なんか始まった〉

〈ちょっと黙ってて〉

ライラはうつむき、手の甲を顔に擦《こす》りつけて、涙を拭《ぬぐ》うふりをした。

「私がかねてより、他国の王族の方々に亡命――万一の際には我が城へとお逃げくださるようお勧めしていたのはご存知でしょう」

「……はい。立派な志だと思っておりました」

「しかし、ああ。しかしです。ここにおられる国王陛下はそれを聞き、あろうことか、逃げてきたヒルス王家の方々を弑逆《しぎやく》し、所持していたアーティファクトを奪うように私に命じられたのです！」

〈フォローよろしく〉

〈仕方がないなあ〉

このツェツィーリアという王女の目にはライラしか映っていない。

こっそりと『迷彩』で姿を消したまま国王の耳元で再度ささやく。

「ああ。間違、いない」

「っ！」

王妃が何かを言おうとしたが、『自失』でキャンセルさせた。

「……そんな……お父様……。なぜ……」

国王の耳元に適当にありそうな事を吹き込む。

「……ああ、ヒルスの。王族は、ブタだ。あのよう、なものたちは。我が国の家畜、にすぎない。殺して、何がわる、悪いというのだ」

「……ひどい……」

王女が泣き崩れた。ライリーが腕を掴んだままのため、片腕だけ掴まれた宇宙人のようになっている。

そこへライラがゆっくりと近づいていき、王女の前に跪《ひざまず》いた。

「ツェツィーリア王女、私は義によって立ち上がったのです。このような蛮行、決して許すわけにはいきません。

王女殿下、どうか陛下の代わりに、この国の女王となってはいただけませんか。それがかなうならばこのライラ、王女殿下、いえ、女王陛下に生涯の忠誠を捧《ささ》げましょう。

——そう、このように。『使役』」

王女の全身から一瞬、力が抜け、しかしすぐに立ち上がった。

「——もちろんですわ。ライラ様。わたくしがお父様を倒し、この国をライラ様の下で統治してまいりますわ」

〈……これさっきの小芝居必要だったの？〉

〈『自失』の手間が省けたはずだよ。たぶん天然の自失状態とかだったんじゃないかな〉

確かに戦闘で打ち負かすなどをして心を折れば『使役』の際の抵抗がなくなるのはジークの時に実証済みだ。『精神魔法』は精神の状態異常を誘発する魔法のため、勝手に状態異常になっているのならわざわざ掛ける必要はないのかもしれない。

「さて、じゃあもういいかな」

『迷彩』を解除し、直接話す。この場にいる者でフレンドチャットが使えるのはレアとライラだけという事になっているため、声に出さなければケリーやライリーと意思疎通しづらい。

「お前、お前は一体……！」

そういえば、まだ王妃がいたのだった。彼女には、もうこの一連の茶番がライラと謎の魔物レアによるものだとわかっているのだろう。

「ああ、どうしようかな……」

「もう、王族全員『使役』してしまえば？」

「……ううん、でもな……。ノーブル・ヒューマンに対する『使役』にはボーナス乗らないんだよね……。あとコストが重いから今日続けてやるのは厳しいな……」

「……ボーナス？　コスト？　何のこと？」

「えっ」

レアが知っている『使役』とは違う。

「ノーブル・ヒューマンの種族ツリーで取得できる『使役』は、発動者に近い下位種族、この場合はヒューマンだけど、その『使役』への成功率にボーナスがつく効果があるんだよ。そして『使役』発動のコストはLPとMPの消費。なんだけど、これは『使役』に成功した相手のランクによって消費量が変わるんだよね。今の王女の『使役』で持っていかれたLPは二割強だ。だから今すぐ二人にやるのはリスクが高い」

そんな仕様になっていたのか。

考えてみれば、ブランの『使役』には眷属《けんぞく》がすべてアンデッドになってしまうという制約があった。

同じ『使役』と名のつくスキルでも、それぞれに効果が微妙に異なっているという事だろう。

違う効果なのに同じスキル名である理由はだいたい想像がつく。

レアの「角」のように『使役』にボーナスが与えられるスキルや特徴がいくつかあるのだろう。その際に一緒くたに強化したり抵抗を強めたりするためだと思われる。

「なるほど、勉強になった。ありがとう」

「いや、ありがとうじゃないよね。え？　レアちゃんの『使役』は違うの？　てか違うんだよね？教えてよ」

「ありがとう、お姉ちゃん！」

「うぐっ！　い、いや、ごまかされないよ。教えなさい！」

しかしハイ・エルフになった時に一度『使役』を確認してみたが、エルフを対象にした際のボーナスなどは特に無かった。

他の上位種の『使役』と比べ、ハイ・エルフのそれは明らかに劣っている事になる。

もしかしたらハイ・エルフは本来眷属を増やすことに向いていない種族なのかもしれない。

あるいは、ハイ・エルフにもノーブル・ヒューマンにおける「蒼《あお》き血」のような特別なアイテムがあるのだろうか。

「聞いてる？」

「……色々手伝ってくれるなら、教えても良いけど」

「それはさすがに、内容によるかな」

「ひとつはこの大陸の制圧。人類種の国家を全て滅ぼし、魔物の領域を広げる。その領域すべてがわたしの支配下であればなおいいけど。ああ、この国に関してはもう制圧済みという扱いでいいよ」

「……成功は保証しないけど、手伝うのはまあいいよ。どうせ私としても、今後はその方向でプレイしていくことになるだろうし」

「……もうひとつは、特定のプレイヤーの捜索かな。名前だけは何人かはわかっているけど」

「ああ！　レアちゃんをキルした連中か！　そうだね、そいつらの名前なら私も知っている。お祝いスレ見たからね。あ痛い！」

すでに知っているなら話は早い。

ライラに現在レアが使用している『使役』の仕様を教え、取得方法も教えた。

だがライラは実際に取得するのは嫌がった。これを取得してしまうと、ライラの保険用の経験値が必要値を割ってしまうためだ。

レアはなんだか面倒になり、ライラにライフポーションとマナポーションを飲ませ、彼女本来の『使役』を強要した。

「……うぷっ。あ、そうだ。ブランちゃんに言って、始末した王子二人の顔を確認しておかないと。王女が変装していた以上、王子も同じことをしていたとしても不思議はない」

「そうだね、連絡しておく」


ともかくこれで現国王と王妃、そして次期女王がライラの手に入ったことになる。

シナリオとしては、王女が現国王の非道な行い――ヒルスの王族を殺害してアーティファクトを奪ったこと――を裁くべく、忠義に篤い貴族を引き連れクーデターを起こし、王位を簒奪《さんだつ》した。現国王夫妻はどこかに幽閉し、償いとしてその騎士団を女王の下で運用する。といったところだろうか。

あとは公式に新女王が今は亡きヒルス王族に対する謝罪の言葉を適当に述べれば完了だ。

今日はもう日が落ちるので、それは明日になるだろう。

長かったイベントの締めが隣国の政権交代の声明になるとは、まさか予想さえしていなかった。

エピローグ

第二回イベントを振り返るスレ

001：明太リスト
第二回イベントお疲れ様でした。

まずこのイベント期間中に大陸で起きた大きな事件を時系列順に並べました。

他になにかあれば、コピペ＆追加で書き込んで下さい。

このスレへは検証スレはじめまとめスレやイベントスレからも誘導しています。

なるべく多くのプレイヤーの意見を集めたいので、普段の常駐スレにかかわらず気軽に意見を書いていってください。

どうせイベント後メンテでログインできないんでみんなゆっくりしていってね！

イベント前
【ヒルス王国】「第七の災厄」誕生
一日目
【ヒルス王国】エアファーレン壊滅

ルルド壊滅
ヴェルデスッド壊滅
アルトリーヴァ壊滅

二日目
【ヒルス王国】ラコリーヌ壊滅
ヒルス王都に災厄襲来
第一戦目（昼）プレイヤー側勝利
第二戦目（夜）プレイヤー側敗北
ヒルス王都壊滅

三日目
公式サイトからヒルス王国が消える（公式に滅亡判定）

四日目
【ヒルス王国】エルンタール壊滅
【ペアレ王国】ノイシュロス壊滅

五〜六日目
特になし

七日目
【シェイプ王国】アインパラスト壊滅
【ペアレ王国】ペアレ×シェイプで緊張高まる（事実上開戦？）

八日目
　特になし
九日目
【オーラル王国】オーラル王都でクーデター勃発《ぼっぱつ》、政権交代
一〇日目
【オーラル王国】新政権樹立声明発表
※防衛成功については記述しない（壊滅した街以外はほとんど防衛成功になったので）

002：カントリーポップ
いちおつ

003：アロンソン
イベントボス……っつか新ボスか。その登場イベントでヒルスが滅ぶ
次に大陸初の人類同士の戦争が勃発かと思いきや、安定してたオーラルでクーデター、って流れ？

004：丈夫ではがれにくい
よくばりセットかな？

005：アマテイン
二日目にして新ボスが登場して国が滅んだときにはどういうイベント構成なんだと思ったが、終わってみれば終始何かしらの事件が起きてたな

006：名無しのエルフさん
トリのオーラル革命がイベントの目玉なのかしら

007：明太リスト
どうも、イベントの発生とか流れとかを運営が完全に制御しているという印象が薄いから、きっかけとか、そういうのは作るかもしれないけど、あとの流れはNPCとプレイヤーに投げっぱかも。もしそうならイベントの発生順自体は関係ないのかも知れない

008：ハウスト
運営がしたのは第七災厄とかって新ボスの誕生と、ペアレとシェイプに火種作ったのと、オーラルのクーデターの種まいただけってことか

009：ヨーイチ
いや、オーラルのクーデターに関しては発端はヒルス王国滅亡だ
最終日にオーラル新政権が声明を発表したんだが、オーラルの前王が生き残りのヒルス王族を殺し

て例のアーティファクトとやらを奪ったらしい
それがあまりに非人道的だからということで、王女が王を打倒してクーデター、という流れだ

010：蔵灰汁
クーデターに参加したプレイヤーとかいるのか？

011：モンキー・ダイヴ・サスケ
>>010　イベント中の王都だからな
プレイヤー自体ほとんどいなかっただろうよ
いても生産系くらいか？

012：有限会社スミス
生産系もほとんどは最前線に引っ越ししてたぞ
モノ作っても売れなきゃ意味ないしな

013：TKDSG
戦闘も生産も苦手なまったり勢も、金だけはかなり稼いでたみたいだぜ
何人かでつるんで転移サービスで辺境の街に素材とか水、食材を運ぶデリバリーだ
戦闘が継続すると流通が止まるから、辺境はどこもモノ不足だったからな

014：おりんきー
経験値優先でボス倒さないっていうの、どうかなって思ってたけど、そのデリバリーのおかげで街全体もかなり助かった感あるよね。街には兵士だけじゃなくて一般人もたくさんいるし

015：明太リスト
最終的に見てみれば、壊滅した街もそんなめちゃめちゃ多くないしね
それはよかったと思うよ

016：丈夫ではがれにくい
>>015　序盤で滅んだ国があることを忘れないであげてください

017：ギノレガメッシュ
いやお前あれはもうしょうがないだろう

018：ウェイン
そうだね……天災みたいなもんだよ

019：明太リスト

まあ、災厄が今回の魔物のボスみたいな立ち位置なら、大陸中で魔物が人間に狩られてるっていってもいい状況なわけだし、彼女の立場なら国ごと滅ぼすしかないよね

020：モンキー・ダイヴ・サスケ
>>019　いやに擁護すんな
まあ美人だったからな

021：アマテイン
>>020　そうだな

022：名無しのエルフさん
いやあれは美人なだけじゃないでしょ。絶対なんかのスキルとかもあったって、魅了系の。
一瞬戦う気力が萎《な》えそうになったもん
だから明太も状態異常になってるんだってきっと

023：明太リスト
災厄の話も出たし、災厄討伐戦の流れと顛末《てんまつ》をまとめておきます（スルー
最初にまずヒルス王都に偶然いたプレイヤー、さっきのウェインだけど、彼が——
…

…

041：アラフブキ
それってよ
最初の時に無理に倒したりしなけりゃパワーアップしなかったんじゃないのか?

042：名無しのエルフさん
>>041　その可能性もあるけど、アーティファクトが王都にあった以上、結局はたぶん騎士たちによって倒されてたんじゃないかな。プレイヤーがいなくても

043：明太リスト
>>042　僕もその意見に賛成かな
さらにいうと、あのアーティファクトっていうアイテム、効果の強力さと使用制限の厳しさから言って、たぶんイベント限定アイテムだよね
でもアイテムである以上は逆にモンスターでも使えてしまう可能性もあるわけだから、敵に渡すわけにはいかない
話が飛ぶけどオーラルの王様が、アーティファクトをヒルスの王族を殺してでも確保するって判断したのはそういう理由もあったんじゃないかと思う
やり方がまずかったから革命起こされちゃったけど

044：モンキー・ダイヴ・サスケ
そりゃ俺でも殺してでも奪い取るって考えるわ

045：ギノレガメッシュ
>>044　お前はそうだろうな
でも一国の元首がその判断はやべえだろ。それだったら保護すりゃいいだけじゃねえか

046：ウェイン
でもオーラルの話を聞いて知ったんだけど、つまりあのヒルス王都壊滅では王家は滅んでなかったってことなんだよね
どうやって生き残ったんだろう

047：ギノレガメッシュ
亡命でもしようとしてたんじゃねーか？

048：ウェイン
このゲーム、公式によればこれまで国家間の戦争とかも起こったことがないって話なのに、よく亡命なんて思い付いたね

049：アマテイン
だがヒルスの宰相は非常に優秀な人物だった
彼ならば、最低限王家と国宝だけは渡すまいと策を練っても不思議はない

050：ウェイン
それで結果的に、王都壊滅から公式で国家滅亡までのタイムラグができたってことか

051：森エッティ教授
つまり結局のところ、王家と国宝というのがこのゲームで言う国家そのものということなのかな？

仮にそうだったとしても、王家と国宝がきちんと存在しているとどうやって客観的に証明しているのだ。

現実ではどうやっても隠しようのない国土と国民、そしてそれらに対する国際条約などによってその存在を客観的に証明している。

王家と国宝では存在証明という観点において客観性がなさすぎる

052：蔵灰汁
それは現代だからだろ。
古代日本だって王権と律令制によって国家を成立させていたし、王権の拠《よ》り所《どころ》とされていたのは三種の神器、つまり国宝だ。

その構図はこの大陸のそれと何ら変わりがないと思うけど。

053：森エッティ教授
それはニッポンが島国だったからだ。限られた国土にひとつしか国がないならそれで問題ない。海外から見れば、結局は国土と国民によって国家の存在が証明されている。
加えて言えばこの大陸は各都市がかなりの自治権を有している。政治形態としては律令制というより封建制と言った方がいいだろう。
もっと言えば、辺境が開拓都市としての側面を有しているとするなら、これもニッポンで行われていた制度だが荘園公領制というのが近いように私は思う。
ニッポンは山がちな土地が多く、田畑の開墾には大きな労力と時間を要したわけだが、この大陸ではそれがそのまま魔物の領域などのクリアリングに相当し――

054：ハウスト
古代日本はあくまで一例だろ。その例だけを否定して語るのはフェアじゃない。
古代中国だって玉璽《ぎょくじ》を持つ者を天子、つまり最高権力者とする時代もあったわけで、ユーラシア大陸の中央に位置する、島国でも何でもない大帝国でさえそういうアイテムを王権の拠り所にしていたわけだから――

……

070：ギノレガメッシュ
おいこれ放っといていいのか
たぶん大半のプレイヤーついてきてないぞ

071：明太リスト
申し訳ありませんが続きはこちらで。立てておきました
『【とことん】大陸国家の詳細設定について考察するスレ【語ってくれ】』
気を取り直して、次の山場、ペアレ王国とシェイプ王国の紛争についてかな
これは僕は該当スレ読んだくらいで全く詳しくないいんだけど、誰か詳細知ってる人いるかな

072：アマテイン
きっかけはどうもペアレのノイシュロスという街が壊滅したことらしい
俺はシェイプでプレイしてるんだが、ちょっと離れた街の話なんでそれほど詳しくないな

073：クラック
俺ノイシュロスにいたぞ
二日目か三日目くらいから魔物がアンデッドからゴブリンに変わり始めて、そっからはもうアンデッドなんて出てこなかった。全部ゴブリンだ
そのゴブリンたちに数で押されて、こっちも近隣の街から応援呼んだりしたんだけど、集まりきれ

ずに流された感じだ
俺が死んでリスポーンしたのはイベント前にいた隣街だったけど、ＳＮＳ見た限りじゃその時点でもうノイシュロスは落ちてたらしい

074：ギノレガメッシュ
それがなんで戦争につながるんだ？

075：アマテイン
距離的にはまぁある程度離れてるんだが、そのノイシュロスの隣の街はシェイプ国内なんだプレイヤーたちはＳＮＳでリアルタイムに情報共有できるせいで、隣のノイシュロスの戦況の方が悪いってわかるから援軍に向かった
だがその街に住むＮＰＣはそうじゃない。急に傭兵《ようへい》たちが大量に逃げ出したように見えちまうそれで危機感を感じたその街の領主が逃げ出したらしい
で、逃げ込んだ先でペアレに傭兵を引き抜かれたせいで戦況が悪化したって触れまわったらしくてな

076：その手が暖《あつた》か
その領主が逃げ出した街、リサイアはその時点では落ちはしなかったのですが。すぐプレイヤーのみなさんも死に戻りで戻ってこられましたし。

ただ今度は、落ちたノイシュロスから飛んだ最後の鳩《はと》に、ノイシュロスが落ちるという時に隣国シェイプからは公式に援助もなく、善意の傭兵が参戦するもやむなく陥落と書かれていました。さすがにそれは被害妄想では、ということで調べが入ったのですが、その時点で領主は逃げだしていた事実があったわけですから、もしやノイシュロス襲撃はその街の領主の差し金で、領主は巻き添えを恐れて逃げ出したのではなんていう話も出はじめまして。

077：アマテイン
どこから出た話なのかは謎だけどな。伝書鳩の手紙の内容も恣意的《しいてき》にすぎるし、戦争させたい勢力が余計な入れ知恵をしていたとしか思えない

078：クラック
とにかくそれで、ペアレ国内でシェイプに対する不信感が募ってな
ペアレって獣人が多いせいか、なんか血の気が多いのが多くてよ
それで一部の若いのが、ノイシュロスの弔い合戦だっつってシェイプに襲撃かけたんだよ

079：ギノレガメッシュ
沸点低いな!?

080：クラック

ＮＰＣの獣人って、なんかそういう舐《な》められたら終わりみたいなとこあるんだよ
あんまり種族間の確執とかは見かけないんだけど、とにかく他種族に下に見られたくないみたいな気風があってさ

081：アマテイン
加えてシェイプがドワーフが多い国っていうのも面倒なところでな
ドワーフの人たちも一般の市民は物作りが好きな、まあイメージしやすいドワーフなんだが、貴族階級は別だ
もう全然違う種族だって言われても驚かないくらいプライドが高い
こっちは逆に、一般市民は冷めてるが貴族が熱くなって交戦論が噴出してたな

082：ウェイン
プライド高いのにプレイヤー引き抜かれただけで逃げたのか

083：その手が暖か
貴族だけは血を絶やすわけにはいかないというような風潮があるようでしたね
私たちも街の人たちの印象を聞いているだけですから実際のところはわかりませんが

084：ギノレガメッシュ

貴族が選民思想ガッツリなのはどこの国も同じだろうな
ウェルスはわりとおおらかだけど、それでも貴族と平民の結婚とかはあり得ないらしいし
平民と結婚したら貴族は平民階級に落とされるんだとさ

085：アマテイン
それで、そこへ来てペアレの獣人部隊の襲撃だ
彼らは夜目が利くらしくて、夜襲でアインパラストって街に襲撃をかけてきた
ドワーフも目はいい方なんだが、夜は獣人ほどにはいかない
見た目は人間だから、アインパラスト側も攻撃されるまで敵だと認識できてなくてな
それであっという間に領主館まで攻め込まれて、まあ泥沼というか、明確にお互いのせいで死者が出たからな

086：その手が暖か
あの、ちょっと語弊というか、抜けているところがあります。
正確には、アインパラストに襲撃したのは確かにペアレの獣人ＮＰＣだったのですが、道中、獣人ＮＰＣが移動しているのを見たプレイヤーが何かのイベントだと考えて、それに便乗したのです。
それでそのまま夜襲となりまして、付いて行ったプレイヤーもわけもわからず襲撃に参加して、大事になった感じです。

087：ギノレガメッシュ
うーん……

088：明太リスト
当時のスレ見たけど、なにせ発端がNPCだから、その行動自体の是非がわからなくてとりあえず付いてって、大勢のNPCが攻めてるから悪い奴だろみたいな勢いで襲撃してたみたい
祭り状態だったよ
これがまた、何かの火種にならなきゃいいけど

089：ウェイン
で、結局戦争は続いたままなのか

090：アマテイン
まあ、双方折れるということを知らないからな

091：その手が暖か
それに、人類同士の戦争というのはおそらく初めて経験するはずです
終わらせ方もわからないのかもしれません。明確に宣戦布告があったわけでもありませんし……
…

…

111：明太リスト
では最後にオーラル王国のクーデターかな
これも通り一遍のことしか知らないから、詳しい人よろしく

112：ヨーイチ
他にいるかもしれないが、俺たちはオーラルで活動していたから話そう
補足があったら頼む

まずさっき言った通り、クーデターの引き金になったのはヒルス王国の滅亡だ
正確に言えば、ヒルス王家の全滅だな
これを指示したのはオーラル王だった
それに異を唱えた王女が決起し、一部の貴族の協力を得て王都を電撃的に襲撃、王を捕らえた
第一王子、第二王子は王派だったらしくその戦闘で亡くなったが、王と王妃は捕らえられたままだ
奪ったアーティファクトの行方を聞き出すまでは殺さないということだ
近衛騎士団なども王に紐付《ひもづ》けされているから、殺してしまえば国の戦力が低下するという恐れもあるのだろうな
それらのことを最終日に声明として出し、クーデターは一日にして終結だ

113：アマテイン
ヒルスの王家が殺されたのがイベント三日目の夕方だと考えると、決起まで正味五日かすさまじいな

114：明太リスト
あらかじめそういう下地はあったんじゃないかな
王様も急にそんなこと言いだすくらいの人なら、普段から過激な言動もあったんだろうし

115：モンキー・ダイヴ・サスケ
プレイヤーは王に謁見できるような奴《やつ》はいねえからわかんねーけどな

116：ヨーイチ
クーデターの報を聞いて、さすがに最終日にはなんとかして王都に行ってみたんだが、新女王はかなり芯《しん》のしっかりした娘さんに見えたな
側《そば》にいた全身鎧《よろい》の人が協力した貴族なのかもしれない

117：ウェイン
貴族なのに鎧着てるのか

118：ヨーイチ
他の騎士とは明らかに違う高貴な鎧だった
立ち居振る舞いも気品があったし、武闘派の貴族だろう
ちなみにおそらく女性だ

119：名無しのエルフさん
そういうところばっかり見てるの？

120：モンキー・ダイヴ・サスケ
女物の鎧だったってだけだろ

121：ギノレガメッシュ
そういや、ノイシュロスだっけか。そこを結局占拠したのか？　そのゴブリンたちは。
そいつらどうなったんだ？　エアファーレンとかのアリみたいに次の街まで来なかったのか？

122：クラック
ああ、ノイシュロスと森を行き来して餌集めたりしてるくらいだな
さらに別のとこを攻めようって雰囲気じゃないらしい
まあ普通に考えて、そこ以外に街があるって事自体、魔物にゃわかんねーだろ

123：ウェイン
やっぱり災厄は特別なイベントボスだったんだな
確かに言われてみれば、街同士肉眼で見える距離にあるわけじゃないし、他に人間の街があるなんて知るわけがない

……

151：ギノレガメッシュ
なんか、急にいっきにいろいろ動き始めた感あるよな

152：明太リスト
あんまり考えたくはないけど、良くも悪くもプレイヤーの影響かな

153：カントリーポップ
プレイヤーが災厄誘導したり戦争煽《あお》ったりしたってことか？

154：名無しのエルフさん
そうじゃなくて
これまでこの大陸の国って、面積に対して人口密度が低いっていうか、端的に言うと他国とか他種

族とかとの接触って最低限だったんじゃないかな。国と国の間に魔物の領域とかあるし
それがプレイヤーが現れて、良くも悪くもその文化というか、生活環境にブレイクスルーが起きた

155：明太リスト
そうだね
そしてイベントの転移サービスでプレイヤーが大移動することにより、それが一気に加速した

156：ギノレガメッシュ
まじかよ……
あんまり迂闊《うかつ》に行動できないな

157：名無しのエルフさん
別に今さらひとりが気にしたところでどうしようもないし
そういう、プレイヤー全体の行動の傾向とかでいろいろ変化も起きちゃうゲームだって思ってプレイするしかないんじゃない？

158：明太リスト
たぶん、それもあって運営の介入も最低限なんじゃないかな
予《あらかじ》めイベントを用意しておくっていうより、起きた結果に対して対応してくつもりなんじゃない？

159：ウェイン
ヒルスの滅亡がどうしても避けられなかったって考えて、ちょっとなって思ってたけど
あれも災厄が誕生しちゃったから、仕方なくそうしたってことなのかな
災厄はヒルスの王都が気に入ったからって言ってたし、実際王都をダンジョン化してから目立った
動きはしてないし

160：アンディ
いやしてるでしょ
エルンタールって街とあとラコリーヌって街がダンジョン化してるって話だぞ

161：丈夫ではがれにくい
（国家滅亡と比べれば）目立った動きはしていない

あとがき

お久しぶりです。一巻から四ヶ月ぶりとなります。お読みいただきありがとうございます。初めましての方はさすがにいらっしゃらないと思いますが、もしいらっしゃいましたら初めまして。

一巻を発売していただいたことにより、元々本作をご存知《ぞんじ》なかった方も大勢手にとって見てくださったことと思います。本当にありがとうございます。

私の身近にもそういう方はいらっしゃいました。というか一部の友人以外はみんなそうなんですが。言ってなかったので。

そうした方々の中で、さらに普段あまりライトノベルを読まなかったり、ゲームやアニメに慣れていないような方からは、序盤から専門用語が多くてよくわからない、というようなご意見を多くいただきました。

確かに、一部の用語はあまり細かい解説を入れていませんでしたので、知らない言葉だとピンとこないかもしれません。ターゲット層から外れているからと言ってしまえばそれまでなのですが、それではいつまで経《た》ってもマーケットの裾野《すその》が広がっていきませんので、せめて自分だけでもと思い可能な限りは解説をさせていただきました。自分のギャグを自分で解説するのに近い謎の羞恥《しゅうち》を感じる経験ができました。

ちなみに誰に解説したかというと、主に年配の親戚《しんせき》や勤め先の社長とかですね。社長にいたっては取引先の部長さんにプレゼントとかしてたので、気が遠くなりました。さすがに取引先に解説を求められることはありませんでしたが。

さて一巻のあとがきではライトノベル大好きだった少年時代のお話をしましたので、二巻では大学に入り同人活動を始めた頃《ころ》のお話をしたいと思いましたが、今回はあとがきは二ページなのでもうスペースがありません。次の機会に回したいと思います。次の機会が訪れるようどうぞよろしくお願いします。

最後になりますが、イラストを担当してくださったfixro2n様。今回もありがとうございます。あとがきから読む方にネタバレになるといけませんので詳しくは言えませんが、特に第三章の見開きの挿絵のシーンは最高でした。

また、担当編集様と一緒に色々カットしたり順番変えたりした結果、ちょっと不自然になってたところを指摘してくださった校正様、いつもながらさすがです。

そしてこの本の出版に力を割いてくださったすべての皆様に、心より感謝申し上げます。

原純《はらじゅん》

お便りはこちらまで

〒102－8177
カドカワBOOKS編集部　気付
原純（様）宛
fixro2n（様）宛

カドカワBOOKS

黄金《おうごん》の経験値《けいけんち》 II
特定災害生物《とくていさいがいせいぶつ》「魔王《まおう》」進撃《しんげき》マルチプレイ

2023年５月10日　初版発行

著者／原 純《はらじゅん》

発行者／山下直久

発行／株式会社KADOKAWA

〒102-8177
東京都千代田区富士見2-13-3
電話／0570-002-301（ナビダイヤル）

編集／カドカワBOOKS編集部

印刷所／暁印刷

製本所／本間製本

●お問い合わせ
https://www.kadokawa.co.jp/（「お問い合わせ」へお進みください）
※内容によっては、お答えできない場合があります。
※サポートは日本国内のみとさせていただきます。
※Japanese text only

Printed in Japan
ISBN 978-4-04-074965-5 C0093

新文芸宣言

かつて「知」と「美」は特権階級の所有物でした。

15世紀、グーテンベルクが発明した活版印刷技術は、特権階級から「知」と「美」を解放し、ルネサンスや宗教改革を導きました。市民革命や産業革命も、大衆に「知」と「美」が広まらなければ起こりえませんでした。人間は、本を読むことにより、自由と平等を獲得していったのです。

21世紀、インターネット技術により、第二の「知」と「美」の解放が起こりました。一部の選ばれた才能を持つ者だけが文章や絵、映像を発表できる時代は終わり、誰もがネット上で自己表現を出来る時代がやってきました。

UGC（ユーザージェネレイテッドコンテンツ）の波は、今世界を席巻しています。UGCから生まれた小説は、一般大衆からの批評を取り込みながら内容を充実させて行きます。受け手と送り手の情報の交換によって、UGCは量的な評価を獲得し、爆発的にその数を増やしているのです。

こうしたUGCから生まれた小説群を、私たちは「新文芸」と名付けました。

新文芸は、インターネットによる新しい「知」と「美」の形です。

2015年10月10日

井上伸一郎

シリーズ
好評
発売中！
魔術で「目」を作りたい――
その好奇心が少年を
水魔術の天才へ
飛躍させる！
コミカライズ好評連載中!!
魔術師クノンは見えている